谷甲州

工作艦間宮の戦争

新・航空宇宙軍史

早川書房

工作艦間宮の戦争　新・航空宇宙軍史

目次

スティクニー備蓄基地

1

微弱な震動を観測したのは、当直勤務が終わりに近づいたころだった。

またデブリが衝突したのかと、波佐間《はざま》少尉は思った。近接する軌道上で工事が再開されてから、頻繁に浮遊物が飛来するようになった。安全対策を無視した工程で作業を進めているらしく、平時では考えられない量のデブリが発生しているようだ。

ときには大規模な爆発事故が発生したのかと思うほど、大量の軌道浮遊物がフォボスの地表に降りそそいだ。フォボスは長径が三〇キロに満たない小さな衛星でしかない。重力は無視できるほど小さく、高い頻度でデブリが引き寄せられたわけではなさそうだ。

おそらく軌道の確定も困難な無数の破片が、日常的に飛散しているのだろう。フォボスに衝突したのは、そのうちのごく一部と考えられる。近接した軌道上の構造物が発生源だから、あまり大きな相対速度差で突っこんでくることはない。

それでも分離したときの状況によっては、秒速一キロをこえる速度差で衝突することもあった。低速の浮遊物とはいえ、直撃を食らえばただではすまない。大口径ライフルの着弾にちかい衝撃で、吹き飛ばされるのではないか。

物騒きわまりない話だが、上級司令部は楽観的だった。波佐間少尉の勤務するスティクニー備蓄基地は、構造物の大半がフォボスの地下深く埋設されている。主要な備蓄施設である重水素タンク群はもとより、常駐要員の居住区画やセンサの管制システムも地下に置かれていた。厚さ千メートルにおよぶ岩盤が防楯《ぼうじゅん》となるから、デブリが衝突しても実害はないらしい。ただしデブリの衝突を見越して、地下基地を建設したのではなかった。外惑星連合軍による空襲を前提に、極限まで防御力を高めた結果といえる。

広範囲に破片をまき散らす爆雷攻撃はもとより、貫通力の大きな穿孔弾の直撃にも耐えられる強度を有していた。低速のデブリが衝突しても、問題にはならないはずだ。一部のセンサやアンテナ群は地表に露出しているが、いずれも地形によって守られている。

軌道上の建設現場とスティクニー備蓄基地の位置関係からして、大量のデブリが発生しても基地の間近に落下する可能性は少なかった。おそらく、上空を通過するだけだろう。偶然が重なって特異な遷移軌道に乗らないかぎり、地表の施設を直撃することはない。

だから安全だと説明されたのだが、波佐間少尉はそれを鵜呑みにする気はなかった。軍事機密になるため工事の詳細は公表されていないが、かなり杜撰《ずさん》な計画なのは間違いなさそうだ。そのことは比較的大型のデブリを、調査のために回収した結果わかった。

フォボスの地表は、微細な表土《レゴリス》で覆われていた。表面重力が小さいために、堆積層はそれほど厚くない。ただ温度変化の激しい真空環境に長期間さらされた結果、乾燥した細砂を思わせる特性が生じていた。

さらさらと流れ落ちて、わずかな隙間からも侵入してくる。均質で粘性がとぼしいのに、機材や気密服に付着すると容易に除去できない。このレゴリスに覆われた地表に、デブリの衝突痕が残っていた。

最初は単なる偶然だった。機器の保守作業をするために、地表に出たときのことだ。作業現場から遠くない場所に、デブリによる衝突痕をみつけたのだ。微細な破片が、衝突したのではなかった。小規模なクレーターを思わせる規模でレゴリスが吹き飛ばされていた。

かといって、宇宙塵や微小な小惑星の落下とは思えない。気になってレゴリスを取りのぞいてみると、下層の岩盤に熱でとけた金属製品が食いこんでいた。軌道上の作業で使用される一般的な工具らしい。熱と衝撃で変形していたが、メーカーや型番は特定できた。

たぶん作業中に、不注意が原因で失われたのだろう。通常はスリングベルトで作業員の腰につながれているのだが、なんらかの原因で軌道上に漂いだしたものと思われる。ひとつではなかった。記録に残っている震動の大半が、同様の原因によるものらしい。

本格的に調査したわけではないが、相当数の衝突があったのは間違いない。通常業務の合間に調べただけでも、多数の人工物体が特定できた。作業用ロボットから脱落したとおぼしき部品などが、日常的に飛来して二次的な被害をだした形跡がある。

かと思うと軌道上の作業にもかかわらず、資材の寸法調整を「現地あわせ」で対応したような形跡もあった。破片の飛散がともなう部材の切断工程を、なんの安全対策もとらずに強行してしまうらしい。安全基準など頭から無視されて、非常識な突貫工事をつづけているのだろう。

おそらくデブリの発生に眼をつぶって、工期を短縮しようとしているのではないか。計画については欠片《かけら》ほどの情報も入ってこないが、航宙艦の補給基地が建設されているのは間違いなさそうだ。備蓄基地の機能を強化して、艦隊の母港として整備する計画なのかもしれない。

いまの段階では建設作業の大半は、軌道上の空間でおこなわれている。だが工事が進捗すれば、いずれはフォボスにも構造物が建設されるはずだ。竣工時の母港はフォボスの地下基地と、軌道上の係留施設を連結した複合構造物になるのではないか。

ただし軍港の基本計画策定には、矛盾するふたつの条件を両立させなければならない。艦船の出入港を容易にしようとすれば、係留施設を広くとって空間的な余裕を持たせる必要がある。その一方で軌道上からの攻撃に耐えるのであれば、少しくらい手狭でも構造強度が大きく頑丈な施設を構築しなければならない。

ところが現実の係留施設は使い勝手ばかりが重視されて、軍港の防御態勢が検討されることがなかった。しかし敵である外惑星連合は、泊地に対する奇襲攻撃を多用していた。ことに開戦直後の隙をついて、無防備な艦船に大打撃をあたえる戦術は無視できなかった。

二度にわたる外惑星動乱は、いずれも予想外の軍事行動で幕を開けた。軍港に停泊していた航空宇宙軍艦艇はもとより、惑星上の工場群や軍事施設も奇襲攻撃を受けた。なかでも軌道上の軍港施設や停泊中の艦船は、攻撃に対して脆弱《ぜいじゃく》だった。しかも奇襲攻撃の意図は、読みとられる可能性が低い。

惑星上の攻撃目標は特異な戦術や兵器を開発せざるをえないが、軌道上の目標であれば既存の爆雷等を流用できるからだ。したがって強い意志さえあれば、いつでも攻撃を開始できることになる。それにもかかわらず、これまで軍港施設の防御は軽視されてきた。

艦隊根拠地に対する奇襲攻撃など、ありえないとする楽観論が支配的だったせいもある。軍のリーダーや政治家たちが、膨大な新規事業予算案を承認させる自信がなかったのも事実だ。かといって政治宣伝に流用できそうな大義を、容易にみつけだせるとは思えない。むしろ艦隊戦力の充実に、予算や資源を過大に投入したからだと考えた方が理解しやすい。

開戦時の奇襲に限ったことではなかった。多数の艦艇が停泊する軍港は、つねに爆雷攻撃の危険にさらされている。さらに外惑星連合軍は、誘導技術の開発に力を入れているらしい。いまのところ詳細は不明だが、事実なら惑星間の無人精密爆撃が可能になるともいわれていた。泊地機能を重視した旧来の設計基準では、今次の動乱は乗りきれないのではないか。

無論そのような情報を入手した時点で、防御側は対抗策を考えていた。爆雷攻撃に対しては、小惑星や衛星を楯にする方法が有効だった。理論的には微小天体の片側に集中して艦船を係留するだけで、飛来する爆雷の半数は防げることになる。その上で早期警戒態勢を充実させれば、生存性はさらに向上すると見込まれた。

爆雷の接近を事前に把握できれば、天体のかげに避退する余裕が生じるからだ。既存の施設を最小限の改造だけで使用できる優れた方法のようだが、実際にシミュレーションによって検証してみると意外な弱点があることがわかった。飛来する爆雷を早期に発見できたとしても、拡散しつつある爆散塊は回避できないのだ。

攻撃側がとりうる対策は、単純なものだった。楯となる天体の泊地側ばかりではなく、その裏側にも爆雷を突入させればよかった。複数の爆雷による挟撃で、周辺宙域の在泊艦艇を破片で包みこんでしまうのだ。

投入される爆雷の数は増大するが、かけたコスト以上の戦果は期待できる。ただし防御側の対抗策も、急速に進化しつつあった。基本方針は単純なものだ。天体の地下に係留施設を構築して、在泊の艦船を隠すだけでいい。穿孔弾の直撃を受けないかぎり、安全は確保できる。

いわば軌道上のブンカー、あるいはシェルターともいえる施設だった。ただし楯となるのは鉄筋コンクリート製の頑丈な構造材ではなく、天体の地殻や岩盤そのものだった。地表面を掘削して係留施設を構築するらしいが、詳細は波佐間少尉も聞いていない。地球上のブンカーなどと違って、上空からの爆弾にだけ耐えればいいわけではなかった。

状況に応じて様々な攻撃手順が考えられるが、建設中の防御施設はそのすべてに対応しなければならなかった。すでに開戦から、二カ月前後がすぎている。双方の技術開発は急速に進展していた。たがいに手の内を読みあい、意図的に偽情報を流して敵に先んじようとしていた。だが終わりのない開発競争は、先手をとった攻撃側が有利とされている。

2

防戦に追われている航空宇宙軍の基礎的な技術レベルが、敵に比べて大きく遅れているわけではない。一般的にいって戦闘の主導権は、先制攻撃をしかけた陣営が手にする。したがって動乱期における技術力の戦いは、外惑星連合側が最初から有利な状況にあった。

泊地の防御戦闘における爆雷の早期発見と軌道の推定は、それほど困難な作業だという認識はなかった。ことに本格的な戦技の研究が開始される以前は、爆雷のとりうる軌道が限られていた。ところがシミュレーションを重ねるにつれて、次第に爆雷の動きは多彩になっていった。防御側の対策は後手にまわって、外惑星連合軍の後塵を拝することになった。

その上で外惑星連合軍は、これまでの常識を覆《くつがえ》す新型爆雷の開発に着手したようだ。微妙な軌道修正をくり返して迎撃を無効にするばかりではなく、超遠距離からのピンポイント攻撃を可能にする誘導技術が実用化されつつあるという。これに地下構造物の破壊に特化した穿孔弾を組みあわせれば、既設の艦隊根拠地はすべて敵の攻撃可能圏内に入る。

突貫工事を連続してでも、係留施設の防御機能強化を早急に実現しなければならない。ところが現実の作業にあたっては、解決すべき多くの問題が残されていた。過去に例のない地下基地だから、記録にも残っていないトラブルが次々とあらわれたのだ。

根本的な問題は、微小天体固有の重力にあった。

基地建設中の天体における重力は、通常なら無視できる程度でしかない。だが基地の運用時に、無視するのは危険だった。たとえ微小な重力であっても、係留中は間断なく船体に作用する。したがって基地係留時には、たえず荷重がかかることになる。

戦闘用の艦艇《ふね》とはいえ、航空宇宙軍艦艇の船体構造は華奢《きやしや》なものだ。ことに最近は出力が同一にもかかわらず、より大きな加速度をえられる軽量化構造が主流になっている。そのような艦艇を補強工事が不充分なまま地表や浅深度地下空間に係留すると、接地面に自重が集中して圧壊する恐れがあった。

さらに地下係留施設や外部空間との連絡通廊は、内壁との隙間がわずかしかない状態で運用される。誘導システムに生じた小さなトラブルや操艦の些細なミスが、地下空間や通廊内壁との接触事故を引き起こしかねないのだ。

操艦の困難さは、外部空間でも同様に起きる。天体の密度不均衡や不規則な形状などの理由で、艦艇が所定の軌道から逸脱する可能性があるのだ。かといって係留施設を天体から遠ざけると、防御機能は低下してしまう。ジレンマだった。大質量の防御システムを構築したところで、投入した予算にみあう効果は期待できないのだ。

つまり運用のたやすさと防御力の向上は、たがいに矛盾する方向性を有しているといえる。軍港としての機能を重視すれば防御力が低下するし、泊地攻撃にも耐えうる頑丈な構造にすると運用上に問題を残す。

それなら艦隊根拠地の所在や現在の軌道を、秘匿すればいい――そのような発想も当然生まれたが、これはあまり現実的ではなかった。太陽系内をめぐる微小天体は、かなり小さなものまで軌道が確定している。よほど特異な軌道でなければ、軍用艦艇の所在が不明になることはない。

現実的な解決方法として推進剤の貯蔵施設などはフォボスの地下に、艦艇の係留施設を近接した軌道上においたのだと考えられる。苦肉の策ともいえる折衷案だった。ただしこれは、推測でしかない。実際のところは不明だった。隣接した部隊とはいえ指揮系統が違うから、外国の軍隊とかわりはなかった。正確な設計方針を、確かめる方法はない。だが工事の開始時期が、かなり遅れたのは間違いなさそうだ。

これが二度めになる外惑星動乱が勃発し、開戦劈頭《へきとう》の奇襲攻撃で航空宇宙軍の根拠地は深刻な被害を受けた。いまごろ突貫工事をするのは、泥縄としかいいようがない。スティクニー備蓄基地が建設された当初から、軍港施設の併設は既定の方針だったはずだ。

――やはり予算不足が原因か。

そう考えるのが、自然な気がした。備蓄基地の竣工時期からして、軍港施設の増設は事前に決定していたと思われる。予想される「四〇年の危機」にそなえて、重水素などの備蓄態勢を整備する計画が先行したのだろう。

先の動乱で外惑星連合は、内惑星に対する重水素等の供給を停止する動きにでた。航空宇宙軍の戦闘艦艇を、推進剤不足に追いこむ戦略だった。供給ラインのタンカー群は破壊され、火星地表からの物資輸送に欠かせない大規模射出軌条も攻撃を受けた。

航空宇宙軍軍令部は、深刻な危機感を持った。ひとつ間違えれば軍の主力である内宇宙艦隊が、行動不能におちいっていたかもしれないのだ。航宙艦の運航に欠かせない核融合燃料を、仮想敵である外惑星からの供給に頼らざるをえない矛盾が露呈したともいえる。

スティクニー備蓄基地の建設計画は、このときの反省から生まれた。内惑星では数少ない水資源産出国である火星都市連合を主要な供給源として、平時から航宙艦の推進剤を備蓄しておくのだ。微小な天体とはいえ、フォボスは通常の人工構造物よりはるかに大きい。

その地下深く推進剤を備蓄しておけば、空襲にも耐えうる即応性の高い供給源となる。推進剤の原料となる水資源は火星の極冠地帯に頼るしかないが、長期にわたって計画的に集積すれば重水素等の価格高騰にはつながらない。

むしろ市場と連携することで安定した供給が可能になり、結果的に価格の抑制が期待できた。そのような構想があったものだから、備蓄基地は予定どおり竣工して稼働している。ところが二期工事になる軍港施設の建設は、起工されないまま放置されていた。

詳細な事情は不明だが、おそらく事業計画の根本的な見直しがあったのだろう。プロジェクトごとに実行予算や経済効果が徹底的に洗いなおされ、本当に必要な工事なのか判定されたと思われる。その結果、軍港施設の建設は延期された。

これは実質的な中止といってよかった。航空宇宙軍全体の予算規模が、縮小したわけではなかった。前年の実績を上まわることはあっても、縮小されることは原則的にありえない。外宇宙艦隊の整備と運用に、かなりの予算が投入されていたからだ。

外宇宙探査にかぎったことではないが、自然科学の基礎研究は膨大な予算を消費する。しかも着手したら最後、容易に手を引くことができなかった。プロジェクトがなんらかの成果をあげるまでに、人の一生をこえる年月がついやされることは珍しくない。

かといって巨額の追加予算をつぎ込んでも、確実に成果がえられるとはかぎらなかった。長期的な展望にたって、恒常的な財源をみつけだすしかない。真っ先に眼をつけられたのは、動乱後も強大な戦力を維持していた内宇宙艦隊だった。

既得権ともいえる膨大な予算に大鉈《おおなた》をふるって、財政上の辻褄をあわせる以外になかったのだ。施設関係のあらたな事業計画は凍結され、老朽化した艦艇の整備計画も見直された。基本的には徹底した合理化によって、戦力を維持したまま予算を縮小する以外にない。

だが現実的にいって、そのようなことは不可能だった。老朽化した艦艇を、最低限の保守作業だけで延々と使いつづけることになるからだ。画期的な艦齢延伸技術が実用化されないかぎり、内宇宙艦隊は張り子の虎と化すのではないか。

同様の予算縮小は、軍港施設などの建設計画にも及んだ。フォボス周辺宙域の軍港整備計画は、早い段階で凍結された。軍港を新設しなくても、現有施設の機能を強化すれば充分だと評価されたらしい。

ところが最近になって状況が急変した。外惑星連合軍による開戦奇襲は、彼らの想像を大きくこえていたのだ。無防備な泊地を連続攻撃されれば、戦闘以前に艦隊は消滅しかねなかった。その結果、未着手だった事業計画が次々に復活した。

これまでの遅れを取りもどそうとするかのように、強引で性急な工事が強行されている。それがデブリの急増につながったらしいが、いまのところ実害はなく問題は表面化していない。かといってデブリの飛来を、放置しておくのは危険だった。

違和感のせいだ。ことに最近は衝突による震動の質が、少しずつ変化している。単なるデブリの衝突と考えていたら、手ひどい被害を受ける可能性があった。ただし「可能性がある」というだけで、確信はない。時間的な余裕もなかった。

当直勤務の交代まで、あとわずかだった。かといって、交代要員に一任できる問題ではない。基地にもう一人いる常駐要員のバルマ一曹の、能力が劣っているわけではなかった。いくら詳細に状況を話したところで、違和感まで伝えられるとは思えない。

ほんの少し迷ったあと、波佐間少尉は作業に着手した。自分でやるしかなかった。状況は不明だが、他の者にまかせるのは拙《まず》い気がしたのだ。

3

手ばやく観測機器を操作して、監視カメラの映像を表示させた。

デブリの衝突痕を、探すつもりだった。ただし、あまり期待はできそうにない。備蓄基地の地上施設を表示するためのカメラだから、視野は限られている。基地の地上施設は簡易なもので、ほとんどがスティクニー・クレーターの内部に集中していた。

これに対し軍港施設の建設宙域は、フォボスのかげに隠れている。フォボスは自転と公転が同期しているから、たがいの位置関係が変化することがない。したがって近接した軌道をめぐる軍港施設が、監視カメラの視野に入りこむこともなかった。

工事現場から漂いだしたデブリの一部は、遷移軌道を経由してフォボスに衝突する。その場合、落下位置はかなり限定される。建設宙域からみてフォボスの裏側にあるクレーターの底に、衝突する可能性はきわめて低いといわざるをえない。

それでも、手順を省略する気はなかった。通常のデブリ衝突にしては、妙な印象を受けたからだ。明確な根拠があるわけではないが、先ほど観測された震動には異質なものが感じとれた。かといって、爆雷の破片が衝突したとは思えない。以前シミュレータで確認したところ、震動のパターンには明確な違いがあった。高速で飛来する爆雷の破片は、鋭利な刃物で切り裂いたかのような波形を残す。

ところがデブリの衝突による震動は、複数の波形が重なりあって干渉している。フォボスの地中に根を張った岩盤が、衝突の震動をくり返して伝えているのだ。そのため波形は反響して、一見すると無秩序に散在しているかのような印象を与えていた。

この基準で先ほどの観測結果を精査すると、あきらかにデブリの直撃であることがわかる。ただし、工事現場から漂いだしたデブリとは限らない。観測された震動の解析は終わっていないが、震源は意外に近いのではないか。そんな印象を受けた。

つまりデブリの衝突だったとしても、工事現場とは別の構造物から漂いだした可能性が高い。その結果、違和感だけがあとに残った。

監視カメラからの映像は、すぐに切りかえられた。火星と太陽はフォボスのかげに隠れていた。頼りになるのは星明かりだけだが、地表の変化を読みとるのに支障はない。センサが星の光を自動調整して、地表の様子を明確に浮かびあがらせた。

一見したところ、衝突痕などは見当たらなかった。無論これは、予想されたことだ。かりに建設宙域とは異なる軌道からデブリが飛来したとしても、視野の内部に落下したとは限らない。むしろクレーターの外側に、突っこんだ可能性の方が高かった。

波佐間少尉は端末を操作した。震動を感知した直後から、衝突位置の推定が開始されていた。最終的な結果はまだ出ていないが、暫定的な推測座標は間もなく表示される。誤差は小さなものだと考えられるから、推測値をもとに現地調査を手がけることも可能だった。

ところが表示された震源位置は、波佐間少尉の予想と大きく違っていた。漠然と基地施設のあるスティクニー・クレーターから、遠く離れた平原部に衝突したのだと考えていた。しかし実際には、クレーター外輪部の外側――つまり稜線の後方に落ちたらしい。

波佐間少尉は即座に反応した。監視カメラの映像を望遠に切りかえて、衝突位置の上部を表示させた。衝突痕自体が、確認できるとは思っていない。それよりは飛散したレゴリスが、稜線ごしに観測できるのではないか。

少尉の予想はあたった。見当をつけた稜線の後方から、曙光が射しこんでいた。少尉は時刻を確認した。夜明けまでに残された時間は、あとわずかだった。クレーターの内側斜面は暗く沈んでいるが、稜線のその部分だけは黄金色《きん》の光で縁取られている。

大気の存在しないフォボスの地表では、起こるはずのない現象だった。おそらく希薄なガス状の物質が稜線付近に滞留して、後方からの太陽光を散乱させているのだろう。そればかりではなく、淡い褐色の雲も視認できた。稜線上に高くのびあがっていく。

こちらの方は、衝撃で吹き飛ばされた砂塵と思われる。微小重力下のフォボスでは、たえずレゴリスが宙に舞っている。わずかな衝撃で地表から引きはがされて、そのまま飛散するのだ。

ところが監視カメラがとらえた映像には、普段はみることのない褐色の雲があらわれていた。雲といっても希薄なもので、映像を増感処理した結果あらわれたものだ。肉眼では、存在すら確認できなかった可能性が高い。

上昇する砂塵は次第に拡散し、やがて消失するものと思われる。いまは太陽光を受けて雲のような広がりをみせているが、それも長つづきはしないはずだ。太陽との位置関係や衝突時刻などの諸条件が一致した場合にかぎり、雲は視認できるのではないか。

――これは……巧妙に仕組まれた作戦行動ではないのか。

偶然にしては、条件が重なりすぎていた。デブリの軌道に似せて、偵察用のプローブを送りこんできたのかもしれない。衝突のあった地点は、稜線のかげに隠れている。クレーターの底を視認しようとすれば、稜線直下の斜面をほんの少し登るだけでいい。

気配を感じて、波佐間少尉はふり返った。当直勤務の交代要員――バルマ一曹が、居住区画に通じる回廊から姿をみせたところだった。異様な雰囲気は察したものの、何が起きているのか理解できずにいるようだ。遠慮がちに「空襲ですか」などと口にしている。

説明する時間も惜しかった。波佐間少尉は性急に応じた。

「未確認のプローブが、送りこまれた可能性がある。武装ドローンを送りこんで、稜線ごしの偵察を実施する」

バルマ一曹は即座に応じた。手慣れた動作で即時出動できる機材を選択し、その一方で初期軌道を設定した。フォボス地表の偵察目標付近を航過するだけだから、それほど複雑な軌道ではない。最後に「高速モードで発進」と命じて、一曹は作業を終えた。

少尉にとってバルマ一曹は、頼りになる存在だった。速成の士官教育を受けて任官しただけの波佐間少尉には、軍歴などないに等しい。老練なバルマ一曹と比べると、経験不足は歴然としていた。

戦時特例で量産された技術士官と大差ないから、古参のバルマ一曹は何かと煙たい存在といえた。だが今はそれどころではない。たとえ相手が将官でも、遠慮してはいられなかった。ことさら肩肘をはった状態で、方針を伝えていった。

すぐに機器の作動音が伝わってきた。地表までの長い斜行回廊を、ドローンを乗せたリフトが急上昇していく。リフトは最高速に設定してあるから、地表までの長い距離を最短時間で通過できるはずだ。発進しつつあるのは、フォボス仕様の無人偵察機だった。

自衛戦闘が可能な程度の武器は搭載しているが、実際に戦闘が開始されることはなさそうだ。

少なくとも一曹に、その気はなかった。もしも攻撃されたら、即座に離脱するつもりでいるらしい。弾薬などの携行量を低くおさえて、機動性を高める「高速モード」に設定してあった。

波佐間少尉が指示したわけではない。発進までの限られた時間に、バルマ一曹自身が判断したらしい。短時間で状況を把握した上で、最善の選択をしたといえる。目的は敵情の偵察であって敵の殲滅ではないのだから、生存性がなによりも重要だった。

バルマ一曹は兵器操作が専門ではないが、本質的なことは理解しているようだ。そのことに安堵して、波佐間少尉は端末にむきなおった。最終的な確定値が、算出されているはずだった。観測された数値から、正確な震源の位置を割りだすのだ。

ところが結果を眼にしたところで、少尉は眉をよせることになった。表示された数値に、無視できない不一致が生じていた。ことなる観測点から震源までの距離が、許容範囲を大きく逸脱していたともいえる。

理論的にいって、これはありえない状況だった。単なる測定誤差や、演算上のミスでは説明できそうにない。そのような理由で生じる誤差の段階を、はるかに超えた齟齬《そご》が生じていた。しかも振れ幅が大きく、計算をやり直しても一点に収束しそうな予感がなかった。

便宜上は震源と呼ばれているが、現地にあるのは未確認物体の着地点に他ならない。単純にいえば衝突痕であり、位置をあらわす数値はこれまで暫定的なものを使ってきた。誤差をふくんだ推測値であり、一次解ともいえる。

したがって精密さが要求される二次観測時の初期データとしては不向きだった。あつかい方を間違えると、誤差が次の誤差を呼んで収拾がつかなくなる。そんな事態を回避するには、管理システムを一時的にリセットして初期条件を更新するしかなさそうだ。

ドローンを搭載したリフトは、斜行回廊を急上昇しつつある。リフトが地表に到達すると同時に、ドローンが射出される予定だった。射出後の軌道修正は可能だが、実質的にはリフトから打ちだされた時点で飛翔経路は決まる。

衝突痕の位置座標を修正するのであれば、それ以前に終了しなければならない。そう考えて端末を操作したのだが、すぐに波佐間少尉は首をかしげることになった。表示された数値のままでは、発進後の軌道が定まらないのだ。大雑把にいって最初の暫定的な位置と、一〇〇メートル以上もずれている。

これは現実にはありえない状況だった。表示された位置を現実の地形と重ねあわせると、稜線を通りこしてクレーターの内部にまで入りこんでいる。そんな位置に衝突していたら、基地外周の監視カメラがとらえた映像に痕跡が映っていたはずだ。

それ以前に、誤差がここまで大きくなった理由がわからない。システムの仕様からして、ありえない事態といえる。通常はメートル単位の誤差でさえ珍しいのだ。観測データに不備があったとしても、五メートルをこえることはない。

何故こんな突拍子もない数字が出てきたのか、理解できなかった。徹底的に原因を調査するべきだが、いまはその余裕もない。ドローンの発進シークエンスを停止しなければ、見当ちがいの方向に打ちだされることになる。

そう考えて、バルマ一曹に状況を伝えようとした。ところがその矢先に、一曹が声をあげた。一曹にとって予想外の事態だったらしく、わずかに声が上ずっている。それでも現在の状況を、記録に残しておく配慮を忘れなかった。一曹は告げた。

「……緊急事態発生。斜行回廊に障害物を探知。詳細は不明だが、リフトは緊急停止とする。新たな情報が入り次第、通報するものとする。くり返す。斜行回廊に――」

波佐間少尉は耳を疑った。ありえないことが、起きていた。斜行回廊が遮断されると、彼らはフォボスの地下千メートルで身動きがとれなくなる。最悪の場合、外部との連絡を断たれて死ぬしかなかった。

4

スティクニー備蓄基地の常駐要員は、現時点では彼ら二人だけだった。基地隊は後方勤務と認識されていたから、定員を充足していないことが多い。隊長でさえ不在――というより実質的に空席で、火星地表に常駐する施設隊の主計科長が兼任していた。

したがって事実上の指揮官は、上級者の波佐間少尉ということになる。だが少尉には、何から手をつけていいのか見当もつかなかった。パニックに陥って、状況が把握できないのではない。やるべきことが多すぎて、優先順位をつけられずにいたのだ。

困惑していたら、バルマ一曹がさりげなく声をかけた。

「ドローンを発進させて、斜行回廊の遮蔽物が何かたしかめてみますか。もしもドローンが回廊の障害物を避けられそうなら、そのまま地表に出て衝突痕を調べるということで」

そういったあと、了解を求めるように波佐間少尉をみた。無論、少尉には反対する理由がない。バルマ一曹の情勢判断は正しかった。異常事態が発生した場合、最優先で状況を把握するのが定石だった。

その過程で、生存環境の確認もできる。作業が可能な要員は二人いるのだから、手分けして調査を進めればよかった。ドローンを搭載して地表に移動中のリフトは汎用型だから、かなりの大きさがある。無理に通過するのは危険と判断して、自動停止していた。

ただしドローン本体はリフトよりも小さく、マニュアルで操縦すれば障害物をすり抜けられるかもしれない。もしも通過できたら、予定どおり地表にでて衝突痕を調査すればよかった。何が起きるのか予想できないから、一曹を専任で張りつけておく必要がある。

これに対し波佐間少尉は、全般的な状況確認を担当することになる。回廊以外でも異常が発生している可能性があるから、満遍なく眼を配って事態を把握しなければならない。それが生存環境の安定にも、つながるのだ。

その点さえ外さなければ、あとは簡単だった。バルマ一曹に了解の意を伝えておいて、波佐間少尉は機器の点検作業をはじめた。同時に最悪の事態を想定して、これまでの交信記録を隊長に転送する処置をとった。

こうしておけば連絡が途絶えても、基地で何が起きたのか隊長は把握できる。現場で下した判断に、流されることもなかった。独立部隊にちかい分遣隊であっても、隊長はたえず眼をくばっている。状況の把握と部隊の掌握は、完全といってよかった。

念入りに確認したが、地下施設の内部に異常はなかった。備蓄された物資の状況は、複数のセンサからデータをとってつきあわせた。些細な食い違いも見逃さないつもりでみていったが、タンク群の内部圧や温度は正常だった。

最後に施設の制御システムを点検したが、漏洩を思わせる兆候は確認できなかった。基地要員の居住環境にも、異常はなかった。厚さ千メートルにおよぶ岩盤で隔てられているから、衝撃で機器が故障する可能性はない。波佐間少尉は短くいった。

「すべて正常。異常個所なし」

時間を無駄にしたという認識はなかった。それよりも、衝突地点のずれが気になった。重大な機器故障の可能性はないものの、合理的かつ明快な説明がほしいところだ。そう考えて、端末の画面を切りかえようとした。

その直後に、割りこみ信号が点滅した。バルマ一曹だった。ドローンの搭載カメラが、障害物をとらえたらしい。まだ距離は遠いが、異様な物体が映っているようだ。後まわしにする気はなかった。リアルタイムで確認することにして、映像を転送させた。

ところが表示された映像を眼にしたところで、波佐間少尉は拍子抜けすることになった。見慣れた斜行回廊の内壁が映っているだけで、異物らしきものは見当たらないのだ。これのどこが、異様な物体なのかと問いただしたくなった。

ところがそこで、奇妙なものをみつけた。画面上部の壁面から、筋状の黒いものが突きだしている。一本だけではなかった。大小とりまぜて、十本あまりが不規則にならんでいた。遠くからの映像を拡大したらしく、詳細な状況はわからない。

それでもバルマ一曹が口にした異様さは、充分に伝わってきた。最初は草の根が露出しているのかと思った。十数本の紐状物体は、太さも形状もまちまちだった。太いものは大人の腕ほどもあるが、細いものは映像に生じたノイズと区別がつかなかった。

おそらく細すぎてみえない糸状の草の根も、多いのではないか。太いものは枝分かれしているから、先端部分は絹糸のように細くなっているはずだ。そういった状況だから、最初に感じた「草の根」を思わせる外見は間違っていなかったことになる。

地球上では老朽化したトンネルの内壁に亀裂が生じて、草の根が生えてくることがあるらしい。無論トンネル上面の被《かぶ》り圧が小さく、しかも草の生命力が強靭である場合に限られる。さもなければ、頑丈なコンクリート壁は貫通できないだろう。

だがそれと同様のことが、フォボスで起きるとは思えなかった。回廊は閉鎖環境だが、与圧されているわけではない。地表とおなじ真空環境だから、雑草といえども根づくはずがなかった。それ以前に岩塊と大差ないフォボスに、草が自生することはありえない。

——飛来した物体と、関係あるのだろうか。

妙な胸騒ぎがした。不安は感じるものの、事実を受けとめる用意はできていた。端末画面の表示を切りかえて、震源地の位置をたしかめた。観測された震動から、未確認物体の衝突地点を割りだす作業は現在もつづいていた。

表示に眼を通す前から、漠然とした予感はあった。そのせいで突拍子もない数値が表示されても、驚かずにすんだ。ただ、即座に受け入れることはできなかった。声に出して、波佐間少尉はいった。

「初期値との差が、三〇〇メートルをこえている……のか」

システムに不備があることは、歴然としていた。ためしに観測データの採取範囲を、最初の衝撃時に限定してみた。結果はすぐに出た。震源の推定位置は、最初の計算結果と一致した。誤差は一メートルに満たず、推定が正しかったことを示していた。

おそらくシステムの前提条件が、間違っていたのだろう。震源を不動の点とした上でデータを取りこんでいったものだから、時間がすぎるにしたがって誤差が大きくなった。そう考えれば、辻褄があいそうな気がする。

それなら、試してみるまでだ。そう判断して、データを最新の数値に入れかえた。現在もつづく震動に限定して、震源の位置を推定させたのだ。少尉の判断は正しかった。以前の推定位置より、さらにクレーターの中央部に近づいた地点が表示された。

これが現在の震央かと思った。ためしに地下構造物の平面図を重ねあわせると、寸分の狂いもなく一致した。ドローンがとらえた草の根もどきが、斜行回廊の壁面を突き破ったあたりが震動しているらしい。

あらためて先ほどの映像を確認したが、めだつ動きはみられなかった。かなり接近したせいか、映像は明瞭さをましている。草の根という印象に変化はないが、いまはむしろ節足動物の関節肢を思わせた。光沢のない干からびた質感は、枯れ枝のようでもある。

どうも妙だった。現在も震動がつづいているのは、回廊の外側あたりであるはずだ。ところが壁を隔てた内部では、何の変化も起きていなかった。壁面の亀裂をみるかぎり、かなりの外力が加わったと思われる。しかし現在は、動きを停止しているかのようだ。

「ドローン、障害物を通過します」

バルマ一曹がつげた。波佐間少尉は息を呑んで画面を注視した。だが、何も起こらなかった。朽ちかけた木柵を思わせる障害物を、ドローンは難なく通過した。そして地表につづく斜行回廊を、加速しながら上昇していった。

「映像を切りかえます」

感情のこもらない声で、バルマ一曹がいった。停止位置を離れて前進したリフトが、搭載したカメラで木柵の映像を送信しはじめた。代わりばえのしない映像だった。不明なところは多いものの、すでに二人の関心は木柵から離れていた。

それよりも、急速に変化するドローンからの映像が気になった。見守るうちに斜行回廊の上端に達し、ゲートを抜けて地表にでた。それまで閉ざされていた視野が、一気に開けた。スティクニー・クレーター内部の平原だった。

大小のクレーターが積み重なった殺風景な地形が、視野のおよぶかぎり続いている。うすく堆積した表土《レゴリス》のせいで、地表の大半は淡い褐色でしめられていた。ドローンは急速に高度をあげて、クレーター外縁の稜線を飛びこえようとしている。

ただ搭載されているエンジンは小出力で、あまり速度はあがらなかった。まどろっこしい思いで映像に見入っていたら、高い位置にあった稜線が意外に速く近づいてきた。リフトを発進したあと一度も減速していないから、実際にはかなり加速しているのだろう。

その上にドローンは視野の限定された回廊から、開けた空間に飛びだしていた。速度の感覚がおかしくなっても、不思議ではない。それはいいのだが、明暗の差が大きく補正なしで画面を直視すると眼を傷めるかもしれない。

すでに太陽は高く昇っていた。フォボスの自転周期は公転周期と一致しているから、一日の長さは約七時間四〇分になる。ただし昼間の時間は、その半分にはならない。フォボス自体がいびつな形状をしているし、地形が複雑で日照時間は地形と位置によって大きく異なる。

未確認物体が衝突した地域は、ようやく最初の朝を迎えようとしていた。クレーターの外縁をなす稜線ごしに、太陽光が射しこみつつある。ただ稜線直下の斜面は起伏がはげしく、わずかな位置のずれによって日照時間は大きく変化するのではないか。

ドローンからの映像は、めまぐるしく変化した。そして稜線をこえた直後に、視野が急に暗く沈んだ。稜線のこちら側はすでに陽光が射しこんでいたが、反対側はまだ闇につつまれていた。

衝突痕のあるあたりも同様だった。夜明けまでには、間がありそうだ。大雑把な見当をつけて上空に進出したが、それらしい痕跡は発見できなかった。外見上は小規模なクレーターと大差ないはずだから、自然光だけで識別するのは困難だろう。

ためしに明度補正をかけて、一帯を捜索してみた。駄目だった。斜面全体が黒ずんでみえるだけで、何があるのかよくわからない。少なくとも回廊の壁から突出していた木柵と、類似点はなかった。

「ライトで照射しますか」

バルマ一曹がたずねた。だが波佐間少尉は同意しなかった。すぐに斜面のこちら側にも、太陽光が射しこむ。それまで待機したところで、結果にかわりはないはずだ。いまのところ斜行回廊の木柵にも、動きはなかった。拙速は避けた方が無難だった。

「あれの正体は、いったい何でしょうかな。エイリアンの乗り物が、不時着したとは思えないですが」

珍しくバルマ一曹が、冗談めかした言葉を口にした。そのせいで波佐間少尉も、抵抗なく本心を話すことができた。さらりと少尉はいった。

「新手の生物兵器かな、外惑星連合軍の――」

バルマ一曹は反応しなかった。波佐間少尉の言葉を、理解できないわけではない。無視したわけでもなさそうだ。断定できるほどの、証拠がないのだろう。黙りこんだまま、端末の画面をみている。

フォボスの夜明けは、急速に進展していた。眼下の斜面にも、太陽光が射しこみつつあった。

波佐間少尉は眼を見張った。闇の奥からあらわれたのは、衝突によるクレーターなどではなかった。一枚の滑らかな黒い布が、地表を覆っていた。

まだ光量が不充分で判然としないが、衝突痕のあるあたりを中心として全方位に広がっているようだ。広さは通常規格の陸上競技場ほどもあった。

5

波佐間少尉が口にした「生物兵器」とは、遺伝子工学によって生みだされた疑似生命体を意味する。人的資源の乏しいタイタンが、陸戦兵力の不足を補うために開発したものだ。環境シミュレータで進化の最終形態を予測し、それをもとに自動機械を設計していた。

したがって病原菌などを攻撃的に使用する生物兵器とは、意味が違っている。両者を混同する恐れはなかった。細菌などを積極投入して敵戦力を消耗させ、あるいは敵支配地域に厭戦《えんせん》気分を蔓延《まんえん》させるといった戦闘形態自体が過去のものになりつつあった。

地球外に点在する人類の生存圏は、厳格な環境整備によって無菌状態が維持されている。不用意に細菌兵器を投入すれば、敵対勢力ばかりか自陣営の居住環境までが破壊される可能性があった。仮に限定的な使用であっても、当事国は細菌兵器を実戦投入した事実が記憶される。

短期的には二度めの細菌兵器使用が予測されるから、報復の範囲をこえた大規模な殲滅戦が展開されることになる。同盟国は離反し、擁護する勢力は存在しなくなる。危機的状況を乗りきったとしても、記憶が風化することはない。

戦後も徹底した監視下におかれて、再度の細菌兵器使用が回避されるはずだ。これは独立国としての尊厳すら失った状態といえる。そのような状況下で、細菌兵器の開発は困難だった。それ以前に兵器への転用が可能な病原菌は、地球にしか存在していない。

つまり生物兵器という言葉自体が死語になりかけていたのだが、航空宇宙軍ではあえてこの名でタイタン製の新兵器を呼んでいた。秘匿のためではなく、プロパガンダの意味が大きいものと思われる。

ネガティブなイメージの強い「生物兵器」の名を使うことで精神的優位を維持しようとしているらしい。幼稚で実効性にとぼしい行為だった。無論、公式なものではない。ある意味でタイタン軍の新兵器は、それほど大きな脅威だったといえる。

――では回廊の木柵や衝突地点の黒い布も、タイタン軍が投入した「生物兵器」なのか。

そう考えるのが自然な気がした。エイリアンクラフトが偶然フォボスに不時着したというより、よほど説得力がある。波佐間少尉も詳細は知らないが、タイタン軍の「生物兵器」はすでに試作機が実戦投入されたようだ。

ただし具体的なことは、何ひとつわかっていなかった。存在するのは確かだが、性能や武装についてはつかみ所がなく未知の状態といえる。「生物兵器」が実戦投入された数少ない事例は、航空宇宙軍と敵対するカリストおよびガニメデだった。

過渡期の混乱状態がつづく中で、ふたつの国はタイタンとの同盟関係を一方的に破棄した。独自路線を選択するための布石だが、これにタイタンが反発して両国の臨時政府を実力で解体した。その後はタイタンの意を受けた傀儡《かいらい》国家が、ふたつの国を統治している。

両国の帰趨をめぐる戦闘は短期間で終結したものの、ふたつの陣営は相当数の地上戦力を投入して戦闘の主導権を手にしようとした。その際にタイタン軍は、試作段階だった「生物兵器」を実戦投入したらしい。

つまり数少ない「生物兵器」の目撃例は、いずれも航空宇宙軍が関与していない戦闘で残されていた。伝聞を重ねた曖昧な情報だが、いまのところ「生物兵器」の実態を知る数少ない手がかりといえる。

だが断片的な情報をつなぎ合わせても、新兵器の凄さは伝わってこなかった。投入された「生物兵器」は、いずれも地球上で進化したかのような外見だったからだ。さらにバットやスパイダーなどと呼ばれた自動機械は、既成の兵器を搭載していた。

ということは進化をシミュレートしたはずの「生物兵器」は、過去に存在した地球上の兵器と概念上は大差ないことになる。拍子抜けするような事実だが、油断するのは危険だった。単なる木柵や黒い布を、フォボスに衝突させたとは思えない。

なんらかの機能が隠されているのだと思うが、現在までに動きはなかった。気にはなるものの、独断で調査を強行することはできない。入手した情報は、その都度リアルタイムで隊長に送信している。現状では指示を待つしかなかった。

「あの黒い布ですが……太陽光パネルのようにみえませんか？」

不意にバルマ一曹がいった。波佐間少尉はわずかに身を乗りだして、ドローンからの映像を実体視にきりかえた。一瞬後に端末の画面から、映像が抜けだした。稜線からつづく急斜面に、闇にとけ込むかのような黒い布が広がっている。

布はごく薄いもので、斜面上の起伏によく追随していた。布を通して、隠された地形が読みとれる。その上で高く昇った太陽の光を、効率よく受けとめる動きをみせていた。太陽光が正面から射しこむ場所では、布は分厚く密度も高そうだ。

これに対し現在も充分に光が射しこまない場所では、布自体がさらに薄くなっている。一見したかぎりでは、半透明の薄膜としか思えなかった。あれが「生物兵器」なら、もっとも近い生物は巨大な一枚葉を広げて光合成をおこなう植物だろう。

突拍子もない思いつきのようだが、辻褄はあっていた。斜行回廊にあらわれた草の根もどきは、地表に広がった薄膜状の葉とつながっている。ドローンからの映像を、はじめてみたときの印象は間違っていなかったようだ。デブリにまじって投下された生物兵器が、この基地を呑みこもうとしている。

そう考えることで「生物兵器」の構造が、理解できた気がした。地表に広がる黒い布は電力供給用の太陽光パネルで、地下深く貫入した草の根もどきの動きを支援しているのだろう。ただ兵器としては、まだ未完成な印象を受けた。あるいは実戦を想定した運用試験が不充分で、予想外の事態に対応しきれないようだ。

最大の失策は、投入時機を誤ったことだ。しかも監視カメラの視野に入るのを恐れて、クレーターの外側斜面を太陽光パネルの展張フィールドに選んでしまった。フォボスの複雑な地形と、不規則な日照時間を読み違えていたらしい。そのせいで日没まで間があるのに、太陽光が遮《さえぎ》られかけていた。一定時間内なら補助電源が作動するようだが、それも長くはつづきそうにない。

だが、肝心なところがわからなかった。これが外惑星連合軍の生物兵器だとしたら、いったい何がねらいなのか。あの草の根もどきに、地中偵察でもさせる気なのか。理解できないまま、考えをまとめようとした。ところがそこで、バルマ一曹が告げた。

「震央の振動が、強くなっています。回廊の壁面に顕著なひずみを観測――」

胸をつかれた思いがした。「草の根もどき」という言葉に幻惑されて、本質を見失いかけていた。「震央」と呼んだことで、印象が一変していた。同時にデブリの衝突位置に生じた誤差が、別の意味を持ちはじめた。

草の根などではなかった。木柵状にならんだ強固な棒杭であり、フォボスの岩盤を突きくずして深く貫入した削岩機だった。デブリの衝突位置が、ふらついて誤差を生じさせた。生物兵器の切っ先ともいうべき根の先端部が、時間とともに移動しつつあったせいだろう。必要に迫られて構築した急場しのぎのシステムだから、衝突の衝撃と根の先端が岩盤を砕くときの振動を区別できなかったのではないか。

迂闊だった。進化の末に生まれた「生物兵器」なら、設計時には予想していなかった状況にも対応できるはずだ。むしろ織りこみずみと考えた方が、理解しやすい。木柵や黒布などは衝突からごく短時間で初期の展開を終えて、斜行回廊に根の先端を到達させたと考えられる。

そして壁面を破壊して、内部への侵入をこころみた。回廊を降りきった位置にある地下施設を、破壊するためだ。施設に備蓄されているのは、艦艇用の推進剤や核融合プラントの重水素などだった。

もしもこれらの施設が破壊されて、備蓄物資が失われれば影響ははかりしれない。直接的な経済的損失にかぎっても、回復までに一〇年単位の年月が必要だろう。短期的な影響に限定しても、航空宇宙軍は戦争の継続が困難になるのではないか。

それだけではない。火星系の経済圏も、無事ではすまないはずだ。外惑星連合軍は投入された「生物兵器」で、貯蔵施設の物理的な破壊を計画している可能性があった。貯蔵物資で核融合を引き起こし、フォボスごと吹き飛ばすつもりではないか。

悪夢だった。そんなことが実際に起きれば、工事現場からのデブリ流出どころではない。フォボスから分離した大量の岩塊は、凶暴な破壊力を内包したまま軌道上をさまよう。そして一部は火星地表に落下し、岩屑の暴風雨となって降りそそぐ。

火星の環境は破壊され、多くの犠牲者を出して開発計画は頓挫する。そんなことを、させてはならなかった。どんな手を使っても、阻止しなければならない。そう切実に思った。だが敵の動きは、予想以上に速かった。

回廊の木柵だった。リフトに搭載されたカメラが、一部始終をとらえていた。最初は一本だけだった。枯れ枝を思わせる棒杭——あるいは棒根が、急に勢いを取りもどしたのだ。壁面に走る亀裂が、棒根に内面を削り取られていく。

波佐間少尉は信じられない思いで、その状況をみていた。斜行回廊の壁材は、核爆雷の直撃にも耐えられる強度がある。亀裂が生じただけでも驚異的なのに、易々と隙間を押し広げていた。すぐに他の棒根が、最初の一本につづいた。大小の棒根が束になって、亀裂をこじ開けていく。さして広くもない回廊は、いまにも棒根に埋めつくされそうだった。棒根は密集した状態で、回廊を下降しはじめた。

波佐間少尉はすばやく計算した。棒根が現在の速度を維持して下降をつづけた場合、最初の貯蔵施設到達はいつごろになるのか。答はすぐにでた。単純な算術だった。何の対抗策も講じなければ、あと五時間と少しで棒根の先端は貯蔵施設に到達する。

「出動するぞ。総員で回廊の生物兵器を排除する。使用機器はレーザ切断機およびアイス・カッター。排除に成功した場合は、ただちに次の目標を攻撃する。第二の攻撃目標は、衝突痕周辺の太陽光パネル。

使用機器は回廊の生物兵器とおなじだが、時間がかかりそうならワルハラ・ステーションに対地攻撃機の出動を要請する。以上だ。急げ、時間がない」

一気にいった。時間がなかった。一秒も休まず作業に没頭したとしても、間にあわない可能性があった。それでも、手をとめることはできなかった。出動を宣言した「総員」は、波佐間少尉とバルマ一曹だけだった。ところがバルマ一曹の反応は鈍かった。急ぐ様子もみせずに、端末を操作している。そして、わずかな間をおいていった。

「動きがとまっています……。おそらく電力不足でしょう」

波佐間少尉は驚いて端末の画面を注視した。バルマ一曹の言葉は正しかった。回廊を埋めつくすほどだった棒根の束が、動きをとめていた。エネルギー不足の意味は、すぐにわかった。太陽光パネルが展張された斜面では、すでに今日の日照は終わっていた。

本来なら完全な日没までには間があるのだが、すでにパネルの大部分は闇につつまれていた。フォボス最大のスティクニー・クレーターの稜線が、太陽光を遮っていたのだ。次の日照までに残された時間は、六時間程度と見積もられた。それまでの間に棒根を排除して、回廊の亀裂を修復しておかなければならない。

勢いこんでいただけに、拍子抜けした気分だった。だが、作業自体がなくなったわけではない。余裕が生じたというだけで、棒根の排除という重労働が待っていた。二人が同時に出動するのは原則的に禁止されているが、一人ではとても間にあいそうにない。

緊急事態発生時の対応は、隊長にまかせるしかなかった。変則的で不自然な指揮系統であることは、承知の上だった。だが他に、選択の余地はない。監視カメラやセンサからの情報は、フィルターを通さず隊長専用の通信端末に転送することにした。隊長には負担をかけることになるが、かまってはいられなかった。

ぐずぐずしていたのでは、手遅れになるかもしれない。意気があがらないまま、二人は準備を開始した。ところが出動の直前になって、ふたたび事態は急転した。隊長から緊急連絡が入ったのだ。状況報告を発信してから、それほど時間はすぎていなかった。状況が把握できないまま、説明を求めてきたのかもしれない。

なんとなく嫌な予感がしたが、躊躇は許されなかった。手ばやく状況を把握して、やるべきことの優先順位を入れかえようとした。しかし事情がわかったことで、少尉はげっそりした気分になった。クレーターの稜線を、太陽光パネルが乗りこえようとしているらしい。稜線をこえたクレーターの内側斜面では、まだ太陽が没していなかった。

事態は最悪だった。隊長からの通信ファイルには、大雑把な試算も添付されていた。太陽光パネルの移動に要する時間は予測できないが、一定の速度をこえると日没を待たずに地下基地は生物兵器で埋めつくされる。

かりに日没まで持ちこたえたとしても、問題は解決しない。単に先送りするだけだ。基地を埋めつくした棒根を夜間のうちに排除しなければ、同じことのくり返しになるだけだ。想像するだけで、気の遠くなるような作業だった。

もしかすると、何かの間違いかもしれない——そう考えて、ドローンの映像を確認した。隊長の判断を、疑っているわけではない。生物兵器で埋めつくされた狭い地下空間に、本能的な恐怖を感じていただけだ。

それでも生物兵器の動きをみたことで、少しは考えが変わった。べったりと斜面に張りついた黒い布が、もがきながら這い登っている。稜線をこえて反対側の斜面に進出しようとしているのだが、その動きは呆れるほど遅く効率が悪そうだった。そして健気《けなげ》だった。

生き残りをかけて移動をつづける様子は、感動的ですらあった。

——疑似生命ですら、死にものぐるいで頑張っているのか。

その事実が、いかにも重かった。それから二人は、無言のまま頷きあった。そして戸外作業の準備を終えた。気密服と装具に遺漏がないことを確認しあって、いそぎ足で気閘《きこう》に踏みこんだ。

イカロス軌道

1

途轍もなく巨大な航宙艦らしい。

それが下河原《しもがわら》特務中尉の見解だった。他の可能性も考えられたが、いずれも無視できない矛盾が生じる。それらを消去法でひとつずつ除外していくと、最後に規格から逸脱した超大型の有人艦が残った。

特設警備艦プロメテウス03の早期警戒システムが、高速移動する重力波源をとらえたのは少し前のことだ。太陽系の外縁にちかい宙域から、かなりの速度で急接近してくる。特異な軌道をめぐる小惑星や、彗星の核などではありえなかった。過去に観測されたどの自然現象とも、観測された数値にずれがあった。

前例のない高速を発揮している点からして、人工の飛翔体であることは間違いなさそうだ。光学センサが船影をとらえる前から、重力異常が観測されている。しかも人工の飛翔体にしては、常識はずれの大質量を有しているとしか思えない。そう考えなければ、周囲の空間に歪みを生じさせたメカニズムが、説明できなかった。

おそらくその歪みが、警報の原因なのだろう。そう中尉は判断した。警報といっても、明確な危険が迫っているわけではない。まだ事態はそれほど深刻ではないらしく、具体的な脅威の形は明らかではなかった。艦内に異常事態が発生した事実はなく、深宇宙で未確認の現象が発生している様子もなかった。

警報が発信されたにしては曖昧な状況だが、プロメテウス０３の乗員には重要な情報といえた。警備艦として哨戒任務につくことが多いのに、長距離センシング能力が不足していたからだ。他の警備艦でも、乗員の経験不足は深刻な問題になっている。双方の能力不足を補うために、早期警戒システムが開発されたといっていい。

警戒システムの原理は、簡易なものだ。警備艦の搭載機器やセンサ類に残る記録を、総合的に評価して危険の存在を探知するだけだ。通常の航宙ではみられない異様な数値パターンであっても、過去に同様の事例が起きている場合もある。その数値パターンから、予兆を読みとるのだ。

評価の基準となるのは、過去の膨大な航宙記録だった。ただしプロメテウス０３は、戦闘を経験していない。評価の基準となるほどの実績もないし、艦齢自体が半年に満たないほど短かった。本来は標準仕様の多用途船として設計されたから、何ごともなければ汎用型輸送船として竣工する予定になっていた。

ところが工事の終了間際になって、状況が急変した。第二次外惑星動乱の勃発だった。すぐに戦闘の様相は、双方の戦闘艦艇を食いつぶす消耗戦に移行した。前線からは一隻でも多くの戦闘艦を、早急に就役させるよう矢の催促がくり返された。

無論タイタン防衛宇宙軍は、このような状況を予想していた。そして航空宇宙軍の査察をすり抜けて、戦闘艦艇を急速に拡充整備する計画を実行した。標準仕様の多用途船は、短期間の工事で特設警備艦への改装が可能になっていた。条約で制限が設けられていた主力戦闘艦は、徹底して存在を秘匿することで条約を遵守する姿勢を示した。

そのようにしてハードウェアとしての艦艇や、搭載機器の保有量を制限内におさめることが可能になった。だが人的資源《マンパワー》の急速な拡充は、ハードウェアほど容易ではなかった。乗員の大量養成には時間がかかるし、速成教育では質が維持できない。

苦肉の策として導入されたのが、航宙記録の共有とシミュレーションの充実だった。戦歴の不充分な艦艇でも、歴戦の古強者《ふるつわもの》のように戦局が俯瞰できるはずだった。第一次外惑星動乱時までさかのぼって航宙記録や戦訓を数値化し、統一された早期警戒システムを運用するのだ。

標準仕様の管制機構が搭載された多用途船なら、センシングの結果から危機の前兆を読みとることが可能だった。乗員に対する警報は、その結果として伝えられる。ただしデータが不足していると、精度は低下する。システムとしては完成しているのだが、構造的に危険を察知するだけで精一杯だった。精度を向上させて具体的な予測を可能にするには、さらに詳細かつ広範囲なデータ入力が必要になる。

現有のシステムは航宙記録や構造材にかかる負荷を、パターン化することで異変を予知していた。過去の事例やシミュレーションの結果を参照すれば、危険が近づきつつあることが察知できた。古参の艦長なら自然と身につけている「洞察力」あるいは「勝負勘」などと称する能力と、本質的に違うところはない。

端末に表示させた既知の情報に、下河原特務中尉はあらためて眼を通した。

いまのところ大型の航宙艦とおぼしき飛翔体は、外宇宙から土星系にむけて急接近しつつあった。詳細な軌道や物理的な特性などは、いまの段階ではわかっていない。観測にも着手していなかった。それでも想定外の事態が、起こりつつあることは予想された。

当初は航空宇宙軍の、誘導兵器かと思われた。土星系を攻撃目標に、内惑星宙域から長駆飛来したのではないか。無論、航宙に要する日数も非常に長くなる。最初に太陽系を横断して土星軌道の外側にまで進出し、反転したあとふたたび土星系にむけて加速するのだ。

搭載する推進剤は膨大な量になるし、航宙期間の異様な長さは即応性や機動性を失わせる。不合理な軌道といわざるをえないが、長射程の誘導兵器が実戦投入された例は過去にもあった。しかし発見された飛翔体は、軌道の選択が不合理に思えた。

大雑把な推測値でさえ秒速二五〇〇キロをこえる高速で、土星軌道のはるか外側から突っこんでくる。発射地点を地球－月周辺から小惑星帯の一部までと仮定すると、あまりにも弾道が複雑で誤差が無視できなくなるのだ。

航程の前半大部分は、小惑星帯から土星軌道にかけての横断になる。その間は木星などの引力をたえず受けつづけるから、軌道は不安定で予測は困難だった。その上に戦域が広大で、通信時の即応性は期待できそうにない。

——ということは……発見されたのは、有人の戦闘艦か。

そう考えるのが、妥当な気がした。いまのところ、無人艦である証拠はない。おそらく超大型の、有人戦闘艦だろう。だが有人艦だとしても、矛盾は残る。発見された飛翔体は、通常では考えられない高速で接近しつつあった。

しかしこれほど高速の戦闘艦は、航空宇宙軍には在籍していない。艦隊を効率的に運用するのであれば、闇雲に加速しても意味がないからだ。ことに艦隊型の戦闘艦は、秒速二五〇〇キロもの高速は不必要だった。

航空宇宙軍の一般的な戦闘艦は、作戦時の標準状態でも秒速千キロをこえることは少ない。原則的に自力減速を前提とするから、実質的な巡航速度はその半分——秒速五〇〇キロ程度でしかなかった。

特異な作戦時なら外部推進剤タンクを装着して、最終速度を上昇させることも可能だった。とはいえ、それにも限度がある。根本的に設計を見直さないかぎり、秒速二五〇〇キロをこえる高速は発揮できないのだ。

ということは探知された未確認飛翔体は、航空宇宙軍の艦隊型戦闘艦ではなさそうだ。かといって、新造艦を就役させたとの情報は入手していない。航空宇宙軍では主力戦闘艦の近代化改装や、老朽化した艦艇の代替整備も遅れているらしい。

そのような状況下で、規格外の巨大な新造艦を建造するとは思えなかった。地球外生命の乗り物――エイリアンクラフトが飛来したのだといわれた方が、まだしも現実的だった。無論、彗星の核や小惑星でもない。これほど高速で移動する天体は、自然界には存在しないはずだった。袋小路に迷いこんだかのようだが、まだ検討すべき点はある。というより、実質的に手つかずの状況だった。事実関係を整理して、状況を確認するのが先だった。

2

最初のうち下河原特務中尉は、重力波異常が警報の原因だと考えた。

突然あらわれた高速飛翔体を、早期警戒システムが敵の大型戦闘艦と認識したわけではなさそうだ。まして迎撃態勢の強化を、システムがうながしたとも思えない。それほどの能力は、システムにはない。おそらく重力波による環境の乱れが、通常のレベルをこえているとして注意を喚起しただけだろう。

大質量の高速飛翔体が航宙艦の周辺宙域を通過すると、その艦艇は潮汐力で破壊されるおそれがあった。それを見越して、警報が発信されたのではないか。ただし危険を回避する方法までは、システムも明確にはしていなかった。実際の潮汐力と自艦の構造強度を比較した上で、つづいて発生する事故を察知したわけではないからだ。

あとから考えれば、それが下河原特務中尉の最初におかした間違いだった。だが中尉は、まだ事実に気づいていなかった。重力波センサは実戦投入されて日が浅く、運用技術や整備手順も確立していない状態だった。衛星地表に設置されつつある初期型のセンサが、ようやく実用にたえる安定性を達成した程度でしかない。艦載型のセンサは調整が困難で、熟練した整備員でも持てあます代物だという。

土星軌道の外側宙域で哨戒航行中の特設警備艦プロメテウス03でも、同様の問題をかかえていた。新兵器である重力波センサがプロメテウス03に搭載された時期は遅く、量産を前提にした簡易型の機器が出撃の間際に積みこまれた。機器の調整や本格的な訓練は実施されておらず、誤作動も頻繁に発生していた。

これには艦隊編成上の問題も絡んでいた。タイタン防衛宇宙軍の艦隊籍にあるとはいえ、プロメテウス03は事実上の練習艦だった。エンジン出力は不足気味で、武装も自衛戦闘が可能な最低限のものしか搭載されていない。しかも乗員の多くは訓練未了の幹部候補生だった。なかには最低限の教育課程さえ、終えていない者がいた。

その程度の練習艦を第一線に配備せざるをえないほど、タイタン軍の艦艇不足は深刻だといえた。噂では外惑星連合軍の主力をなす新鋭艦は、一隻残らず木星系に集結しているらしい。地球－月系に対する本格的な進攻にそなえて、戦力を集中させているようだ。開戦奇襲が予想外の戦果をあげて、戦力バランスが一時的に逆転したのが原因だった。この機に乗じて外惑星連合軍は、一気に動乱の趨勢を決しようとしていた。

その皺寄せが、後方の防衛態勢に集中した。プロメテウス03の配置は、外惑星連合の外縁をなす宙域になる。つまりタイタン防衛の搦《から》め手に相当するから、ここを突破されると土星系までさえぎるものはない。それにもかかわらず、配置されているのは練習艦のプロメテウス03一隻だけだ。

本来なら複数の艦艇がローテーションを組んで、哨戒態勢に穴をあけないよう計画をたてるべきだった。配置につくまでの航宙期間はもとより、定期点検や整備のための入渠《にゅうきょ》期間も計算に入れる必要がある。

最前線に常時三隻を配置するのであれば、後方には六隻の予備艦艇を用意しなければならない。練習艦が一隻だけでは、気休めにしかならないだろう。艦隊司令部の見識を疑いたくなるが、現実的にいって土星軌道の外側から敵艦隊が突入する可能性は無視してよさそうだ。

この時期——二一四〇年代はじめごろには、土星軌道の外側に惑星は存在していなかった。いくらか離れた位置に、無人の準衛星があるだけだ。中立国ながら小規模な補給が可能な海王星と天王星は、土星と大きく位置がずれていた。したがって外宇宙から土星系に進攻するのは、現時点では現実的ではない。

あえて実行するのであれば、最初に土星軌道の外側に出たあと死角をついて突入する以外になかった。土星軌道の外側を大きく迂回することになるが、他の基地から補給を受けるのは無理だった。大量の予備タンクを船体に固定した上で、長駆進出するしかなかった。さもなければ多数のタンカー群を、同行させることになる。

奇襲の効果は望めるものの、いかにも効率が悪かった。外宇宙経由で土星の衛星群を攻撃するには、太陽側からの攻撃にくらべて数十倍のコストを必要とする試算もあった。ただし効率が悪くても、タイタン軍の迎撃を回避できるのであれば実行する価値はある。少しくらい効率が悪くても、外宇宙にまわり込んだ方が安全であり有利なのではないか。

この時期の土星系に内惑星から正面攻撃をかけるのなら、木星系の近傍をすり抜けて直進するしかない。ただし予想される進路だから、外惑星側は早期警戒態勢を構築している可能性が高かった。迎撃による被害は無視できないはずだ。それならコストと時間をかけてでも、外宇宙からの進攻を選択する価値はある。

「先任は……どうみる？　これを」

不意に艦長のチャベス中佐がいった。プロメテウス０３では、下河原特務中尉が最先任の士官となっている。タイタン軍は急速な規模の拡大で、艦艇の絶対数が不足していた。ところが乗員不足は、それに輪をかけて深刻だった。

艦長のチャベス中佐と下河原特務中尉の他に、正規の士官と呼べるものはいないのだ。兵科士官の頭数だけは揃えているものの、実際には任官したばかりの新米少尉ばかりだった。他には少数の下士官が乗り組んでいるものの、艦の運用にかかわる雑務が多く候補生の教育に眼をくばる余裕はない。

つまり事実上の練習艦だが、実際は素人同然の乗員が運用しているのに近かった。下河原特務中尉は艦長から先任将校とみなされていたが、戦闘時の指揮権を優先的に受けつぐ兵科将校ではない。指揮継承順位が下位の技術系士官で、しかも正規の教育を受けず下士官から進級した特務士官だった。

そのため制度上は、艦長に次ぐ指揮権を有しない。艦長が戦死傷によって指揮能力を失っても、下河原特務中尉は指揮を代行できないのだ。制度を厳格に適用すれば、軍の主流である兵科だが、任官したばかりのファヴラ候補生が先任将校になる。戦闘時の配置は主レーザ管制システムだから、将官への昇進も期待できるエリートといえた。

つまり制度の趣旨からすると、新任少尉の方が先任将校としての条件をそなえていた。下河原特務中尉が指揮権を引きつぐのは、経験のない少尉たちが全滅してからになる。

さすがにこれでは不合理だと考えたのか、艦長はじめ乗員のほとんどが下河原特務中尉を先任将校とみなしていた。

それで一応の決着をみたものの、やり方を間違えると私的な習慣で終わる可能性がある。チャベス艦長は決定事項を文書に残して、艦隊司令部の人事担当者に送信していた。下河原特務中尉を事実上の副長に指名して、自分が能力を失ったときの指揮権継承者としたのだ。曖昧なまま放置しておくと、戦闘時に指揮系統が混乱する可能性がある。

変則的な方法だが、最近では珍しいことではなかった。タイタンは開戦にそなえて、急速に軍備を増強していた。大胆な組織改革によって部隊の定員を減らし、人的な負担増を回避しつつ戦力を充実させていた。

その試みは効果をあげてはいたが、第一線部隊でも慢性的な人員不足の状態がつづいていた。

戦力の根幹である艦隊には優先して人員が割りふられていたが、地上部隊になると兵員の大半が自動機械という部隊も珍しくなかった。指揮官以下の全構成員が、人間以外の機械で置きかえられる時代も遠くなさそうだ。

下河原特務中尉は、わずかに口ごもった。チャベス中佐が口にした疑問「どうみる？　これを」の返答が、まだだった。

事実上の練習艦で艦長勤務をつづけているものだから、チャベス中佐が乗員と話すときは教育者のような口調になる。副長なみの権限と実務経験を有する中尉が相手でも、例外ではなかった。身構えていると、予想どおり艦長は言葉をついだ。

「念のためにいっておくが、具体性に欠ける模範解答や常識内の返答は聞きたくない。航空宇宙軍がひそかに建造した超大型の高速戦闘艦が、我が軍の後方を迂回して防御上の弱点を突こうとしている程度の見解なら話さなくていい。

機器の誤作動によって、警報が発信された可能性も除外するように。その件については、すでに検討を開始している。したがって先任は、機器の誤作動はなかったとの前提で考察しなければならない」

下河原特務中尉は黙りこんだ。チャベス艦長は戦時に召集される予備士官だが、平時の職業は本当の教育者かもしれない。そう思った。艦長は表情をかえることなく、中尉を見返している。

他に選択の余地がないまま、返答を先送りにした。

3

あたえられた猶予は、ごく短い時間でしかなかった。艦長によれば警報が発信された時点で、事態の本質を見通していなければならないらしい。そのためには艦内の状況を、細部にいたるまで把握しておく必要があった。

見解を問われてから調査するのでは、遅すぎるのだ。さらにいえば緊急時に艦の指揮を引きつぐのではなく、普段から艦長代理として艦内の動きに眼を通しておかなければならないとのことだった。

チャベス艦長は発令所つきの兵員に、次々と指示をあたえている。その一方で各科の新任少尉たちにも、丹念に声をかけていた。下河原特務中尉とのやり取りなど、とうに忘れたかのようだ。だが実際には、そんなことはない。監視するような艦長の鋭い視線を、ときおり間近に感じる。

艦長がもっとも注意ぶかく接しているのは、三人の新任少尉たちのようだ。ファヴラ少尉をはじめ三人は、本来なら発令所つきではなかった。ところが艦長の方針で、数人ずつ身近において指導している。プロメテウス０３には、そのための設備が揃っていた。

艦の基本構造は標準仕様の多用途船だが、引き渡し後のマイナーな艤装《ぎそう》工事で練習艦としての機能がつけ加えられた。大型の与圧船倉はブリーフィング・ルームをかねた講義講堂に改装され、通信回線やシミュレータを駆使した広域演習にも参入が可能だった。

通常は空間を切りつめたような発令所も、無理なく拡張できる構造になっていた。三人の新任少尉は、要領をえない様子で端末を操作している。

チャベス艦長が「検討を開始している」といったのは、これのことらしい。警報の発信が機器の誤作動によるものか、発令所からの操作で調べているらしい。慣れない作業だから、三人の能力を比較検討する役にはたつ。

チャベス艦長の基本方針は、単純なものだった。機器に不具合が発生したら、一秒でも早く原因を除去しなければならない――それだけだ。問題の解決を先送りすると、二次的な被害が重なって新たな不具合が発生しかねない。そのためには普段から機器の特性を熟知して、整備作業を徹底する必要があった。

この方針は基本的に、全乗員が遵守するものとされた。そうすれば戦闘によって壊滅的な被害を受けても、たとえ生き残った乗員が一人だけでも機能は回復できる。過酷な訓練になるが、三人の新任少尉は作業に集中していた。

艦長の方針が単純だから、三人に命じられた作業も単純なものだった。警報の発信が機器の誤作動によるものか、それとも正常に作動した結果なのか判定するだけだ。基本的には発令所の外に出ることなく、遠隔操作で作業を完了しなければならない。

最近になって就役したタイタン軍の正規戦闘艦は、原則的に全機能を発令所や操縦区画に集中配置している。中枢部を重点的に防御して、被弾時の生存性を高めるためだ。ただし実際には高機能化によって、乗員を削減するためだといわれていた。

旧式艦であっても主力となる戦闘艦は、出師《すいし》準備などの名目で機能の集約が進展していた。標準仕様の多用途船を原型としているプロメテウス０３が、大規模な改装を受けることはない。マイナーな追加工事が実施される程度だが、新任少尉の練習艦として利用するには適している。

三人に同一の問題を解くよう命じたのは、半人前にも達していないことを認識させるためだろう。無論それだけでは、ないはずだ。基本方針はおなじでも、三人の作業手順はことなる可能性が高い。それなら結果の照合によって、正確さが期待できる。新任少尉の実力も、判定が可能だった。

彼らの作業を見守る艦長の眼が、鋭さをました。少尉の一人が、単純なミスをおかしたらしい。ファヴラ少尉と違って、将来を約束されたエリートではない。兵科将校でもなかった。艦内作業服の袖章からして、経理を担当する主計科のようだ。通常は艦隊司令部か地上基地で勤務することが多く、練習艦なみとはいえ戦闘艦に乗り組む機会は少ない。

チャベス艦長も戦力として期待していないのか、発令所に呼びつけることは滅多になかった。そのため顔をあわせる機会も少なく、名前さえ記憶にない。主計科の少尉はかなり要領が悪いらしく、首をかしげながら作業をつづけている。おなじ所で、何度も同様のミスをくり返しているようだ。

思わず口をはさみかけたが、なんとか言葉を呑みこんだ。余計なことはするなと、チャベス艦長に叱られるだけだ。艦長の質問にも、中尉はまだ答えていなかった。猶予された時間は充分とはいえないから、早急に作業をはじめなければ間にあわない。

悪戦苦闘している主計科の少尉に背をむけて、観測員《センサ》の予備端末に取りついた。重力波センサに探知されたとはいえ、探知された飛翔体の詳細は何ひとつ判明していない。軌道の概算も終わっていないから、最接近距離がどの程度になるのかも不明だった。したがって船体にかかる潮汐力も、予測できないままだ。

それにもかかわらず、危険を知らせる警報が発信された。誤作動ではないとしたら、なぜシステムは危険を察知したのか。気になるところだが、いまは事情を確認している余裕はない。そちらは少尉らにまかせて、光学センサの映像を表示させた。

現在はレーダーなどの積極的な探知機は、使用が禁じられている。使えるのは逆探知される可能性のない受動型センサだけだ。端末の画面を赤外線モードに切りかえて、二四時間以内に出現した熱源を探した。

あまり期待せずに、結果を待った。艦載型の重力波センサは、干渉計によって空間に生じた歪みを計測する方式だった。重力波の直接観測も試されていたが、実用化には長い年月がかかりそうだった。

現実的な選択としては、干渉計を船外に展張するしかない。ただし精度は、あまりよくなかった。重力波による走査の専任艦であれば、誤差の比較的すくない大規模干渉計を展開できる。船外に反射鏡を配置することで、千キロをこえる基線長を実現できた。

これなら実用にたえる精度が期待できるが、機動性が悪く防御戦闘時の待ち伏せにしか使えない。艦載型のセンサというより、野戦用に機動力を向上させたセンシング基地に近い。事前に地形を調査しておいて、敵が動けば艦隊主力に先行して干渉計を設置するのだ。

プロメテウス０３に搭載されているのは、基線長が百メートル前後のコンパクトなものだった。通常は干渉計を構成する複数の腕は、船体にそって折りたたまれている。

使用時には腕を四方にひろげて観測するのだが、捜索対象が戦闘艦程度の小さなものでは容易に反応しなかった。しかも背後の星々からは、たえずノイズが流れこんでくる。よほど大型の航宙艦か亜光速の推進剤ガスを大量にまき散らす旧型艦でなければ、ノイズにまぎれて存在を確認することもできなかった。

それに加えて、他のセンサとの同定も困難だった。重力波源の方位は測定できても、精度が低いため光学センサの視野と重ねることができない可能性があるのだ。視野の中に点在する無数の光点から、探知された重力波源をみつけだすのは容易ではない。

逆にいえば重力波を探知しても、同定できなければ意味がなかった。視野の中に発信源があるというだけで、自然現象か否かの区別さえつかないのだ。これでは、探知したことにならない。同定してはじめて、重力波発生のメカニズムが意味を持ちはじめるのだ。

無論これは事前に予想できたことだから、同定の手段はいくつか用意されていた。下河原特務中尉が最初に試みたのは、赤外線源を利用する方法だった。艦載型の重力波センサは、敵の大型航宙艦を早期に発見するための道具だった。したがって数光日程度の近距離を、高速移動する物体には鋭敏に反応する。

質量が大きくても低速で軌道をめぐるだけの天体は、雑音として除外する仕様になっていた。

ただし常に思惑どおりデータ処理が、実施されるとはかぎらない。高速で接近しつつある彗星の核を、敵の高速戦闘艦と誤認する例は珍しくなかった。データ・フィルタが機能しなかったり、雑音が強すぎてシステムの基本構造が押し流されてしまうのだ。

それなら重力波源を探知した方位の、赤外線源を表示させればいい。重力波源が敵の大型戦闘艦なら、エンジンに点火している可能性が高かった。あるいはエンジンの噴射が、重力波を発生させているともいえる。

結果はすぐに出た。下河原特務中尉は眼を疑った。予想どおりの位置に、赤外線源が存在したのだ。波長の分布パターンからして、航空宇宙軍が多用する量産型の軍用エンジンではなさそうだ。よくわからないが、かなり古い時代の核融合エンジンらしい。

――これは外宇宙艦隊の探査船ではないのか。

そう考えたことで、先ほどからの疑問が解けていくのを感じた。航空宇宙軍の戦闘艦には、秒速二五〇〇キロの高速で巡航するものはない。ところが戦闘艦以外にまで範囲を広げると、いくつか例が存在する。敵艦という印象が強すぎて、戦闘艦以外の可能性を除外していたのだ。

外宇宙艦隊の探査船や支援艦艇は、独航することが多いから艦隊運動の制約を受けることがない。したがって設計速度に上限はなく、広大な外宇宙を無制限に飛翔できた。ただし実際に秒速二五〇〇キロをこえる船は限られている。というより航空宇宙軍の艦艇建造史上に、三種類しか登場しなかった。

はじめて他の恒星系に到達した無人探査船ダイダロス・シリーズ、その成果と実績を受けついだ有人恒星間宇宙探査船イカロス・シリーズ、そして史上はじめて他の恒星系に人類の足跡を残したオディセウス・シリーズだった。

下河原特務中尉自身は実物をみたことはないが、小惑星帯に存在する航空宇宙軍外宇宙艦隊の根拠地センチュリー・ステーションには現在も実機が展示されている。一ヵ所だけではなかった。他の基地でも保存展示されていたはずだが、具体的なことは記憶に残っていない。

ただ外宇宙探査計画の各シリーズでは、四隻から七隻の同型船が建造されている。それなら保存状態のいい船体を流用すれば、戦略兵器として再利用できるのではないか。古いものだと就役から百年がすぎていたが、それだけにハードウェアとしての安定感は抜群だった。

他星系にむかう気の遠くなるような長いミッションと、さえぎるもののない強い陽射しを受けつづけた軌道上の展示にたえたのだ。技量のすぐれた整備担当者を搭乗させれば、太陽系外に一歩を踏みだす程度の航宙はなんの問題もないと思われる。

あとは航空宇宙軍の艦船カタログを利用して、探査船の所在と保存状況をたしかめるだけだ。あわせて主エンジンの赤外線パターンを、照合しなければならない。ただ、結論はすでに出ていた。外宇宙探査計画の概要を知っていれば、どの機体が土星軌道の外側から急接近しつつあるのかも判明する。

艦船カタログと実測データを照合するのは、確実さを重視したからだ。ただ艦長にあたえられた猶予は、わずかなものだった。いそぐ必要があった。探知された赤外線源の波長パターンを、カタログの数値と照合した。ふたつのパターンは、完全に一致した。

間違いなかった。航空宇宙軍は地球周回軌道に展示されていた外宇宙探査船を、戦略兵器として復活させたようだ。

気配を感じて、下河原特務中尉は身構えた。チャベス艦長だった。すでに予定の時刻に達していた。艦長は先ほどと同じ質問をくり返した。

「先任は……どうみる？　これを」

「イカロス4の二段めを、再利用したと思われます。したがって発進基地はコロンビア・ゼロ軍港か、その周辺宙域と断定していいのではないか。さらにつけ加えると敵艦の発見が、警報の発信につながったとは考えがたい。両者の間に、強い関係性はなさそうです」

話しながら、さりげなく反応をうかがった。艦長は無表情に中尉を見返している。他の者もおなじだった。中尉の言葉に関心があるのは間違いないが、それを言葉にする者はいないようだ。下河原特務中尉はつづけた。

「……むしろ大質量の高速飛翔体が、我々の間近を通過するという事実が重要なのではないか。飛翔体の正確な軌道や速度は判明していませんが、潮汐力が本艦にあたえる影響は無視できないものと思われます。

さらにいえば接近しつつある敵艦は、外宇宙探査船を改造しただけの武装艦艇です。奇襲攻撃に対する危険は、それほど深刻だとは思えません。よって差しせまった攻撃に、危険はないと思われます」

わずかな時間、チャベス艦長は黙りこんだ。それから、かたわらの少尉に視線をむけた。ファヴラ少尉を指名して質問を集中するのかと思ったが、そうではなかった。三人の中で、もっとも要領の悪い主計科の少尉だった。

主計科の少尉は、かすかに笑みを浮かべて艦長を見返している。

4

開戦劈頭《へきとう》の奇襲攻撃は、コロンビア・ゼロ軍港に大きな損害をあたえていた。

艦隊勤務の下河原特務中尉に状況が伝わるくらいだから、現地ではかなり深刻な事態におちいっていたと思われる。タイタン軍艦隊司令部の分析によれば、直接的な被害よりも航空宇宙軍の将兵にあたえた心理的な衝撃の方が大きかったらしい。

航空宇宙軍にとって地球周回軌道上のコロンビア・ゼロ軍港は、太陽系全域の戦略中枢であると同時に地球防衛の最重要拠点でもあった。艦隊根拠地としての機能は他の前線基地に移転していたが、全軍の指揮および通信機能は現在も地球周回軌道に集積されている。

士気の根源とも統合戦力の象徴ともいわれる所以《ゆえん》だが、そのような意識が開戦直後の空襲で大きく揺らいだのは間違いない。奇襲を予測できないまま、多数の艦船が破壊された。被害は在泊していた艦船にとどまらず、係留展示されていた記念艦にもおよんだ。

歴戦の古強者である記念艦が、万人注視の中で破壊されたのだ。士気の低下はもとより、即応戦力の減殺も無視できなかった。むしろ最初からそれをねらって、コロンビア・ゼロを奇襲したのかもしれない。

もしも破壊されていなければ、記念艦も新鋭艦に負けない戦力として運用できたはずだ。多くの記念艦は、有事に短期間の整備作業で出撃が可能な状態におかれていた。いまでは旧式化した戦闘艦も多かったが、有力な予備艦艇という評価にかわりはない。

その艦艇群が、空襲で壊滅状態におちいった。外宇宙艦隊の有人探査船イカロス4は、からくも爆雷攻撃をかわして安全な宙域に脱出したらしい。詳細は不明だが、移動にかなりの困難をともなったのは間違いない。展示されるとき核融合エンジンは封印され、推進剤は残らず抜きとられていたはずだ。

地球周回軌道の間を遷移する程度なら、タグボートだけで充分だった。空襲から逃れる場合でも、タグボートで押すか牽引する以外にない。平時でも困難な作業だが、軍港の作業員たちはやり遂げた。爆雷の破片が降りそそぐ軍港と周辺宙域で、危険をおかして探査船を安全な宙域に避退させたのだ。その勇気と技量は、敵ながら称賛に値する。

だが生き残った探査船のうち、ただちに実戦投入できるのはイカロス4だけだった。しかも戦果は、あまり期待できそうにない。攻撃を前提に建造された航宙艦ではないし、専用の兵器も生産されていなかった。プローブ（先行探査機）の射出機構を利用して、改造爆雷を放つのが精一杯だろう。

その上に爆雷を分離するのは、相当な遠距離からになる。それほどの戦果はないはずだが、低下した航空宇宙軍将兵の士気は回復するだろう。逆に防衛側のプロメテウス03は、何があってもイカロス4の突入を阻止しなければならない。

イカロス4だけではなかった。今回の攻撃が成功すれば、他にも同様の軌道をたどって突入を試みる航宙艦があらわれるのではないか。プロメテウス03としては、絶対に敵の意図を退ける必要があった。

「基本的な質問だ……。先任は何故、イカロスだと考えた。もしもダイダロスやオディセウスの投入が可能なら、航空宇宙軍の選択肢はさらに広がる。投入できる探査船の数も、増大するはずだが――」

チャベス艦長が問いただした。無論、艦長は正しい答を知っている。ただし後方に控えた主計科の新任少尉が、そのことに気づいているとは思えなかった。艦長はそれを承知で新任の少尉を教育しようとしている。

主計科の少尉は身を乗りだすようにして、二人のやり取りを聞いている。南アジア系らしく、褐色の肌と短く刈りこんだ黒い髪が印象的だった。小柄で華奢《きやしゃ》な体つきのせいで、少年のようにもみえる。

――女性士官……なのか？

やわらかな視線のせいで、そう考えた。タイタン軍は女性士官の比率が高いが、あまり意識したこともなく実態も知らなかった。長期間の航宙などでは性差抑制剤を投与されるから、気づかなかっただけかもしれない。

中尉は小さく咳払いをした。艦長の視線が気になった。さりげなく呼吸をととのえて、中尉は切りだした。

「理由は単純なものです。ダイダロスとオディセウスは、実機が残っていないからです。たしかセンチュリー・ステーションに係留展示されている三隻のうち、本物はイカロス3だけだったはずです。他の展示物は設計時の原型機《プロトタイプ》や、訓練用のモックアップ（実物大模型）でした」

航空宇宙軍外宇宙艦隊の根拠地であるセンチュリー・ステーションには、外宇宙探査を支えた三シリーズが残らず展示されている。ダイダロスからオディセウスにいたる三世代の探査船を、一度に見渡せるのはセンチュリー・ステーションだけとされていた。

ところが実際にはダイダロスはプロトタイプが、オディセウスはモックアップがそれらしく展示されているだけだ。不誠実な対応にも思えるが、よく考えればわかることだ。ダイダロス・シリーズは他の恒星系を接近通過しながら、観測を実施していた。探査船は減速することなく目標の恒星系をかすめて、外宇宙の深淵に飛び去っていった。

したがって実機は残っていない。予備の探査船が建造されたことも、計画の縮小によって探査船の一部が発進せずに残ったという事実もない。一隻のこらず計画に投入されたから、原型機しか展示するものがなかったのだ。

本物のダイダロスが核融合エンジンを搭載しているのに対し、プロトタイプは化学燃料を使うエンジンだった。核融合ほど効率はよくないが、太陽系内で試験飛行をするだけだから問題はなかった。

第三世代となるオディセウス・シリーズの場合は、もう少し問題が複雑だった。無人でフライバイ観測が基本のダイダロスとちがって、イカロスとオディセウスは有人艦だった。したがって予想外の事故さえ起きなければ、探査船は太陽系内への帰還が保証されている。

それがオディセウス・シリーズの全船を、二度めの外宇宙探査に投入させたといえる。第二次外惑星動乱がはじまったときには、すでに全船が外宇宙艦隊に再就役していた。戦略兵器として出撃が可能なオディセウス探査船は、太陽系内には一隻も残っていなかった。

――オディセウス・シリーズは、もっとも酷使された探査船かもしれない。

そう思わざるをえなかった。この件については下河原特務中尉も、タイタン軍の速成士官教育で講義を受けていた。六隻あるとされるオディセウス探査船は、全船が無事に帰還していた。長期にわたる航宙で船体とエンジンは老朽化し、耐用年数が近づいている船も少なくなかった。

それにもかかわらず、クルーと船に休息はあたえられなかった。船体とエンジンは手ばやく修復され、最小限の改装工事のあと支援船として第二次探査計画に編入された。乗員も同様だった。第一次探査計画のクルーは、ほとんどが二度めの航宙に志願した。

強制されたわけではない。長期にわたる探査を終えて太陽系に帰還したものの、彼らの居場所はどこにもなかった。家族や知人の多くは存命だったが、すでに気持が離れていたようだ。長すぎる旅の大半を亜光速で過ごしたものだから、記憶に生じたずれを埋められずにいたのかもしれない。

あるいは離れて暮らした年月の、主観的な重さが食い違っていたとも考えられる。そのせいで記憶をたどっても、懐かしさを感じることがなかった。見知らぬ人々に取り囲まれて、煩わしさにたえるしかない。その結果、多くの乗員がオディセウスにもどった。ふたたび志願してオディセウスに搭乗し、未知の世界に踏みこんでいったのだ。

多くの犠牲をはらって、外宇宙探査は継続された。最盛期にくらべると予算の総額は激減していたが、それでも航空宇宙軍の負担は大きかった。そして航空宇宙軍の弱体化を、加速させる結果になった。主力兵器の整備に充分な予算をかけられず、戦力の急速な低下をまねいたらしい。

そして危機的な状況から立ち直れないまま、二度にわたる外惑星動乱を発生させた。直接的な因果関係には定説がなかったが、経済的な混乱が動乱を引き起こしたのは間違いない。それにもかかわらず、外宇宙探査の急激な縮小や中止は困難だった。

太陽系を離れて探査を継続している艦船には、途切れることのない支援が必要だった。さしわたし数十光年にもおよぶ探査宙域で、多数の艦船が連携して行動しているからだ。もしも支援業務が中断すると、現在も行動中の艦船は動きがとれなくなる。

かといって探査計画を放棄して、太陽系への帰還を命じるのは現実的ではない。帰還命令が探査船に届くまでに、十年単位の時間が必要だった。すべての探査船が帰還するまでに、数十年から百年はかかるはずだった。その間も探査船に対する支援は必要だから、現在の負担を軽減することにはならない。

ただし現実的な選択として、支援を一方的に打ち切ることも考えられた。それによって遭難する部隊や艦船もあるはずだが、太陽系内では動乱状態にあるのだから逡巡の余地はなかった。外宇宙で行動中の人員を切りすてても、動乱による戦死傷者の総数にはおよばないのだ。

いまのところ航空宇宙軍に、そのような動きはなかった。もしも外宇宙艦隊を切り捨てる決断をしたのであれば、それは有力な戦略情報になる。敵信傍受部隊も万全の態勢でのぞんでいるはずだが、いまのところそれらしい兆候はなかった。

ただイカロスの戦略兵器転用は、航空宇宙軍が現状に危機感を有している証拠と考えられる。オディセウスが再度の外宇宙探査に投入されたのに対し、イカロスは運用コストの大きさから事実上の廃艦となった。

開戦時には小惑星帯のセンチュリー・ステーションと、地球周回軌道のコロンビア・ゼロ軍港の二カ所に展示されていたことが確認されている。現在までに人類が作りあげた飛翔体の中で、最大級の巨大な乗り物であることは間違いない。

ただし展示されているのは、発進時の十分の一程度でしかなかった。質量の大部分を占めていた一段めの核融合駆動部と、補助ブースターは航宙を終えて太陽系に帰還したときには失われていた。三世代の探査船を一度に見渡せるセンチュリー・ステーションの展示区画には、発進時の姿を伝える探査船は一隻もなかったのだ。

三世代の探査船は、運航コストに大きな差があった。イカロス探査船は一度の航宙で、数百万トンの推進剤を消費するという。恒星間ラムジェットエンジンを実用化したオディセウスなら、初期投資と維持管理費だけで何度もくり返して利用できた。

コロンビア・ゼロ軍港から引きだされたイカロス4は、内宇宙艦隊の戦闘艦として再就役したらしい。そして外宇宙を大きく迂回したあと、タイタンに急接近する軌道をとっていた。阻止できる位置にあるのは、プロメテウス03だけだった。

現在位置や推定速度などからして、イカロス4がフル装備で発進したとは思えない。展示されていた二段めだけでも、充分に迂回軌道がとれたはずだ。外宇宙探査時ほどの進出距離や高速度は必要ない。タイタンの防衛圏外にまわり込めれば、それで充分なのだ。そして迂回軌道で反転したあと、地球への帰還軌道に乗ったのだろう。

クロソイド・ターンあるいはブーメラン反転と称する軌道だった。外宇宙探査時に確立された手法だが、外惑星の奇襲攻撃にも応用できる。防御態勢の手薄な外宇宙を迂回して、土星系および木星系の攻撃軌道に乗るのだ。イカロス4の動向は不明だが、手がかりはあった。外宇宙探査時の軌道を確認すれば、現在イカロス4がどう動くかも推測できる。

原型となるイカロス探査船は、膨大な推進剤の大部分を反転に使っている。発進の直後は補助ブースターなどで直線的に加速し、巡航速度に達したところで慣性飛翔に移行する。補助ブースターはこのとき投棄されるが、二〇〇日をこえる加速で巡航速度は光速の五〇パーセントに達している。

このとき探査船の針路は、最初の探査目標である恒星系と一致している。慣性航行によって目標の恒星系に接近しながら、無人探査機を分離して次の探査目標に針路をとる。九〇度回頭して横方向に加速し、大きく弧を描いて二番めの目標を指向した瞬間に次の探査機を分離するのだ。

あとは同じことのくり返しだった。横方向の加速によって針路をねじ曲げ、進行方向と探査目標が一致した時点で無人探査機を分離する。無人探査機の母艦であるイカロス自体は、目標の星系に到達しない。

太陽系から最大でも一光年の宙域で、無人探査機を送りだすだけだ。横方向の加速をつづけるにつれて推進剤の消費量は増大し、それにしたがって円弧の曲率も変化する。クロソイド曲線を描いて、一八〇度をこえる針路変更を果たす。

最終目標は発進地でもある太陽系だった。針路前方に太陽系が入りこんだ時点で、ようやくイカロス４は直線運動に入る。まだ減速はおこなわない。一秒でも早く帰還するために、減速の開始は控えたと考えられる。

イカロス４も、おなじパターンを踏襲しているはずだ。そう下河原特務中尉は考えていた。おそらくプローブの射出機構を利用して、遠距離から爆雷を放つのだろう。あるいは、すでに全弾を放った可能性もある。さもなければ旧式化したイカロス探査船を、わざわざ再就役させる理由がわからなかった。

戦略兵器として投入されたイカロス４には、対地爆撃の機能もあるようだ。

5

主計科の少尉は、シャキアという名だった。固有名として「スシル」や「Ｓ」が登録されていた。ミドルネームは省略されているか、通常は使われていないようだ。「S」は「スシル」の、省略形らしい。

副長権限でシャキア少尉のバイオ・データを参照してみたが、特にかわった経歴はなかった。最初は義務兵役でタイタン軍に入隊し、二年の兵役を終えた時点で娑婆《しゃば》にもどるはずだった。勤務先はタイタン地表や、他の衛星上に点在する気象観測所になる。その気になれば軍の気象学校に入学して、専門家をめざすことも可能だった。

だが下級兵だったシャキアに、その気はなかった。兵役期間の大部分を、炊事兵として勤務した。二年間ひたすら飯たきに精励したのは、奨学金の退役軍人枠を受けとるためだった。娑婆の大学に入学して、教員資格を取ろうとしていたらしい。

ただし満期除隊の間際になって、観測所長に呼びだされた。推薦枠が空いているから、軍の経理学校に入学するようすすめられたのだ。この時期タイタン軍の人手不足は深刻さをましていたから、帳尻あわせの役付教員にするつもりだったのかもしれない。記録には残っていないが、かなり強引なやり方で定員を満たそうとした形跡があった。

結局、所長の熱心な説得に負けて経理学校に入学した。兵役につく以前の学力試験では、数学の成績が飛び抜けてよかったらしい。シャキアに経理学校入学をすすめた所長の眼に、狂いはなかったようだ。その上に経理学校卒業の肩書きがあれば、退役後に数学教師としての道がひらけるという。

ところが経理学校の成績は、落第寸前のひどいものだった。それでもなんとか、留年せずにすんだ。履修単位が不足すれば即座に退校となる軍の学校を、基準年限内で卒業したのだから意外に要領はいいのかもしれない。

おそらくシャキアが学んでいたのは、インド式の数学だろうと見当をつけた。シャキアという名字からして、祖先は南アジアと考えて間違いなさそうだ。ただし複数の国でみかける名前だから、ただちにルーツを特定することはできない。仏陀は釈迦《シャカ》族の出身だというから、シャキア少尉も仏教徒なのだろう。下河原特務中尉も仏教徒だが、南アジアでは上座部仏教が主流だから実質的には別ものといっていい。

経理学校でシャキアの成績がよくなかったのは、インド式のやり方を押し通そうとしたからではないか。正確さと効率を重視する経理の処理は、シャキアには馴染まなかったとも考えられる。

漠然と想像していたとおり、シャキア少尉の話は要領をえなかった。何度もおなじ説明をくり返したり、いつの間にか論点がずれていたりする。それでも熱意だけは、充分に伝わってきた。チャベス艦長のあたえた課題に対して、精一杯の誠実さで向きあっている。

そのため下河原特務中尉は、次第に引きこまれていた。艦長も同様らしい。ファヴラ少尉や他の発令所要員も、身を乗りだすようにしてシャキア少尉の情勢判断に聞き入っている。その一方で、中尉は時計を気にしていた。シャキア少尉の見解が正しければ、間もなくイカロス4に動きがあるはずだ。

プロメテウス03の存在に、イカロス4が気づいているとは思えない。航空宇宙軍の重力波センサは実用化が遅れているし、本来は外宇宙探査船であるイカロス4のセンシング機能が充実しているとは思えなかった。

かりにイカロス４がセンサの充実に力を入れていたとしても、双方の位置関係からしてプロメテウス０３が圧倒的に有利だった。針路前方を指向するイカロス４のセンサ群は、たえず太陽や地球からの雑音を受信している。いうまでもなく地球は太陽系内最大の電波源であり、太陽もまた強力な電磁波を発信してイカロス４の視野を閉ざしていた。

これに対してプロメテウス０３は、空虚な外宇宙にセンサを指向すればよかった。遠くに恒星が点在するだけの宇宙を背景に、二段めだけとはいえ巨大な船が急接近してくるのだ。防御側にとっては、好条件が重なっているといえる。

それなら、不用意に動くのは危険だった。まだ遠すぎて正確な軌道はわからないが、イカロス４が最接近するのは二四時間以上先になるはずだ。イカロス４がプロメテウス０３の存在に気づくのは、最接近の直前ではないか。

この状況下でシャキア少尉は、早期警戒システムが発信した警報の信憑性について論じていた。ただ警報が発信されたときの状況は、すでに明らかになっている。イカロス４の急接近による空間のゆがみを、システムは危険と判断したようだ。

したがって警報は、正常に発信されたと考えられる。いまさら誤作動による発信か否かを、検討するのは無意味に思えた。だがそのような見通しは、シャキア少尉が語った言葉で吹き飛んだ。どことなく自信のなさそうな口調だが、少尉の言葉は明瞭だった。

シャキア少尉は断言した。

「下河原特務中尉の見解には、同意できません。警報は潮汐力によるプロメテウス03の損傷、あるいは物理的な破壊を予想したものではないはずです」

啞然として、言葉も出なかった。黙りこんだ中尉にかわって、ファヴラ少尉が気色《けしき》ばんで斬りこんだ。語気するどくファヴラ少尉は詰めよった。

「その根拠は？」

短い言葉だったが、気迫に満ちていた。つっかえながら、シャキア少尉はいった。

「質量が不足しています。速度も足りません。衝突寸前まで本船に近づいても、問題となるような潮汐力は発生しないはずです」

シャキア少尉によれば、すでにイカロス4は反転の最終段階に入っているらしい。したがって搭載物資の大部分をしめる推進剤は、残量がわずかになっているはずだ。シャキア少尉の試算では、プロメテウス03が間近を通過した場合でも破壊されることはないという。

そのことは重力波の観測によって、裏づけが可能だった。したがって潮汐力による破壊の危険が、警報を発信させた事実はないと断言できる。そうシャキア少尉は主張した。

「試算の根拠となった数値は、どこから入手したのか教授ねがいたい。もう一点。潮汐力に起因しないのであれば、何故システムは警報を発信したのか。誤作動の可能性をふくめて、解説をお願いしたい」

チャベス艦長がたずねた。本当にわからないらしく、少年のように眼を輝かせている。少尉自身も問われることを、予想していたようだ。手ばやく端末を操作して、光学センサがとらえた映像を表示させた。

表示された座標には、記憶があった。イカロス４の現在位置を中心に、周辺の視野を切りとった映像らしい。赤外線源を同定の基点に使っているらしく、噴射された推進剤ガスが映像を横切るようにして長くのびている。

下河原中尉の眼が、画面上の一点にむけられた。長くのびた赤外反応の、一方の端だった。そこがイカロス４に搭載されたメインエンジンの、噴射口になるらしい。そのあたりでは、まだ噴射ガスは拡散していないようだ。エンジン本体から離れるにつれて、噴煙は拡散している。そして時間がすぎるにしたがって、淡く薄いものになっていった。

シャキア少尉は生真面目な口調でいった。

「最初に現状認識の共有から、始めたいと思います。ただし、イカロス４に関する諸問題を、直接的に言及するのは避けるべきでしょう。少なくとも現時点では、イカロス４は遠すぎて外見上の区別がつきません。

ただしブーメラン反転が終盤ちかくまで進展しているために、推進剤の流れは明瞭に視認できます。イカロス４は反転軌道の最終段階に入っているから、軌道前方には太陽系中心部とプロメテウス０３が重なった状態で、存在しているはずです。

しかもイカロス４は進行方向――あるいは我々の視線方向に直交して、メインエンジンを噴射しているはずだ。ということは我々からイカロス４をみると、噴射された推進剤の流れを真横から観察する位置関係になると思われる。

カタログ・データから二段めエンジンの推力と噴射速度がわかるので、横方向の移動距離を計測すれば現在の質量は推定できます。カタログには外宇宙探査時の航跡も記載されているので、これを参考にすれば今回イカロス4がたどった航路を再現することは困難ではありません。

……間もなく反転終了。主エンジン停止」

そこまで話したところで、シャキア少尉は言葉を切った。発令所に居合わせた要員のほとんどが、端末画面を注視している。そして全員が見守る中で、拡散しつつあった推進剤ガスが明るさを失った。反転を終えたイカロス4は、エンジンを消火して急接近してくる。

画面はイカロス4に、固定されていた。星々の海を背景にしたイカロス4は、わずかずつ横移動しているかのようだ。無論これは錯覚でしかない。太陽をめぐるプロメテウス03が移動するにつれて、イカロス4と星々の位置関係が変化しているだけだ。接近するにつれてイカロス4は、画面中央部から外側にずれだしていく。

両者の軌道は交差しておらず、無視できないずれがあった。それでも最後の直線運動に入ったイカロス4の軌道前方に、プロメテウス03が占位しているかのような印象を受ける。ところが実際には、歴然とした差があった。

「ここまでの説明で、何か質問はありますか。あれば遠慮なく発言してください。わかる範囲で、答えます。先ほど艦長から指摘のあった二番めの問題については、応答が終了してから説明することにします」

そう話すシャキア少尉は、いくらか自信を取りもどしたかにみえた。先ほどまでの落ちつきのない視線が、別人のように安定している。その様子をみるかぎり、シャキア少尉は主計科士官よりも数学教師に適しているような気がした。

　ところがチャベス艦長の対応は、容赦がなかった。自信をとりもどしたかにみえるシャキア少尉の、足もとをすくうかのような難問をぶつけてきた。艦長は真摯な眼で少尉を見据えた上で、問いただした。

「イカロス４のクロソイド・ターンあるいはブーメラン反転は、本当に終了したのか。終了したのであれば、その根拠を明示せよ。また現在の直線軌道は、攻撃兵器分離の前段階と解釈できるのか。できるとすれば、現在の軌道前方には何があるのか」

　無茶な質問だった。イカロス４は主エンジンを停止したばかりで、現在の軌道要素も確定していなかった。しかも走査《スキャニング》に使えるのは、重力波センサと光学センサだけだ。艦載の計算機をフル稼働しても、結果が出るまでには長い時間がかかる。

「計算しますので、時間をください。一五秒間あれば、最初の疑問に答えられます」

　そういったきり、シャキア少尉は黙りこんだ。視線を宙にさまよわせて、瞼《まぶた》をしきりに上下させている。下河原特務中尉は、度肝を抜かれた。てっきりシャキア少尉が、持病の発作を起こしたのかと思ったのだ。

　だが中尉の予想は外れた。実際はシャキア少尉が、イカロス４の軌道計算をやっていただけだ。極度の集中で精神的な負担が大きく、貧血で倒れそうな顔色をしている。その事実に、中尉は二度おどろかされた。計算機を使っても解くのが困難な設問を、シャキア少尉は暗算で計算しようとしている。

これがインド式かと、下河原特務中尉は思った。単なる勘違いかもしれないが、彼らの宇宙認識は仏教的世界観と一致しているのかもしれない。軌道計算をするシャキア少尉は、数学教師というより数学者そのものだった。

異常事態は、それほど長くつづかなかった。すぐにシャキア少尉は姿勢をただし、瞬きを停止した。顔色が元にもどったときには、正常な受け答えができるまでになっていた。シャキア少尉は、よく通る声でつげた。

「イカロス4の推進剤は、最終減速に必要な量しか残っていないようです。したがって軌道修正の余裕はなく、反転は終了したと推測できます。また現在の軌道前方には、小惑星帯センチュリー・ステーションの未来位置が入ります。減速等に必要な推進剤の量は、船内の推定残量と一致しています」

「終わった、だと?」

よほど驚いたのか、ファヴラ少尉が声を高くしていった。推進剤に余裕のないイカロス4は、母港にむけて直線的に減速するしかない。攻撃目標に爆雷を放つには、軌道修正によって母艦ごと爆雷を交差軌道に乗せる必要があった。

ファヴラ少尉は、まだ攻撃兵器を分離していないと思いこんでいるらしい。ところが実際には、かなり早い段階で射出したのかもしれない。チャベス艦長は、平然と事実を受けいれていた。可能性のひとつとして、想定していたようだ。艦長はシャキア少尉を直視してたしかめた。

「すると警報は――」

「攻撃兵器の起爆が、警報の原因と考えて間違いなさそうです。ただ……特定の軌道構造物や、地表施設をねらったものとは思えません。それらの目標には、すでに攻撃兵器を放っています。最後に自衛用の『露払い』を爆散させて、土星および木星領域を突っ切るつもりのようです」

それでようやく、下河原特務中尉は事態を把握した。警報の根拠となったのは、イカロス４の最終軌道確定前に爆散した攻撃兵器らしい。基本構造と原理は通常兵器の爆雷とおなじだが、規模が格段に大きかった。起爆には核反応を使っているから、センサが重力波の異常と誤認したのも無理はない。

逃げるしかなかった。イカロス４の迎撃は問題外だった。プロメテウス０３の搭載兵器で撃破するには、イカロス４の軌道前方に進出するしかない。だが不用意に針路を横切れば、爆散した「露払い」の破片に衝突する。

――敵情だけを調査して、安全な場所に退避するか。

それが結論だった。イカロス４の戦術は完璧だった。改装された探査船だと侮《あなど》って、不用意に接近するのは危険だった。「露払い」の破片に食われて、行動不能に陥るかもしれない。わずかでも油断すると、大事なハードウェアとマンパワーを失いかねなかった。

なかば逃げ腰になって、退避軌道を設定しようとした。その矢先に、視線を感じた。チャベス艦長だった。逃げる気は、なさそうだ。自陣に入りこんできた敵艦に、きつい御仕置きをするつもりらしい。

航空宇宙軍戦略爆撃隊

1

計画のファイルを開いたときから、つよい違和感が伝わってきた。

最初はあまり深刻に考えていなかった。なんらかの手違いでファイルが破損したか、送信時に別のデータが混入したのかと思った。ところが読みすすめるにつれて、意図的な改竄《かいざん》のあとに気づいた。同時に背後にひそむ悪意が、垣間みえるようになった。

冗談ではないと、イカロス42艦長の早乙女《さおとめ》大尉は思った。他の者ならともかく大尉はイカロス級航宙艦による戦略爆撃の提唱者であり、具体的な作戦行動を指揮する責任者でもあった。いわば計画の中心人物に対して提示された具体策が、原型をとどめないほど改変されている。

艦長公室に閉じこもって、厳重に封印されたファイルを表示させた直後のことだった。すでに出港から、長い時間がすぎていた。引き返し可能点は、とうに過ぎている。

詳細に作戦計画を検討するまでもなかった。大尉が生命を削るようにして作成した計画は、徹底して骨抜きにされている。

――軍令部は論文の趣旨を、意図的に曲解しているのか。

そうとしか、思えなかった。原案ではタイタン地表に対する雷爆撃を加えるはずだったのに、ファイルでは実害をともなわない威嚇攻撃に変更されていた。大量破壊につながる近接雷爆撃や、衛星地表への直接攻撃は無条件に禁止された。かわりに爆雷の分離時機を前倒しにした遠距離雷爆撃が、攻撃の主要パターンとなった。

ぎりぎりまで標的に肉薄する近接雷爆撃と違って、爆雷分離後のイカロス42が退避する時間は充分にとることができる。ただし命中率も低下する。しかも通常の爆雷だと、衝突までに破片が大きく拡散している。照準も不正確だから、深刻な被害をあたえられるとは思えなかった。一体どこの誰が、こんな馬鹿な計画をたてたのか。

これは骨抜きではなく、悪質な手抜きだと断言できる。作戦計画に記されていたのは、現実を無視した作戦でしかなかった。それにもかかわらず作戦計画の作成者は、作戦成功の可能性が非常に高いと評価していた。

しかし原案を作成した早乙女大尉には、ただの誤魔化《ごまか》しとしか思えなかった。現状の認識が曖昧なまま評価基準を決めたものだから、客観的な勝ち負けの判定ができないのだ。ということは、よほどひどい負け戦《いくさ》でないかぎり「我が軍の大勝利」と強弁することが可能だった。

さすがに大尉は、読みすすめるのが苦痛になった。これでは政治宣伝にもならない。最初に気づいた違和感の原因は、これだったのかと納得した。それでも途中で放り出すことはできなかった。作戦計画ファイルへのアクセスは、きびしい制限が設定されていたからだ。

最初のファイル閲覧は、出撃から一定の時間が過ぎてからと決められていた。防諜のためだというが、本当のところはわからない。事前に作戦の概要を知ってしまうと、出撃を拒否する指揮官があらわれるせいかもしれない。そんなことを思わせるほど、航空宇宙軍の士気は落ちていた。

機密度が高く指定されたファイルの閲覧制限は、その後もつづく。一度ファイルを閉じてしまうと、容易には再表示ができないのだ。たとえ苦痛であっても、最後まで眼を通すしかない。

読み落としのないよう集中したせいか、計画をまとめた人物の考えが理解できるようになった。おそらくタイタン軍の防衛戦略を、破綻させる気らしい。巧妙に配置された防御陣に、わずかでも綻《ほころ》びが生じれば作戦は成功したとみなされる。

投入されるのは、外宇宙艦隊のイカロス探査船のみだった。正式には探査船ではなく、内宇宙艦隊への移籍を機に特務艦イカロス42と名前をかえていた。探査船の二段めだけを再利用するのが計画の基本だから、あまり戦果は期待していないのかもしれない。

そのことは、着任の前から感じていた。軌道上に展示されている探査船イカロスが、戦闘艦に改装された上で実戦に投入されようとしている。最初にその話を耳にしたときには、たちの悪い冗談としか思えなかった。自分が以前に書いた論文の概要を、なぞる形で事態が推移していたからだ。

2

論文を完成させたのは、早乙女大尉が航空宇宙軍大学校に在籍していたときだった。

当時は任官して間のない中尉だった。いまよりも格段に若く、怖いもの知らずの時代だった。かといって、それほど過去の出来事という感覚はない。数年前のことだから、感覚的にはつい最近のように思える。

ところがその短い期間に、太陽系をめぐる情勢は一変した。圧倒的な艦隊戦力を背景に、太陽系を支配していた航空宇宙軍が、外惑星連合による開戦劈頭《へきとう》の奇襲攻撃で大きな被害を受けたのだ。第二次外惑星動乱の勃発だった。

降ってわいたような開戦だった。そして論文の骨子は、歴史となった事実を正確に予言していた。大局的には軌道上の安価なエネルギー源を入手するための戦いであり、宇宙空間を戦場とした場合の選択肢を論じたものだ。その上で航空宇宙軍がとるべき基本戦略を、過去の事例を引用しながら論じていた。

艦隊司令官や参謀を育成するエリート校の学生とはいえ、おそるべき高密度の論文だった。しかも作成の全作業に要した時間は、一週間と少しだった。それだけの期間で資料を収集し、分析した上で構想を練って執筆したのだ。

尋常ではない作業量だが、これには理由がある。戦史の研究は、以前から私的におこなっていた。その上で興味をひかれる論点については、事前に多方面から考察を加えていた。二〇九九年に発生した外惑星動乱については、戦訓調査までふくめて多くの資料が残されていた。そのほとんどを、早乙女中尉は読破していた。

だから実際の作業時間は、最小限におさえることができた。しかも早乙女中尉は緒戦の劣勢を予言した上で、態勢を立てなおして反攻に転じる方法を探った。中尉が到達した結論は、航空宇宙軍の抜本的な組織改編だった。外宇宙艦隊と内宇宙艦隊を統合して、実質的な戦力を向上させるのだ。

恒星間宇宙探査船イカロスの武装計画も、その一例として提言されていた。現状では外宇宙探査に予算をとられて、内宇宙艦隊を充実させる余裕などなかった。老朽化した内宇宙艦隊艦艇の更新が停滞しているのに、探査計画の進展によって外宇宙艦隊は肥大化する一方だった。

このような悪循環から抜けだす妙手は、現実には存在しなかった。艦隊の統合運用による探査船の多目的化も、一時しのぎの対症療法でしかない。問題を完全に解決するには、二正面作戦を放棄する以外になかった。外宇宙探査と太陽系の支配を、どちらも実施すること自体に無理があるのだ。

早乙女中尉が短期間で論文を完成させたのは、深刻な危機感があったからだ。二度めの動乱がはじまるとしたら、二一四〇年ごろになるといわれていた。根拠のない噂などではなかった。この時期、外惑星連合の主力をなす土星系と木星系が最接近する。外惑星連合にとっては、戦略的にもっとも有利な位置関係になるのだ。

四〇年前の動乱時にも、主要外惑星は同様の位置関係にあった。無論だからといって、どちらかが開戦に踏みきるとはかぎらない。むしろ回避する方向に、双方が動くのではないか。開戦を思わせる兆候はなく、外惑星の直列以外に動機もなかった。

だからこそ危険なのだと、早乙女中尉は考えた。ことに開戦劈頭の艦隊根拠地奇襲攻撃は、劣勢の艦隊戦力しか持たない陣営の常套手段だった。そして先の動乱で外惑星連合軍は、開戦奇襲をこころみて失敗している。奇襲を察知した航空宇宙軍の待ち伏せを受けて、ただでさえ劣勢の艦隊戦力をすり潰す結果になった。

人は勝利から何も学ばないという。あらたな動乱の火種がくすぶっているのに、航空宇宙軍は動かなかった。危機感を有していないものだから、有効な対策もたてられずにいた。まるで軍令部員が申しあわせて、現実から眼をそむけているかのようだった。

それなら警鐘を打ち鳴らすまでだと、航空宇宙軍大学校生で少壮士官だった早乙女中尉は考えた。ところが第二次外惑星動乱の勃発を予言した論文は、かぎられた有資格者しか閲覧が許されなかった。当然のことながら、反響もない。実質的に無視されたのだが、早乙女中尉は諦めようとしなかった。無視された理由が、明白だったからだ。

会ったこともない学生の論文で、信じていたものを一気にくつがえす人間がどれほどいるのか――その言葉が、すべてを表していた。理論的に正しくても、支持されるとは限らない。

論考が甘かったのかもしれないと、早乙女中尉は考えていた。それなら確固たる証拠を集めて、完璧な論理を構築すればよかった。作業手順は熟知している。最初の論文で欠けていた点を補強するには、何をすればいいのか。

明確な行動基準はわからないものの、すすむべき方向性は見当がついた。あとはその方向にむけて、突きすすむだけだ。手ごたえはあった。資料の収集と分析には時間がかかりそうだが、二一四〇年前後の危機的な状況を回避するだけの時間的な余裕はある。

むしろ発表媒体の選定と、法的な問題の解決が重要だった。基本方針の変更は、最初から考えていなかった。二度めの論文を一般公開すればインパクトは大きいが、リスクも無視できなくなる。守秘義務違反の容疑で警務隊に逮捕されるリスクを、いまの段階でおかすべきではない。そう考えて選んだのは、文官にも開かれた航空宇宙軍の公式媒体だった。

有資格者だけにアクセスが限定されている点は以前とおなじだが、閲覧者数は比較にならないほど多い。その上に今回は、反論を許さない強力な論理構造で趣旨を補強してある。閉じた媒体であるとはいえ、以前よりも格段に大きな手ごたえがあると予想できた。

ただし二度めの試みも不首尾に終わったら、三度めはないと考えていた。軍から放逐されることを、恐れているのではない。二度めの論文に反響がなければ、その時点で時間切れが確定する。三度めの論文公開の前に、二一四〇年を迎えるのは確実だった。つまり手遅れになるのだ。そのような事態を回避するには、論文の完成に全力を投入するしかない。

ところが早乙女中尉の孤独な戦いは、意外な形で結末をむかえることになった。確証がえられなかったのだ。いくら調査をすすめても、外惑星連合がひそかに開戦の準備をしている証拠がみつからなかった。少なくとも客観的な説得力を、持たせるのは無理だった。

誤算だった。外惑星連合は早乙女中尉の想像以上に狡猾《こうかつ》で、したたかな組織だった。前の動乱時にみられた戦時経済への移行や、軍備の増強を見越したひそかな物資集積の動きはみられなかった。よほど巧妙に痕跡を消しているのか、実態のわからない地下経済を利用したのだと思われる。最初のうちは、そう考えていた。

だがすぐに中尉は、自信が持てなくなってきた。もしかすると自分は、途方もない勘違いをしているのではないか。外惑星連合に開戦の意図などなく、平和的な共存を望んでいるのかもしれない。すると自分のやっていることは、平和を乱す犯罪行為の可能性がある。

いずれにしても、時間的な余裕はなかった。航空宇宙軍大学校の修了が、間近に迫っていた。実施部隊に配属されても、調査を継続することはできる。だが、それ以上やっても無駄な気がした。万人を納得させる論文が、完成する保証もない。

それなら状況をみきわめて、次の動きにそなえるべきだ。そう考えた。そして二度めの論文は、未完成のまま記憶領域の奥ふかく保存された。大学校課程修了後の配属先は、軍令部第四部第一〇課だった。戦史の研究と戦訓の調査を担当する部署だが、軍の高等教育を修了したエリートがいくところではない。昇進して大尉になったものの、先はみえていた。あたらしい部署は閑職でしかなく、退役までここで飼い殺しにされるのだろう。

つまり早乙女大尉は、誰からも期待されていなかったようだ。上官にとっては扱いにくい存在だから、艦隊勤務や司令部参謀として転出する可能性もない。そう考えたが、後悔はなかった。これからは、ありあまるほどの時間を有効に使えばいい。

ところが事態は、ふたたび急転した。外惑星連合の奇襲攻撃によって、第二次外惑星動乱が開始されたのだ。開戦の影響は大きかった。第四部第一〇課の要員が、次々と転出していった。戦局に影響がない戦史の研究に、貴重な要員を張りつけておくのは不合理だと判断したのだろう。日を追うごとに、課の要員は減少していった。早乙女大尉は呼ばれなかったが、さして関心もなかった。そして最後に二人だけが残った。もう一人は、第四部の部長兼第一〇課の課長代理だった。早乙女大尉にとっては、ただ一人の上官ということになる。

部長兼課長代理は直前になって、早乙女大尉に転勤の発令を伝えた。転勤自体は予想していたが、新しい配属先は意外なものだった。特務艦イカロス４２の艦長として、転出することになるらしい。

それを知った早乙女大尉は、妙な気分になった。艦名からしてイカロス４２は、外宇宙艦隊のイカロス探査船だと思われる。論文にも内宇宙艦隊への移籍と、改装について触れていた。だから自分がイカロスに関わることは、漠然と予想していた。

たぶん運用管理の支援要員か、近代化改装の艤装員に指名されるのだと考えていた。ところが実際にはイカロス４２の艦長に、任命されたらしい。容易には信じられない話だった。大尉は艦長職どころか、艦隊勤務の経験さえなかった。艦隊司令部は自分に、何をさせる気なのか。

業務整理に必要な時間は、最小限しかとれなかった。どのみち業務を引き継ぐ人員もいないのだから、煩瑣《はんさ》な事務手つづきに悩まされることもない。ただイカロス４２の所在を確認するのに、予想外の時間がついやされた。登録された母港はコロンビア・ゼロだが、開戦時の奇襲攻撃で基地機能は失われている。

代替基地を他の宙域に建設したのかと思ったが、そんな余裕は航空宇宙軍にはないはずだ。二度めの攻撃を恐れて、非公開の仮設構造物に避難した可能性もない。それは外惑星連合軍も同様で、二度めの攻撃を実施できる余力は残していなかった。

たぶんイカロス４２はコロンビア・ゼロの破壊をまぬがれた施設に、ひっそりと係留されているのではないか。

3

この時期の航空宇宙軍は、かなりの混乱状態におちいっていた。

軍令部の奥ふかい執務室にこもって戦史の調査に専念していると、外界の動きに気づくことなく時間がすぎていく。社会から情報的に切り離されたかのようで、現実の戦争に関心が持てなくなっていたのかもしれない。

隠者を思わせる生活は開戦後もしばらくつづいたが、あらたな任地への移動は否応なく早乙女大尉を当事者に変化させていった。これまで傍観者の立場でみていた軍の混乱が、いつの間にか大尉自身の内部に入りこんできたようでもある。だが耳にした話の大部分は、無責任きわまりない流言飛語の類《たぐい》だった。

現実からかけ離れた出鱈目《でたらめ》な噂話も多く、真実が何か容易には判別できずにいた。真顔で航空宇宙軍の主力艦隊は壊滅したとか、残存艦艇でも乗員の命令不服従や集団脱走が相次いでいるとささやく者もいた。かと思うと艦長や先任将校を拘束して艦を不法に支配し、艦艇を私物化して海賊行為をはたらく集団の噂も耳にした。

なかには移動中の大尉に気づいて擦りよってきたあと、所属部隊や業務などをしつこく訊ねてくる者もいた。事情がわからず適当に受け答えをしていたら、訳知り顔で軍需物資の横流しを持ちかけられた。航空宇宙軍の敗北は必至とみて、いまのうちに闇商売の道筋をつけておくつもりのようだ。

この程度なら無視すればすむが、後方の物資供給に混乱が生じているのは事実らしい。容易にオチが想像できる小咄《こばなし》を、聞かされているようなものだ。面白くもないし笑う気分にもならないとはいえ、方向性は誤っていない。

ただ航空宇宙軍が緒戦で受けた被害については、誇張はあるが嘘はなかった。ことに内宇宙艦隊の被害は甚大で、新造艦の竣工を待つ余裕がないことは正確に伝えられていた。公式のメディアは航空宇宙軍にとって有利な情報しか流さないから、自然とこんなルールが生まれたのだろう。

航空宇宙軍は艦艇不足を補うために、外宇宙艦隊の探査船や支援艦艇を続々と内宇宙艦隊に編入していた。老朽化した退役艦艇や、長期保存状態に入っていた艦艇も例外ではなかった。恒星間宇宙の探査をはじめた観測船までが、内宇宙艦隊籍に編入されたという。

なかには亜光速で航行中の探査船が呼びもどされたとか、遠く離れた恒星系に到達したところで帰還命令を受信したなどという話もあった。事実だとすれば悲惨な話だが、たぶんこれも出来の悪い小咄の類だろう。

かと思うと帰還命令の受信を拒否するために、全力加速して通信波をふりきったなどという話も耳にした。帰還命令も追いつけないほど加速したせいで、光速度をこえてしまったのだ。時の流れが局所的に逆転して因果関係が狂い、追ってきた通信波に追突したらしい。後方に引き離した通信波が、いつの間にか先行して探査船に吸収されたともいえる。

ここまでくると単なる与太話でしかないが、ときおり真実も交じっているから聞き流せない。特務艦イカロス42とおぼしき改装船の、噂も耳にした。艦名は曖昧にしてあったが、推測するのは容易だった。ただし噂自体は、他愛のないものだ。戦闘艦艇の不足から内宇宙艦隊に編入されたものの、もともとイカロスは非武装の探査船でしかない。

今回の出動を機に、爆雷射出機と戦術レーザ・システムを搭載することになった。しかし通常仕様の爆雷はともかく、レーザ・システムは自衛戦闘もおぼつかない玩具のような代物でしかない。大出力のシステムを組みこめるほど、艦内電源に余裕がなかったのだ。しかも火器の納入が遅れて、出撃までに工事が終わらない可能性が出てきた。

業を煮やした艤装員が、測量用の計測機器だか金属加工用の重溶断機を独断で据えつけたといわれていた。無論そんなものは無責任な噂話で、信憑性などないにひとしい。工具や測量機器では、眼つぶし程度の役にしかたたないだろう。

まともに受けとる者はいないと思えるが、早乙女大尉にとっては気になる噂だった。イカロスの現役復帰と内宇宙艦隊への移籍を、正確に把握していたからだ。偶然の一致や当て推量で、事実を見通したとは思えない。小咄のネタにされるくらいだから、誰でも知っている事実なのだろう。ただし情報源は、見当もつかなかった。

論文の内容が、漏洩《ろうえい》したとは思えない。上級指揮官を養成する大学校の資料は、たとえ学生の著作物であっても厳重に管理されている。かりに執筆者の早乙女大尉が許可しても、内容が外部に伝わることはないはずだ。

それに論文でイカロスの実戦投入に触れたのは、本論とは別の「提言」の部分だった。二一四〇年前後に動乱が発生しそうなことを、広く知らせて対策を考えるべきだというのが本旨なのだ。イカロス・シリーズの戦力化は、その一部でしかない。

不審に思ったが、いくら調べても結論は出なかった。コロンビア・ゼロ軍港にむかう移動の途上で端末を操作しても、手がかりは何ひとつつかめずにいた。ネット上で公開されたサイトを片端からチェックしたが、噂の発信源は特定できなかった。

ところが軍港に到着して間もなく、あっさりと疑問は解けた。原因はイカロス42にあった。連絡軌条で係留エリアに近づくにつれて、巨大な船体が視野に入った。映像や設計資料は何度も眼を通していたが、実物をみるのはこれがはじめてだった。

そのせいで最初は、その巨大さに圧倒された。二段めだけで運用するにもかかわらず、周辺に係留された他の艦船とは歴然とした違いがあった。その上に設計基準が違うらしく、無骨きわまりない構造物で施設と船体をつないでいる。

その巨大なイカロス42の船体に、場違いなほど乱暴な文字列が記入されていた。だが角度が悪く、なんと書いてあるのか判読できない。もどかしい思いで映像を修正したら、唐突にモニタ画面が変化した。さして達筆ではないが、勢いのある字体で「イカロス爆撃隊」と記されていた。

船首ちかくの船体側面だった。あらかじめ用意した手書きのプレートを、船外作業で貼りつけたのだろう。先に到着した乗員たちが、勝手にやったものと思われる。私的な部隊名を名乗っているようだが、艦長の早乙女大尉にはなんの相談もなかった。

その点が、まず引っかかった。だが、さらに重大な軍規違反を彼らは犯している。イカロス42が投入される作戦の概要が、単純な文字の組み合わせから推測できるのだ。現にイカロス42の内宇宙艦隊編入と、火器搭載の事実は広く知れわたっている。いまから文字列を消去させたところで、意味はないだろう。

かといって、曖昧にすませる気もなかった。先着した乗員たちは、防諜の基本も知らないらしい。それなら、わからせる必要がある。無粋なのは、承知の上だった。中途半端な妥協だけは、してはならないと心に決めた。それは問題の先送りと、かわるところがない。何の解決にもならないどころか、かえって悪化させるだけだ。

連絡軌条の「駅」から長い通廊を伝って、イカロス42の舷門に到着した。

その先は、もう艦内だった。少人数の乗員で運用している特務艦だから、監視システムの奥に衛兵が配置されているとは思えない。通廊はハッチドアで遮断されているから、当直将校が乗艦を許可するまで待つしかなかった。わずかでも不審な点があると、ハッチドアのロックが解除されることはない。

面倒な手順といえるが、戦時の軍港にしては簡易な方だった。おそらく通廊内壁のめだたない位置に、認証システムが組みこまれているのではないか。警報の類は発信されなかったから、特に問題はなかったと思われる。早乙女大尉は新任の艦長だが――しかも内宇宙艦隊に移籍してからだと初代の艦長だというのに、特別あつかいはされないようだ。

無論、そのこと自体に不満はない。規則を厳格に運用していることに、心地よささえ感じた。ところが当直将校の反応は、意外に遅かった。時間がすぎても、艦内から応答はなかった。不審に思ってハッチドアに手をかけると、抵抗なく開いた。何のことはない、施錠されていないドアの前で行儀よく待っていただけだった。

胸騒ぎがした。事故や破壊工作の可能性は、考えなかった。それよりも、軍規の乱れが気になった。ただでさえコロンビア・ゼロ軍港は、開戦直後の奇襲攻撃で手ひどい被害を受けている。士気が低下して、厭戦《えんせん》気分が蔓延《まんえん》しているともいわれていた。

イカロス42は開戦前からこの軍港に展示されていたから、雰囲気に押し流されている可能性があった。ときには疫病のような執拗《しつよう》さで、戦闘意欲を低下させることもあるらしい。早急に実情を調査して、改善策を考えなければならなかった。そう考えて、舷門を通過した。記憶にある艦内構造を頼りに、艦内ふかく入りこんでいく。

イカロス42の与圧区画は、いくつかのモジュールで構成されていた。もとは軌道上の構造物に多用されていた標準仕様のモジュールを、加速時のGに耐えられるよう補強してある。宇宙開発の初期には大量に供給されたから、現在でも一部が廃棄されることなく使われていた。

無重量状態の艦内を、早乙女大尉はゆらゆらと移動していった。艦内は混乱の極みだった。長期の航宙にそなえて、雑多な搭載品が搬入されている。モジュールの規格が古いものだから、消耗品の量が極端に多かった。初期の恒星間探査にくらべると航宙期間は短いのだが、搬入をいそいだらしく整理もせずに積みあげてある。

といっても係留中の艦内は無重量状態だから、放置しておくと荷崩れを起こして大混乱におちいる。かなり大きなパッケージでも、空調システムの気流に吸いよせられることがあった。油断すると吸入口が、収納前の積荷で埋められることもあった。

そのような事態を避けるために、ここではテープなどで仮固定していた。ドライバンデージと称する結束バンド、もしくは幅広のフィックステープ類を巻いておくのだ。そして発進直後の低出力加速時に生じる微小重力を利用して、積載品を収納庫内で仕分けすることになる。

したがって仮固定を、厳重にする必要はない。むしろ力のいれ具合によって、簡単に解ける方が望ましかった。早乙女大尉自身は艦隊勤務の経験がとぼしいが、艦内作業の概要は知っていた。だから発進直前の艦内をみれば、乗員の練度や士気は見当がついた。そして下士官兵の技量が判明すれば、中堅幹部や艦長の質も把握できた。そう考えて、不安定にかしいだ搭載品の山をみていった。だが早乙女大尉は、すぐにその試みが失敗したことに気づいた。

いくら検分しても、作業した者の技量がみえてこないのだ。積みあげられた搭載品の山は、素人同然の下級兵が積みあげたとしか思えなかった。ところが搭載品の山は危なっかしく傾《かし》いでいるのに、ドライバンデージによる仮固定は芸術品のように洗練されていた。一体どちらが、本当の姿なのか。

新米の下級兵と熟練した下士官が、協力して搬入したとは思えない。これほど技量に違いがあると、作業協力自体が成立しないのではないか。不審に思いながらモジュールを通りぬけていった。イカロス42の与圧区画は、かなり広くとってあった。外宇宙探査船だった時代には、九人のクルーが乗りこんでいたらしい。

二段めだけのイカロス42に、それほど多くの乗員が必要とは思えない。改装後の正確な諸元は大尉も把握していなかったが、探査船の時代から大きな減少はしていないのではないか。搭載機器の古さや船体の老朽化を考えると、二、三人程度の違いだと思われる。

——ということは……イカロス42の定員は、六人ないし七人……。

つまり乗員の陣容からしても、イカロス42は大型航宙艦に分類される。特務艦とはいえ、艦長が大尉というのは相当に異例だった。通常は主力艦には大佐が、戦力的に落ちる二線級の補助艦でも中佐が任じられる。まれに少佐の艦長もいるが、中佐への昇進を間近にひかえた老練な士官であることが多い。

かといって早乙女大尉が、破格の抜擢を受けたとは思えなかった。むしろかつての論文が、こんな形で評価されたと考える方がわかりやすい。早乙女大尉とイカロス42を結びつけるものは、他に思いつかなかった。

それはともかく、他の乗員はどこに消えたのか。早乙女大尉とは別に五、六人いるはずなのに、人の気配をまるで感じない。発進間近なのだから、誰もが艦内作業で忙殺されているはずだった。

事情がわからないまま、耳をすませた。空調システムに不具合があるのか、耳ざわりな雑音が低く伝わってくる。しばらく様子をうかがっても、他の物音は聞こえてこなかった。

——こうなったら腰をすえて、他のモジュールを捜すしかない。

隅々まで捜索すれば、何か手がかりがつかめるのではないか。そう考えて、思いきりよく体を前方に押しだした。隣接するモジュールとの連結ユニットに入りかけたところで、あやうく鉢合わせをしそうになった。ユニットの内部に、誰かがひそんでいたようだ。

「誰か!」

間髪をいれずに、大尉は誰何《すいか》した。その一方で、油断なく拳銃に手をかけた。艦内で発砲しても気密がもれないように、貫通力を低く抑えてある。口径も小さくしてあるが、破壊力は大型拳銃と大差なかった。人体に命中しても貫通しないから、傷口は大きく醜いものになる。衝撃でつぶれた弾丸が体内に吸収されても、痛みと傷跡が消えることはない。

作戦中は公室で保管することになっているが、こんな事態は予想していなかった。そのため即応態勢は不充分だった。相手が武装していたら、先に発砲されるかもしれない。

そう考えたが、人かげの動作は緩慢だった。身をひるがえして衝突を避けたあと、間のびした声でいった。

「誰だ……お前は」

早乙女大尉は言葉を失った。乗員不在の隙をねらって、空き巣ねらいが忍びこんだと思ったのだ。だが、盗っ人にしては妙だった。新任の艦長を、値踏みするような眼でみている。

4

冷静に考えれば、泥棒などではありえなかった。

軌道構造物をつなぐ連絡軌条の「駅」や通廊の分岐点には、認証システムが設置してあることが多い。不審な人物が発見されたら、警報が鳴り響いて警備担当の陸戦隊員が集まってくる。舷門がロックされていなくても、不審人物が艦内にまで入りこむことはない。

——それでは、こ奴は何者か。

にらみ合いをつづけながら、早乙女大尉は考えていた。侵入した賊ではなさそうだが、乗員とも思えなかった。着ているものは私物らしい作業衣で、所属や兵種をあらわす徽章《きしょう》の類はみあたらない。その上に年齢は、どうみても老人の域に達している。軍人や軍属ではありえなかった。少し前まで作業をしていたらしく、額が汗でぬれていた。作業衣の袖口が、付着したダストで黒ずんでいる。

雇員かと、大尉は思った。４２にかぎらずイカロスの設計思想は、かなり時代遅れといわざるをえない。故障の頻発も予想されるから、古い時代の設計に通じている技術者を臨時に雇ったのではないか。ただし雇員を搭乗させたまま、軍港を発進することはない。予定していた作業が終了すれば、業務を引きついでイカロス42を退艦すると考えられる。

そう考えれば、一応の辻褄はあう。だが肝心なことは、一向《いっこう》にわかっていない。正規の乗員は、一体どこに消えたのか。老人が雇員なら何か知っている可能性があるが、質問を口にできる状況ではなかった。

早乙女大尉が拳銃を携行していることに、老人は気づいている。腰にのびた大尉の右腕に、油断なく視線を走らせていた。その結果、二人は文字どおり宙に浮いたまま対峙することになった。

不用意に動くのは危険だった。老人も武器らしきものを手にしている。飛び道具ではない。先ほどまで使っていた工具のようだ。殴りかかってくれば銃撃するしかないが、それは不本意だった。だから、動けない。威嚇することも、避けるべきだった。不利をさとった老人が、捨て身の攻撃をしかけてくるかもしれない。

待つしかなかった。相手は老人だ。いずれ疲れて隙をみせる。その瞬間に拳銃を突きつければ、すべては終わる。あとは老人を武装解除して、必要な情報を聞きだすだけだ。長い時間は必要なかった。数分もあれば、決着がつく。そう見当をつけて、間合いを測った。

そのときになって、体が浮きあがるのを感じた。モジュールの内壁が、少しずつ沈みこんでいく。しかも体全体が回転していた。視野が右から左へ移動している。宙に浮いた体は、静止しているはずだった。積みあげられた搭載品に触れて、わずかに残っていた運動エネルギーを消したつもりだった。

それにもかかわらず、体が静止位置からずれだしていた。消去しきれなかった初速で、体が移動をつづけていた。仮固定しただけの搭載品が、動揺を吸収しきれなかった可能性もある。あるいは地球の質量が、潮汐力を発生させたのかもしれない。

体は浮上と回転をつづけ、それにつれて老人の姿が視野の端に追いやられていった。そのままでは、いずれ老人は視野からはずれる。そうなる前に、動きを封じるべきだった。ところがその矢先に、老人が動いた。早乙女大尉の死角をたくみについて、体を沈みこませた。次の瞬間、老人の姿が消えた。

やられたと思った。老人は艦内構造を知りつくしているはずだ。モジュールごとの構造や日常的に発生する気流、さらに見かけ上の力などを利用して行方をくらましたらしい。闇雲にあとを追うのは危険だった。どのモジュールも、未整理の搭載品であふれていた。待ち伏せ場所には、事欠かない。

厄介なことになったと思った。すでに老人は、他のモジュールに逃れている。開いたままのハッチから、老人のものらしい声が伝わってきた。しきりに人の名を呼んでいるが、応答らしきものはなかった。老人は苛立《いらだ》たしそうに、何度もおなじ名前をくり返している。

おそらく艦内通信システムで、加勢を呼び集めているのだろう。そう大尉は見当をつけた。艦内の要所には、固定型の端末が設置されている。老人は隠れ場所に身をひそめて、仲間と連絡をとっているらしい。

その動きをみるかぎり、やはりプロの犯罪者ではなさそうだ。まして潜入した工作員でも、ありえない。伝わってくるのは老人の声だけだが、話していることが筒抜けだった。手の内をさらしているばかりか、所在から現在の状況まで明らかになっている。

それなら、つけいる隙はあった。簡単なことだ。早乙女大尉も、通信端末を利用すればいい。うまくやれば、この艦の乗員と直接的な接触《コンタクト》は可能だろう。ただし問題がひとつある。この艦の乗員構成や停泊時の部署が、まったくわからないのだ。不用意に端末を操作すると、老人と回線がつながる可能性があった。

厄介な状況だが、拙速は避けるべきだった。開戦奇襲で大きな被害を出したせいか、司令部は情報のあつかいには慎重になっている。必要なデータ類さえ公開しようとせず、艦艇や施設の運用にも支障が生じることがあるらしい。

艦長の早乙女大尉でさえ、着任以前には艦内施設の詳細を知らされていなかった。これでは他の乗員と、連絡をとることさえ難しい。かといって老人と直《じか》に接触しても、会話が成立するとは思えない。それよりは、有資格者認証システムを利用した方がよさそうだ。

イカロス42にかぎらず内宇宙艦隊の艦艇には、戦闘艦仕様の通信システムが標準装備されている。外宇宙艦隊の探査船として就役したときには規格自体がなかったが、内宇宙艦隊への編入を機に改装された。

基本的な仕様は外宇宙艦隊とおなじだが、設定された回線のいくつかは有資格者の専用回線になっていた。通常は士官搭乗員や司令部要員専用で、主として僚艦や艦隊司令部との交信に利用されている。

ただし近距離専用の小出力機器だから、実質的には母港に停泊中でなければ利用できない。戦闘時やそれに準じる状態のときには、防諜態勢が強化されて艦外との交信は制限される。状況次第では長距離通信システムにも接続が可能だが、さしあたり現状では考慮しなくていいだろう。専用回線にさえ接続すれば、正規乗員との連絡も可能になる。

老人の介入を、ふせぐことが可能であるはずだ。ただし問題が、ひとつ残っている。最初の認証を、どうやって実施するのか。艦隊司令部からは「端末を操作して、指示どおりに入力するだけ」といわれてきた。トラブルの発生など、予想もしていなかったらしい。

早乙女大尉は耳をそばだてた。老人の声は、すでに途切れていた。低く落とした声の余韻だけが、闇の奥に漂っている。時間的な余裕はなかった。ぐずぐずしていたら、老人が次の手を打ってくる。焦る気持をおさえて、軍規格の気密服を収納したバッグを引きよせた。慎重にバッグを開いて、個人端末の接続パーツを取りだした。

気密服や通信機器の本体は艦の備品だが、個人用にカスタマイズしたパーツだけは各自が管理することになっている。そのパーツを接続すれば、初回に艦長権限の保有者として認証される。そして二度めからのアクセスでは、すべての端末で艦長と認識されるようになるはずだ。あとは艦の管理システムに接続して、登録された乗員のリストと先任士官の所在を確認するだけでいい。個人端末はデータ通信と音声通話のいずれにも対応しているから、相手側の居場所が不明でも連絡は可能だった。

登録番号にあてて指名通信すれば、確実に連絡がつく。しかも相手側の画面には、大尉の官姓名が表示される。侵入者と間違えられることは、二度とないはずだ。呆気ないほど簡単な方法で、拍子抜けがするほどだった。今まで気づかなかったのは、迂闊としかいいようがない。

ただし責任の一端は、乗員たちにある。艦内で騒ぎが起きているのに、乗員は一人も姿をみせなかった。これは失態だった。先任士官ばかりではなく、早乙女大尉や艦隊司令部の責任が問われるかもしれない。

無論、手加減する気はなかった。あえて波風を立てようとは思わないが、穏便にすませるつもりもない。ただでさえ士気の低下が指摘されているのだから、厳正に対処するべきだろう。

早乙女大尉は油断なく視線を走らせて、隣接するモジュールや連結ユニットの様子をうかがった。低い機械音の他に、伝わってくる音はなかった。老人らしき人の気配も、途絶えたままだ。もしかすると、艦外に逃走したのかもしれない。気にはなるものの、さしあたり無視してもいい。

バッグから取りだした通信端末を、有線モードに切りかえてアクセスポイントを捜した。ワイアレスで通信環境をととのえることも可能だが、まれに誤作動を起こす可能性がある。それ以上に盗聴が怖かった。

ここは慎重になるべきだと考えて、未整理の搭載品が雑然と押しこまれていた一角を掘り返した。捜しているものは、すぐにみつかった。個人端末に内蔵されたケーブルを引きだして、ポイントに接続した。

端末の登録は、ごく短い時間で終了した。エラーは生じなかった。大尉の端末は、無事に認識されたようだ。ただちに艦長権限を行使して、登録されている乗員のリストを表示させた。早乙女大尉は首をかしげた。画面には、二人分の名前しか表示されていなかった。

一人は早乙女大尉自身で、居場所の欄には「乗艦中」のサインが表示されていた。もう一人はフェレイラ一曹となっているが、そんな名前に記憶はなかった。先任下士官を意味するマーキングがあるから、この乗員が早乙女大尉が着任するまでの責任者になる。

ただし下士官が、艦長代理を命じられることはない。艦隊司令部か軍港基地隊の主計部長あたりが、大尉の着任まで艦長代理をつとめたのだろう。乗員のリストには名前がないが、システムの記憶領域から履歴を探しだせば具体的なことがわかるはずだ。

艦長代理が誰だかわかれば、連絡をとることもできる。しかしリストをみると、フェレイラ一曹は「乗艦中」になっていた。乗員として登録されたのが一〇日近く前だから、それ以後は艦内で居住していたと思われる。それなら、司令部に足を運ぶまでもなかった。一曹を呼びつけて、問いただせばよかった。

そう判断して、端末に集合命令を打ちこんだ。受信した者はすべての作業を中断して、艦長の端末があるモジュールに参集しなければならない。ところが端末の操作を終えた直後に、着信を知らせる電子音が鳴り響いた。

5

早乙女大尉は眉をよせた。大尉の手の中にある端末ではなかった。デザインの違う下士官用端末が、回転しながら宙を漂っている。とっさに摑もうとしたが、手出しをせずに見送った。

のっそりと姿をみせたフェレイラ一曹は、寝入りばなをたたき起こされたらしい。みるからに不機嫌そうな顔で、早乙女大尉を睨みつけている。だがこれは、あきらかに筋違いだった。たぶん先ほどの老人が、フェレイラ一曹を起こしたのだろう。正体のわからない軍人が、艦内に侵入したと告げ口したのだ。

そのときフェレイラ一曹は、仮眠中だったらしい。作業記録にアクセスしたところ、早乙女大尉の着任直前まで搭載品の搬入がつづいていたようだ。しかも艦側の作業員は、フェレイラ一曹だけだった。あの老人のことは、記録にはまったく記載されていなかった。ただし作業の補助に、ロボット若干を投入したとなっている。

大尉は首をかしげた。あの老人がロボットだとは、とても思えなかった。だが老人の労働力を、ロボットに換算すれば辻褄はあう。フェレイラ一曹が超人的な持久力の持ち主だったとしても、搬入作業を一人でこなすのは無理だった。しかし老人の作業量を加えれば、なんとか予定時間内に片づけられないことはない。

ただ仮に老人が作業に加わったとしても、搭載品の積みこみは長時間にわたる重労働だったと思われる。徹夜の連続で体力を消耗したところで、ようやく作業は終了した。フェレイラ一曹にとっては、待望の仮眠時間だったと思われる。一秒も無駄にせず、休もうとしたのだろう。それを老人が、乱暴に揺り起こした。この分だと一曹は、艦長の着任とは思っていないのではないか。賊の侵入ではなくても、上級司令部の担当者が来訪した程度にしか思っていないはずだ。端末が鳴りだしたときにも、発信者が誰か確認する余裕はなかった。老人にうながされて、眠気をこらえながら連結ユニットに忍びよった。

ところがそこで、大尉からの命令が着信した。慌てた拍子に、個人端末をはじき飛ばしてしまった。散乱する搭載品の奥から、かすかに着信音が伝わってくる。一曹にとっては、怒り心頭に発したというところではないか。

実際に一曹の見事な金髪は、寝癖で突っ立っている。イカロス42の発進までには間があるから、加速による重力で髪が撫でつけられることもなさそうだ。自然な形で髪がおさまるまでには、かなり時間が必要なのではないか。

いっそのこと爆発状態の髪型で通せば、軍港周辺の盛り場では押しがきくかもしれない。早乙女大尉は、ひそかにそう思った。ところで下士官兵の上陸時には、軍装が義務づけられていた。しかも軍衣着用時には軍帽か艦内帽をかぶることになっているから、無重量状態でも髪は落ちつく可能性がある。

意識したわけではないが、フェレイラ一曹の頭髪ばかりを注視していたようだ。気がつくと一曹が妙な顔で見返していた。早乙女大尉は咳払いをして名乗った。

「航空宇宙軍内宇宙艦隊所属特務艦イカロス42艦長早乙女大尉だ。本日付で着任した。以後よろしくお願いしたい」

卑屈にならないよう注意したつもりだった。かといって、尊大にふるまうのはもっと悪い。下士官兵の集団には、注意が必要だった。士官とは別系統の教育を受けている上に、艦内作業の実務面には精通している。

平時の初級士官は実務学習の意味もあって、短期間ずつ様々な艦に配属されるのが普通だった。これに対し下士官は、おなじ艦に長期間にわたって乗り組むことが多い。なかでも先任下士官は、乗艦の隅々まで知りつくしている。

古参下士官の協力がなければ、艦は動かないとさえいわれていた。フェレイラ一曹が主《ぬし》と呼ばれるほどの存在とは思えないが、仁義を切っておくのにこしたことはない。ところが当のフェレイラ一曹は、それほどの貫禄はなかった。安眠をさまたげた艦長に、突っかかってくるほど鼻っ柱はつよくないようだ。

大尉が名乗ると同時に、息をのむ気配が伝わってきた。一人ではなかった。早乙女大尉の耳には、二人分の気配が届いていた。もう一人はハッチのかげに隠れている。あの老人かと、大尉は思った。声をかけようとしたら、先に一曹が名乗った。律儀に敬礼したが、冷静さを欠いていたらしく体が回転をはじめた。

宙に浮かんだままだから、容易には停止できそうにない。しかも腕をふりまわして回転量を調整できる「旋転」ではなかった。回転の中では、もっとも制御しづらい縦回転だった。どうするのかと思っていたら、両膝を空転させて回転速度を次第に落としていった。

すでに一曹は落ちつきを取りもどしていた。最後の瞬間は、早乙女大尉と正面からむきあう形で停止した。長身を利用した見事な姿勢制御だった。身体能力の高さに拍手したいほどだが、その間にハッチの後方にひそんでいた老人の気配は消えていた。

艦外に逃れる気なのかと、早乙女大尉は思った。気がかりな存在だが、艦から退去するのであれば追うこともなさそうだ。あとでフェレイラ一曹から、事情を聞けばいい。それよりも、大事なことがあった。乗艦してから、もっとも知りたかった点だ。フェレイラ一曹に視線をすえて、大尉は問いただした。

「他の乗員はどこか。上陸しているのであれば、所在を知りたい」

状況からして、一曹が質問をはぐらかすとは思えない。知っているかぎりのことを正確に伝えようとするはずだ。乗員の所在を明かすことが、不利益につながるとは思えないからだ。だとしたら、この質問に対する返答が有力な手がかりになる。

さらに大きな事実を引き出すには、その周辺状況から探っていくべきだ。そう見当をつけて、フェレイラ一曹の返答を待った。ところが一曹の言葉は、予想を裏切るものだった。というより、問いかけが成立していなかった。フェレイラ一曹は困惑した様子でいった。

「乗員は全員そろってますが」

何故そんなことを聞くのか、という顔をしていた。早乙女大尉の思考が停止した。フェレイラ一曹の言葉が理解できないまま、大尉はおなじ問いかけをくり返した。

「全員そろっている、だと？　艦長と先任下士官の二人だけで、この巨艦を運用するというのか。とても正気とは思えん」

「正確には作業用のロボットが何体か、搭載されていますが……」

そこまで話したところで、一曹は口ごもった。まだ何か、話していないことがあるようだ。視線を頼りなく宙にさまよわせている。事情はわからないが、時間をかけるべきではなかった。詰問するつもりで、身を乗りだした。だが、その必要はなかった。

気配を感じて、早乙女大尉は姿勢をかえた。わずかに視野が変化して、人かげが姿をみせた。あの老人だった。年齢を感じさせない身のこなしで接近し、大尉の間近で停止した。ぴしりと背筋をのばして敬礼したが、大きな動きに反して体の重心は一ミリも移動していなかった。

その動きをみるかぎり、この場にいる誰よりも身のこなしが自然だった。職業軍人として長期にわたる艦隊勤務か、商船隊の幹部船員として勤務していたのは間違いない。老人は空中で不動の姿勢をとったまま名乗った。

「ガトーです。登録番号はRo-IK4211――」

早乙女大尉は当惑して黙りこんだ。ガトーと名乗る老人の告げた番号は、特務艦イカロス４２に搭載されたロボットであることを意味していた。だが外見上の特徴をみれば、ガトーが人間であることは歴然としている。

若いうちなら誤魔化せても、歳をとると肌の老化を隠すことはできない。しかもガトーは、通信用のコムキャップを手にしている。通信端末が内蔵されたヘッドセットで、両手をフリーにしたまま交信が可能になっている。

たぶん早乙女大尉とフェレイラ一曹の会話を、傍受しようとしたのだろう。先ほど急に気配が遠ざかったのは、キャップをとりにいったせいだと考えられる。だが本物のロボットなら、そんなものは必要ない。通信システムは内蔵されているのが普通だった。

ではなぜガトーは、自分をロボットだと強弁するのか。妄想だとは思えない。それどころか、本人も信じていない節がある。事情は単純なものだった。軍属でも雇員でもない民間人を、戦闘艦に搭乗させることはできないからだ。

そのため公的には、作業用ロボットとして登録されていただけだ。本物の作業用ロボットも搭載されていたが、用途に応じて特化した自動作業機械だから人型は一機もなかった。外見が人間と見分けがつかないアンドロイドに、存在価値はなかったといえる。

それにもかかわらず、ガトーは員数外の乗員として作戦に加わることが決まっていた。イカロス42の船体およびロボット作業機械の保守点検作業は、フェレイラ一曹の担当だった。ところが現実的にいって、技術科の下士官一人がすべての機器を整備するのは無理があった。

皮肉なことに乗員の負担軽減を目的に導入したロボットが、あらたな仕事を増やしたといえる。搬入した搭載品の仮固定が、妙にちぐはぐだったのはそのせいだ。手練《てだ》れのメンテナンス要員であるガトーと、他の作業に特化したロボットが共同作業をしたのだ。仕上がりが不自然なのは当然といえる。

6

客観的に状況判断をすれば、乗員の増加は避けられなかった。

そして追加するのが一人だけなら、ガトーは最適任だった。詳細は不明だが、軍歴は長く艦隊勤務の経験も充分にあるらしい。その上に航空宇宙軍を退役してからは、コロンビア・ゼロ軍港の展示施設でボランティアをしていたという。係留されていたイカロス探査船のメンテナンスが担当だったというから、これ以上の選択はなかった。

一度はそれで、納得しかけた。しかし時間をおいて考えると、なんとなく腑に落ちない点が残った。出撃後に判明したことだが、ガトーは早乙女大尉の論文にも眼を通していたらしい。それが事実なら、ガトーは佐官以上の階級で現役を退いたことになる。

だが記念艦のメンテナンスを担当していたのであれば、下士官かせいぜい特務士官どまりで退役したはずだ。現役の時期は大部分が下士官だったことになるが、大尉の論文にふれる機会があったとは思えない。一体どうなっているのか。

いくつもの疑問は残るものの、出撃までに残された時間はわずかだった。そして片づけるべき仕事は、山のようにあった。三人しかいない乗員が、顔をあわせる機会も少なくなっていた。それぞれが担当する仕事で手一杯だった。

言葉をかわすどころか、姿をみる機会もないまま日がすぎていく。そして忙しさが頂点に達したとき、イカロス42の船体を轟音と震動が貫いた。出力を全開にしてイカロス42は加速を開始し、開戦直後の奇襲で破壊された泊地の片隅を離脱した。外宇宙を大きく迂回して、土星系の外側にまわり込む軌道をとる予定だった。

航宙艦一隻に乗員が三人だけの、小規模な爆撃隊だった。

だがこれは人類史上はじまって以来の、星間戦略爆撃隊になるはずだった。過去の戦闘では敵の戦闘艦艇や、センサなどの直接戦闘支援施設に攻撃対象が限定されていた。つまり直接的な敵戦力の低下をねらった戦術攻撃であり、敵後方兵站施設の破壊を意図した戦略爆撃は例がなかった。その余裕がなかったからだ。

航空宇宙軍の戦闘艦艇は、二度にわたる外惑星動乱で多くの戦闘を経験してきた。いずれも身近にせまった脅威を、実力で排除する形で戦闘は開始された。結果的にそれが戦術攻撃になったのだが、戦略爆撃を回避していたわけではない。

戦略爆撃を実施するには、多くの専用機材や運搬手段を必要とする。通常の対地攻撃を拡大しても、戦略爆撃にはならないのだ。戦力の根源となる生産施設を一時的に破壊、あるいは広い範囲で生産力を低下させる必要があった。かといって敵の生産施設や、インフラなどの攻撃目標を、完全に破壊してしまったのでは意味がない。

生産力の根源となる都市も同様だった。地球上の戦略爆撃と違って、戦後の復興を計算に入れた上で攻撃しなければならないのだ。軌道上や衛星地表の都市は攻撃に対して脆弱《ぜいじゃく》だから、火力の投入は慎重になるべきだとされていた。さもなければ戦闘に勝利しても、入手できるのは廃墟だけということになりかねない。

発進後もしばらくは、多忙さから解放されることがなかった。懸案事項や大きな決断を下すべき問題はないのだが、細々とした雑用がいつ終わるともしれずつづいた。それでも日々の単調な作業は、着実に減少していった。搭載されたロボット群は高性能で、しかも学習能力が高かった。

最初のうちは手間がかかったが、次第に状況は改善された。ガトーはメンテナンス要員として、完璧な仕事をした。保守作業用のロボットを徹底して調整した結果、整備にかける労力と時間が劇的に低下していた。必然的にガトーらの負担が軽減されて、日常的な業務に余裕が持てるようになった。

早乙女艦長も、それは同様だった。ただ時間的な余裕が生じたことで、かえって精神的な負担が増大したような気がする。乗員たちが手にしたのは、自由が保証された余剰時間などではなかった。刺激にとぼしく変化も少ない、死後の世界を思わせる時でしかなかった。乗員の意思を無視したかのような、単調きわまりない航宙が延々とつづくだけだ。

無論、航宙の大雑把な日程は知らされていた。だから単調な日常は予想していた。それでも時折、疑いを捨てきれなくなる。もしかすると自分たちは、見当ちがいの方角に突きすすんでいるのではないか。あるいは戦闘はすでに終了しており、敗れた彼らは全員が死体となって漂流をつづけているのかもしれない。だとすると自分たちが単調な航宙だと思いこんでいるだけで、本当は死後の夢ではないのか――。

艦長の重責に耐えられなかったのかと、早乙女大尉は思いはじめていた。二人しかいない乗員が、敵対する勢力と感じる瞬間があったからだ。本来は早乙女大尉が一人で操艦するはずのイカロス42に、破壊工作が目的で乗りこんできたのではないか。そうだとしたら、全力で排除しなければならない。

そんな風に思い悩んで、艦長室に籠城したこともあった。このときは数時間で正気を取りもどしたが、それ以後は乗員たちの大尉をみる眼が変化したような気がする。だが大尉としては、平静さをよそおうしかなかった。

普段どおり当直勤務に立ったものの、あとから考えると綱渡りのような際どい行動をとっていたように思う。しかも何をやっていたのか、思いだせない時間帯があった。断片的な記憶を拾いあつめて記録を作成しても、埋められない空白が残るのだ。

あとから考えると、正気を保っていられたのが不思議なほどだった。だがこの時期の早乙女大尉には、精神的な拠《よ》り所《どころ》があった。新造時のイカロス探査船による航宙は、さらに長距離の進出をはたしたらしい。しかも九人のクルーが同乗していたのに、誰一人として理性を失わなかったという。

おそらく燃えるような使命感のせいではないかと、早乙女大尉は判断していた。人間の手が触れていない深宇宙の隅々にまで足跡を残したいという熱い思いが、苦難に満ちた航宙を成功させたのではないか。あるいは科学者たちが夢みた未知の領域に進出して、あらたな世界を探査したかっただけかもしれない。

ならば早乙女大尉以下の乗員も、前例にならえばいい。一部だけとはいえ同一の船体を再利用しているのだから、感覚的にも理解しやすかった。しかも作戦計画の原型となる論文は、早乙女大尉が書き起こしたものだ。作戦計画の実行にあたっては、詳細かつ具体的な実施計画を作成しなければならない。

多くの困難が予想されるが、その一方で心躍る作業でもあるはずだ。大尉は待った。出港から一定の時間がすぎないと、計画書ファイルの閲覧は許されない。戦略爆撃の準備作業は、先送りにするしかなかった。それでも苦痛は、感じなかった。明確に指定された閲覧時刻があるのだから、余裕を持って待機をつづけることができた。

様々な手段で待ちの態勢をとったものだから、予定の時刻に達しても感慨はなかった。どちらかというと、ひどく呆気ない印象を受けた。ようやく単調な日常にも慣れて、航宙期間の初期段階をすぎたころだった。

ところが早乙女大尉はすぐに、落胆と疑念を抱えこむことになった。戦略爆撃にかけた大尉の熱い思いは、わずかな時間で跡形もなく消えた。あとには虚脱感しか残らなかった。重すぎる喪失感と解くことのできない疑問で、早乙女大尉の心は満たされていた。

早乙女大尉が全力をあげて取り組んできた論文は、誰だかわからない人物によって骨抜きにされていた。期待とともにファイルを開いた大尉は、裏切られた思いで閲覧を終えた。原型となる論文の主張は、何ひとつ生かされていなかった。あとには失望だけが残された。

何をどうしていいのか見当もつかないまま、時間だけがすぎていった。世界のすべてが終わったかのようで、身動きがとれずにいた。ところが大尉の解釈は、間違っていた。本当の終わりは、まだ始まってもいなかったのだ。あまりにも衝撃が大きすぎて、そのことに気づいていなかったらしい。大尉がみたのは論文に記された世界観の終焉であって、人類の葬送にはほど遠い出来事でしかなかった。

長い時間が経過したあと、ようやく早乙女大尉は我に返った。何もかわっていなかった。あいかわらず大尉はイカロス42の艦内で、単調な日常をつづけていた。ただ軍令部に対する認識は、大きく変化していた。

作戦計画からの逸脱は、これまで一度も考えたことがなかった。だが骨抜きにされた計画ファイルをみたあとでは、それもあやしくなった。作戦はすでに開始されているが、今ならまだ間にあうはずだ。

残された時間と必要な作業工数を計った上で、作戦計画を修正していくべきかもしれない。場合によっては根本的な再編もありうるが、そうなると大尉一人でできることではない。乗員二人の同意と協力が、絶対に欠かせなかった。

7

決意を伝えることには、いくらか躊躇があった。

自分自身が下した決断に、迷いがあったわけではない。行動基準や基本方針は、早い段階で決めていた。いまの時点で話すことには、いささかの揺らぎもなかった。二人の乗員——フェレイラ一曹とガトーに告げようとしているのは、早乙女大尉の決断というより覚悟そのものだった。

だから二人に事情を話して、協力を求めることに抵抗はなかった。イカロス42が置かれている状況を考えれば、計画の実行に二人の協力は欠かせない。排除は考えていなかった。真意を話さずに騙し通すという選択肢は、最初から除外している。二人に実情を知らせないのであれば、大尉が独力でイカロス42を操艦するしかないからだ。

　だがそれは、あまりにも現実離れしている。どのみち早乙女大尉の計画に、二人は気づくはずだ。ガトーは民間人だが、最近まで軍務についていたのは間違いない。仔細に観察するまでもなく、全身から職業軍人らしさを発散させていた。

　もう一人のフェレイラ一曹も、油断がならなかった。二人が艦隊司令部から送りこまれてきた監視役だといわれても、否定するだけの証拠はない。かといって、二人を拘束するのは問題外だった。

　艦内唯一の個人携行火器であり、艦長だけが所有を許された拳銃一挺で艦内を制圧するのは困難だった。艦内の一室に閉じこめても監視が必要だし、食事も提供しなければならない。それくらいなら射殺して、死体を艦外に投棄した方が格段にましだった。

　一時はそう考えて、二人の「処分」を具体化しようとした。だが、果たせなかった。拳銃を突きつけて拘束しても、イカロス42を制圧したことにはならないのだ。二人が同時に反撃すれば、拳銃一挺だけでは阻止できそうになかった。しかも現実的なことをいえば、早乙女大尉が独力でできることは限定されている。むしろ二人を味方に引きいれて、計画に加担させた方が状況の好転が期待できるのではないか。

　躊躇はここで生じた。二人の乗員に協力を求めるのであれば、細部にいたるまで事実を正確に伝えた方がいい。さもなければ、信頼関係は構築できそうになかった。ただしそれには、大きな危険がともなう。

命令不服従は重大な犯罪であり、二人の乗員が諾々と従うとは限らない。極秘であるはずの行動が発覚する可能性は増大するし、状況次第ではいつ二人が敵にまわるか知れたものではない。その信頼できない相手に、手の内すべてを無条件で明かすことになる。しかも協力を持ちかけた時点で、早乙女大尉は手札を残らず使い切るしかないのだ。

もしも二人の乗員が大尉にしたがわず、上級司令部に通報すれば一切が終わる。それくらいなら頭ごなしに命令して、有無をいわせず協力させるべきかもしれない。作戦中は情報の流入が遮断されるから、嘘がばれる気づかいはなさそうだ。

多少の不合理さはあっても、強引に押しとおすことはできた。細部の辻褄があわなければ、上級司令部のせいにすればいい。

司令部による作戦計画ファイルは、艦長の早乙女大尉だけが閲覧できる。独断で改変したところで、気づくものはいないはずだ。かりに計画を根本的に見直すことになっても、司令部の方針だと強弁することは可能だった。

どうしても辻褄があわなければ、艦隊司令部から早乙女艦長あての暗号電が着信したことにすればよかった。それ以上の説明を拒否した上で、計画を変更することができる。実施部隊の艦長や乗員としては、粛々と命令にしたがうしかなかった。

無論そこまで徹底しなくても、乗員に不審を抱かせない方法はある。大筋では正確な情報を伝えておいて、細部だけを都合よく改変しておくのだ。意図的な嘘を混ぜこんで、説得力を持たせておくともいえる。乗員の反抗を封じるのが目的なら、その方がむしろ有効といえた。

一時は躊躇したものの、すぐに早乙女大尉は迷いを捨てた。大尉が命令を無視して作戦計画を改変した事実は、いずれ発覚する。軍令部の恣意的な判断で、早乙女大尉が立案した基本計画は大幅な後退を余儀なくされた。そして爆撃行の戦略目標は、外惑星連合軍の後方防衛態勢をおびやかすだけで充分とされた。

それを大尉がもう一度くつがえして、本来の形にもどそうとしている。そのせいで土星系には、無視できない実害が生じる可能性があった。状況次第では、大規模な災害なみの被害をもたらすかもしれない。

そのような「戦果」は、最短時間で艦隊司令部でも観測される。現在では小惑星帯の外縁ちかくまで、敵信の傍受基地や監視哨が進出している。イカロス42による作戦計画からの逸脱は、早い段階で把握されると考えていい。

早乙女大尉によるオリジナル論文は軍令部の手によって大幅に修正され、土星周辺の主要航路を大型爆雷の爆散塊で寸断するという作戦計画が示された。外惑星連合軍の陣形からは、後方となる航路帯も安全ではないと知らせるのが目的だった。

しかし早乙女大尉の私的な改変が成功すれば、計画は根底からくつがえされる。攻撃目標は大きく変化して、土星系の衛星地表にも容赦なく爆雷の破片が降りそそぐだろう。爆雷の威力は大きく、破片は広範囲に拡散するものと考えられる。

その「戦果」は艦隊司令部はもとより、イカロス42の艦内からでも確認できるはずだ。もしもこの時点で二人の搭乗員が事実を知れば、信頼関係は一気に崩壊する。早乙女大尉がどれほど言葉をつくしても、修復は不可能だった。

それ以前に事実を知った艦隊司令部は、フェレイラ一曹に対し早乙女大尉の拘束を指示するものと思われる。大尉は艦長職を解かれ、先任下士官のフェレイラ一曹に実質的な権限が委譲されるのではないか。そして形の上ではイカロス42は、艦隊司令部の直接指揮下に編入される可能性が高い。

しかし現実に起きる混乱は、その程度ではすまないはずだ。コロンビア・ゼロ軍港に帰着したイカロス42は、ただちに警務隊によって制圧されるだろう。そして艦内がくまなく捜索されて、命令不服従の証拠が押収されるのではないか。

航空宇宙軍の警務隊は、些細な矛盾も見逃さない。制御システムの記憶領域や、艦内通信端末の使用履歴まで洗いざらい調べていく。拒否することは、許されない。全乗員の日常的な記録や、思想的な背景までが明らかにされるはずだ。少しでも不審な点があれば、何度でも尋問がくり返される。

どこにも逃げ場はなかった。推進剤の残量がかぎられているから、イカロス42の軌道は限定される。地球周回軌道上のコロンビア・ゼロ軍港に、帰還する以外の選択肢はなかった。第三国に緊急避難するのは物理的に不可能だし、なによりも不本意だった。

二人の乗員と強固な信頼関係を構築するのは、そのような事態にそなえるためでもあった。大尉の計画が実現すれば、土星系の戦局は一変する可能性があった。その混乱に乗じて、次の行動を開始することを考えていた。その場合でも、二人の協力は欠かせない。一人では何もできないことは、充分に承知していた。

早乙女大尉は、わずかに姿勢をただした。二人の乗員は表情を変化させることなく、大尉を注視している。呼びだしたのは大尉の方だから、乗員たちの方が口を開く気はないらしい。黙ったまま、大尉の言葉を待っている。

それを見越した上で早乙女大尉は、そろそろと本質に近づいていった。軍令部によって作戦計画が改変された経緯と、それを本来の形にもどす必然性について丹念に話していく。手ごたえはあった。反応は充分とはいえなかったが、興味はあるようだ。

それなら、力押しに押していくしかなかった。反抗の教唆としか思えない大尉の言葉に、公然と異議をとなえる気は二人にはなさそうだ。それを確認した上で、大尉は本質にせまっていった。ことさら扇情的な言葉を使って、司令部の方針を否定しようとした。

「——艦隊司令部から送信されてきた作戦計画は、すでに破綻している。ただしその事実に気づいた者は、司令部には一人もいない。したがって我々が手がけるべきなのは、命令を忠実に実行することではない。消極的な守勢戦略に、意味があるとは思えないからだ。

当初の戦略を恣意的に組みかえて、敵の後方兵站を破壊するだけでは不充分なのだ。この機に乗じてタイタン軍の防衛態勢を、徹底的に破壊するべきだと断言する。そうすれば今次動乱の趨勢は、事前の予想よりも格段に早く決する。

しかも確実かつ迅速に勝利を手にできるから、我が方の消耗を低くおさえることが可能になる。

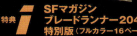

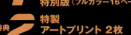

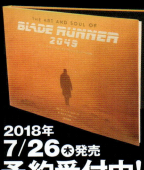

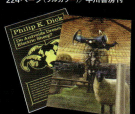

アート・アンド・ソウル・オブ・ブレードランナー2049 申込書

お申し込みの方のご記入欄			
	お名前	フリガナ	お申し込みの個数　　個
	ご住所	フリガナ	
	年 齢	歳	お電話番号　数字を◯で選んでください　1 自宅　2 呼出　3 勤務先　4 携帯

アート・アンド・ソウル・オブ・ブレードランナー2049 申込書

書店様発注書			
	書店名		お申し込みの個数　　個

書店印

●お客様の個人情報データは、商品発送目的以外には使用いたしません。また、作業完了後には廃棄いたします。

※書店様へ：お客様より上記商品のお申込みを受けた場合は

つまり戦後の安定支配が保証されて、三度めの動乱は起こらないはずだ。航空宇宙軍に武力で反抗するものはおらず、停滞していた外宇宙探査は再開される」

感情をまじえることなく、淡々と話していった。二人を説得する気はない。自明の理を伝えるつもりで、思うところを直接的な言葉で伝えただけだ。それにもかかわらず、自分の背筋が冷たくなるほどの凄味を感じた。

もしかすると無意識のうちに、二人を威嚇していたのかもしれない。いつの間にか二人の表情が、硬くなっていた。大尉はさらに深く、二人の心に切りこんだ。大尉の計画が成功するか否か、まだ確信が持てずに迷いから抜け出せないようだ。

ただ計画の骨子がゆるぎないものなら、最初の論文に記載されたとおり歴史は動く。そして動乱終結までの時間を、短縮することは可能であるはずだ。無論、簡単なことではない。技術的な問題も山積していたが、対処は可能だと大尉は考えていた。

全員が協力すれば、解決できない問題はない。そう信じて、大尉は具体的な方針の検討にうつった。それとなく反応をたしかめたが、二人の様子に変化はなかった。ただ、関心はあるらしい。大尉の言葉を、熱心に聞きとろうとしている。

そのことに安堵して、大尉は話を再開した。

「――艦隊司令部の作戦計画によれば、いまから約二〇時間後に『プローブ（先行探査機）』を分離することになっている」

そういったあと、いくらか間をおいて二人の表情をうかがった。やはり反応は鈍かった。大尉の本心をはかりかねているのか、二人とも怪訝《けげん》そうな顔をしている。ただ、無視する気はなさそうだ。「プローブ」という言葉に、興味をひかれたのかもしれない。符丁のような使い方をされているが、実際には攻撃用爆雷でイカロス42には二基が搭載されている。

爆雷の射出機構と照準システムは、イカロス42の内宇宙艦隊編入時に追加艤装された。といってもプローブの艦外固定および分離装置と追跡システムを流用して、最小限の改造で機能を追加しただけだ。運用実績がとぼしく信頼性も高くないが、爆雷としての威力は無視できない。しかし艦隊編入時の担当者などには、現在も「プローブ」と呼ぶものが多かった。

軌道上の最適位置で分離・射出すれば、母機であるイカロス42の軌道速度を維持したまま攻撃目標にむけて移動をつづける。威力は大きく巨大な爆散塊が広範囲に拡散して、交差軌道上の複数目標に被害をあたえることが可能だった。ただし自力では軌道修正ができない。

母機自体も機動力が劣るから、高速移動する敵艦の追撃戦闘などには不向きだった。むしろ複数の点目標を、遠距離から攻撃するのに適している。ところが送信されてきた作戦計画によれば、網のように広げた爆散塊で土星周辺の航路帯を寸断するとされていた。

成功すればタイタン軍の士気は大きく低下するというが、とても信じられるものではない。少なくとも早乙女大尉が論文で言及したような、動乱の早期終結は期待できそうになかった。実際にシミュレーションをくり返しても、後方支援態勢の破壊につなげることは困難だと判明した。

早乙女大尉の論文と艦隊司令部の作戦計画をくらべてみると、その違いは歴然としている。司令部はタイタンをはじめ土星の衛星地表や軌道上の目標を、雷爆撃してはならないと考えている節があった。戦後の復興を、容易にするための方針かもしれない。これでは敵の士気をそぐどころか、かえって侮《あなど》られる結果になりかねなかった。

最初にこの点を改善して、攻撃を効果的におこなうべきだろう。さもなければタイタンの堅陣を、突きくずすのは困難だ。先のことを考えすぎると、かなりの損害と時間を投入せざるをえなくなる。

8

覚悟は決めたつもりだった。その上で早乙女大尉は、二人の乗員に計画を打ちあけた。

二人の協力は欠かせないが、責任を負わせようとは思わなかった。たとえ警務隊の尋問を受けても、彼らが罪を問われることはないはずだ。かりに軍法会議が開かれても、切り抜けられるだけの材料は用意しておいた。作戦の改変に加担させたとしても、肝心なことには一切ふれず大尉の記憶にのみとどめておくつもりでいた。

かといって事前の打ちあわせを、曖昧にする気はない。二人にまかせる作業については、くどいほど念をおしておいた。だから誤解は生じないはずだったが、二人は要領をえない顔をしている。嫌な予感がした。もしかすると二人は、大尉の言葉を真剣に受けとめていないのかもしれない。あるいは艦内で起きつつある事態を、察していない可能性があった。

——それとも、意図的に無視しているのか。

表情が変化しない二人をみているうちに、そんなことまで考えた。艦長の言葉は絶対であり、公然と無視することは到底できない。かといって受けいれる気もないから、理解できないという態度をとるしかないのではないか。

要するに単なる誤魔化し以上の意味はないが、反応がとぼしいものだから何を考えているのか見当もつかなかった。静止画像を相手に熱弁をふるっているような、頼りない気分だった。そのことに不安を感じて、早乙女大尉は言葉を途切れさせた。

どうも妙だった。反応をさぐるつもりで、それとなく二人の様子をうかがった。結果にかわりはなかった。矢継ぎ早に質問したが、要領をえない返答しかもどってこない。二人はすでに、心を閉ざしているようだ。無理にこじ開けようとしても、頑《かたく》なになるだけだ。

早乙女大尉は困惑した。何が拙《まず》かったのか、見当もつかない。二人のこのような反応は、予想外だった。それでも大尉は諦めずに、辛抱づよく説明をくり返した。重複は承知の上だった。ところが結果は、惨憺《さんたん》たるものだった。

二人の表情に、はじめて変化らしきものがあらわれた。だがそれは、期待を裏切るものだった。彼らの表情には、ある種の疑念が見え隠れしていた。早乙女大尉の精神状態は、破綻しかけている——そんな疑いを、持ちはじめているようだ。まさかとは思うが、可能性は否定できない。二人の乗員は大尉の真意に気づかないまま、不信の思いをつのらせている。

大尉にとっては、心外な状況だった。このような事態を回避するために、隠しごとは一切しなかったつもりだ。軍令部や艦隊司令部に対する不信感も、遠慮なく口にしてきた。その上で大尉が土星系攻撃の作戦計画を、根本的に改変しつつある事実を伝えた。よほど鈍感な人物でなければ、大尉の真意に気づくはずだ。

――それとも単に、気づかないふりをしているだけなのか。

そんなことも考えた。二人の訴追を回避するために、計画の最終段階については触れないでおいた。それが逆に不信感をつのらせた可能性はある。用心のつもりで重要な部分を省略したのが、かえって溝を深めたのかもしれない。

冷静になって考えると、作戦計画の改変は綱渡りのように際どいものだった。爆雷の分離は今から約二〇時間後を予定していたが、それだけの時間で計画を根本的に改変するのは相当に無理がある。爆散塊の大雑把な軌道だけを知らせて、爆雷分離までの手順を修正させるのが現実的な方法ではないか。

いかにも泥縄で、しかも丸投げに近いやり方だった。しかし、他に選択の余地はない。具体的な数値が必要なら、口頭で指示をすればいい。それならあとに証拠は残らないから、二人が違法行為を承知の上で大尉に加担したことにはならないはずだ。

このときには、大尉自身の考える戦略爆撃の明確な攻撃目標は決まっていなかった。土星系の衛星地表あるいは軌道上の構造物で、充分な常住人口が存在する拠点という曖昧な条件があるだけだった。二人の乗員に迷惑をかけたくないからだが、それは理由のひとつでしかない。

攻撃目標の候補を選んだ段階で、それ以上の作業は手つかずのまま中断していた。彼我《ひが》の位置関係と軌道が確定しないと、決められないからだ。イカロス42にはプローブと称する爆雷が二基しか搭載されておらず、しかも戦略爆撃に投入できるのは一基だけだった。

あとの一基は前方宙域の敵を、一掃するために投入される。「露払い」と称する自衛用の爆雷で、戦果などは最初から期待していない。そしてこのことは、作戦計画が修正されても変化する可能性がなかった。

イカロス42の防衛システムが貧弱なことと、土星系天体との位置関係からして他に選択の余地がなかったのだ。土星軌道宙域で敵艦隊の待ち伏せを受ければ、最低限の自衛戦闘火器を搭載していないイカロス42に勝ちめはない。

かりに「露払い」をなくして戦略爆撃に全力を投入しても、それほど大きな変化はないと思われる。逆にいえば作戦計画を改変したところで、戦果は拡大できないのではないか。搦《から》め手から攻撃されたことで、外惑星連合の防衛態勢が見直しをしいられる程度だろう。

すでに議論はつきていた。

というより、最初から話しあうことなど存在しなかった。そのことにようやく気づいたらしく、誰もが黙りこんでいた。気まずい沈黙が延々とつづき、打開の道が開けないまま無為に時間がすぎていった。こうなると、迂闊には口を開けなかった。

なにをいっても否定されそうな、硬直した空気が満ちていた。あまりのことに、呼吸まで苦しくなってきた。それなのに、言葉を口にできない。焦りが先にたって、発声機能が封印されてしまったようだ。

膠着《こうちゃく》状態を破ったのは、ガトーだった。ふっと視線をそらして、フェレイラ一曹を直視した。かすかに唇を動かしたが、何をいったかまでは聞きとれない。日常的な会話らしく、断片的ながら意味は理解できたような気がした。

——定時観測の、時刻だといったのか。

あまりにも場違いな言葉のせいで、耳が聴取を拒否してしまったようだ。だがフェレイラ一曹は、理解していた。短く了解の言葉を返すと、床を蹴って移動を開始した。

「待て。まだ話は——」

終わっていない、といいかけて大尉は口を閉ざした。ガトーがするどい眼を、早乙女大尉にむけている。あとの話は、ガトーが引き受けるということらしい。冗談ではないと思った。交渉を放棄して、逃げだしたとしか思えなかった。困惑してフェレイラ一曹を呼びとめようとしたが、間にあわなかった。

すでにフェレイラ一曹の姿は、連絡通廊の奥に消えていた。艦首前方に突出した観測施設に移動したようだ。当惑していたら、今度はガトーが床を蹴った。ガトーまで立ち去るのかと思ったが、そうではなかった。壁面のパネルを外して、奥から通信機器らしきものを引きだした。すばやく工具を操作して、機器から突出したケーブルを切断した。

「ブラックボックスだ……。ただし本来の使い方は、されていないと思った方がいい。大尉も噂くらいは、耳にしたことがあるだろう」

陰気な声で、ガトーがいった。予想外の言葉に、早乙女大尉は返答することもできずにいた。

ブラックボックスは本来、事故発生にそなえた自動記録装置だった。戦闘艦が破壊されるほどの衝撃を受けても、記録だけは回収できるほど頑丈な構造になっている。ケーブルを切断したくらいで、機能を停止することはありえない。

——ということは「本来の使い方」をされていない方なのか……。

そう考えるのが、自然な気がした。外見上はブラックボックスとかわらないが、実際の機能は盗聴や監視の装置が相当数ふくまれているらしい。本物のブラックボックスほど頑丈ではないから、排除するのは難しくない。

不穏な動きのある艦艇を、艦隊司令部が監視しているという噂は何度か耳にしたことがあった。あるいは司令部を素通りして、警務隊にデータが集積されているともいう。ケーブルを故意に切断すれば、それだけで反抗の意思ありとみなされる。

9

早乙女大尉は無言のまま、宙に浮かぶブラックボックスもどきをみていた。

切断されたケーブルを後方に引きながら、モジュール内を浮遊している。なんとなく糸の切れた凧を連想させたが、もとより大尉は実物をみたことがない。ケーブルを故意に切断すれば、厄介なことになるというガトーの言葉が胸に響いた。

ただ行動範囲が限定されている小型の艦艇でなければ、リアルタイムで状況が通報されることはありえない。イカロス級のように進出距離の大きな艦船の場合は、母港帰着後でなければ情報が伝わらないだろう。ガトーは不機嫌さを隠そうともせずにいった。

「仕掛けられているのは、ひとつだけとは思えない。装置自体の作動不良もありうるから、最初から予備を用意していると思われる。ただし同一形状の装置が、ひとつのモジュール内に複数セットされていた例は過去になかった。

いずれにしても、油断するのは危険だ。控えめにいっても、艦長は少し言動に注意した方がいい。ご自分が要注意人物だという自覚が、不充分だといわざるをえない。乗員を信頼するのは大事なことだが、いまの段階で計画の全容を明かすのは無謀すぎる。

しかも攻撃目標の選定という最重要事項を、思想的な背景も不明な乗員に一任しようとしている。杜撰《ずさん》のきわみ以外の、何ものでもない。しかも艦長は、ことの重大さを認識しておられないようだ。緻密で細部まで考察がいきとどいた論文の著者と、同一人物とはとても信じられない」

早乙女大尉は圧倒される思いで、ガトーの言葉を受けとめていた。反論の余地はなかった。いずれの指摘にも、自覚があったからだ。ただし確信はなく、漠然とした疑念だけを抱えていた。それをガトーは、歯に衣を着せず指摘した。

遠慮や気づかいなどは一切せず、ストレートな言葉を次々に投げつけてくる。「論文を書く能力は卓越しているのに、現実の部隊指揮にはみるべきものがない」とか「フェレイラ一曹が二の足を踏むのも、無理はない」などといっている。

大尉にとっては、不思議な体験だった。おなじ艦内にいながら、これまでガトーと話す機会はほとんどなかった。そんな状態で刃物のようにするどい言葉を突きつけられたものだから、思考が追いつかないのだ。論理は明快で理解はたやすいのに、心の奥では反発していた。時代遅れの記念艦で完全な整備ができても、太陽系戦略は把握できないのではないか。

その点をガトーは、誤解しているように思えた。黙って聞いていると、人格を否定されたかのような気分になってくる。散々な酷評だったが、不思議と冷静でいられた。ガトーの本心を聞けるうちは、協力をえられそうな感触をつかめたからだ。

ガトーは声を落としてつづけた。

「軍令部の基本方針に異議をとなえるのだから、よほど腰をすえてかからなければ潰される。評価が定まるまでには、かなりの時間が必要だと考えるべきだ。少なくとも母港に帰着した時点では、客観的な戦果の判定もできていないだろう。まして大尉の判断が正しかったとして、賞賛の声がかけられることはない」

ガトーの情勢判断には、充分な説得力があった。大尉の選択が正しかったか否かは、後世の研究者にゆだねるしかない。いまの段階では正否の判断どころか、対地攻撃の事実が公表されることもないだろう。帰投の直後に拘束されて、警務隊の取り調べを受けることになる。命令不服従に独断攻撃が加われば、かなりの重罪になりかねなかった。

ガトーとフェレイラ一曹が、素っ気ない態度をとるのも当然だった。監視されている状況で、命令不服従をもちかける方が異常なのだ。協力したくても、条件が整っていなかったと考えるべきだった。

——ということは、二人には協力する意思があるのか。

早乙女大尉は、勢いこんで問いただした。

「お前たちは何ものだ。味方なのか。それとも敵の敵——潜入した敵の工作員か。名乗る気がないのであれば、無理にとはいわない。だがせめて、力を貸す気があるのかどうかだけ教えてくれ……」

そういった直後に、ガトーが動きをとめた。油断のない眼で、じっと大尉をみている。何か思惑があるようだが、大尉は無視した。そして、問いをくり返した。お前は何ものだ。軍歴はあるのか。外惑星連合の工作員なのか。それとも航空宇宙軍側の方か。

そして……何の目的で、ここにいるのか。

聞かなくても、見当はついていた。おそらく、敵ではないはずだ。もしも潜入した敵なら、とうに敵対行動をとっているはずだ。そう考えて、拳銃を持ちだそうとはしなかった。たしかな根拠などないが、ガトーは味方と考えてよさそうだ。わずかに躊躇する様子をみせたあと、ガトーは姿勢をただした。

宙に浮いたまま直立不動の姿勢をとって、ぴしりと敬礼した。

「航空宇宙軍外宇宙艦隊、退役特務中佐F・D・ガトー。兵籍番号は——」

——上級者だったのか。

事実を知ったことで、それまでの疑問が氷解する気がした。なかば無意識のうちに、早乙女大尉は不動の姿勢をとっていた。ところが上級者を相手にする機会が少ないものだから、焦って間合いをとり違えた。

反動で体が浮きあがりかけたが、とっさに足先を手近な突起物に引っかけた。それでなんとか、格好がついた。だが不手際は、記憶として残る。精神的に圧倒された状態で、正面から向きあうことになった。

それよりも、ガトーの過去が気になった。この状況で詐称するとは思えないが、ガトーとイカロスの関わりは知っておきたかった。端末は手の届くところにあるものの、本人の眼の前で操作するのは躊躇があった。身動きがとれなくなって黙りこんでいたら、ガトー退役中佐はさらりといった。

「遠慮はご無用に……。納得のいくまで検索していただいて結構」

多少は居心地の悪い思いがしたものの、すぐに気にならなくなった。最初に表示されたのは、年齢を特定しないガトーの静止画像だった。最新の画像が入手できなくても、過去のデータがあれば職歴などから現在の容貌が表示される。

日常的に紫外線の曝露時間が長い生活をつづけていると、加齢が通常よりも進展することが多い。顔面の張りが失われ、皺やシミが多くなる。かといって、紫外線の被曝量だけに左右されるわけではない。遺伝的な特性にも、影響を受けるはずだ。

ところが表示されたガトーの画像は、現実の世界に存在する本人とは微妙に違っていた。システムによる修正が、おかしいのではない。修正は正常に終わっているが、現実の人物と一致していないのだ。これは一体どういうことなのか。

ふたつの顔を持っているのかと、大尉は思った。表示されているのは過去の顔で、現在は使われていないのだろう。特務中佐を最後に退役したガトーは、手術によって外見をつくりかえたのだと思われる。理由はわからない。おそらく特異な任務につくために、過去と区切りをつけたのだと考えられる。

ふたつの顔は、一見しただけでは区別がつかない。ところがセキュリティ関連の認証システムを通過させると、厳然とした違いが生じる。したがってガトーの新しい任務を、過去のデータをもとに探ろうとしても無駄だった。ガトーは過去を捨てることを前提に、新たな人格を手に入れたのではないか。

早乙女大尉は身を乗りだして、画面のモードを切りかえた。表示された文字列を、眼で追うまでもなかった。画面にはガトーの軍歴が、詳細に記載されていた。ただしここに記載されているのは表の人格であり、過去のデータであるはずだ。

そう考えて、要点だけを拾い読みするつもりだった。だがすぐに大尉は、強い興味をひかれた。ガトーの過去に引きこまれて、中断できなくなってしまったのだ。結果的に本人を眼の前にして、履歴ファイルを読みすすめることになった。

軍に勤務しているかぎり、兵籍番号は一生ついてまわる。初級兵の時代から退役まで、原則として変更されることがない。戦死すれば欠番になるし、特務士官に昇進しても同じ番号が使われる。つまり兵籍番号がわかれば、軍人としての経歴はすべて明らかになる。

それだけではなく兵籍番号は、身分証明としても使われていた。ガトーは早乙女大尉に番号を知らせることで、自分の素性を明確にしようとした。軍人として勤務していたときはもとより、退役してからも一定の期間は番号が抹消されることはない。

経歴をみるかぎり、ガトーは典型的な叩きあげの技術士官だった。兵の時から勉強熱心で、精勤の甲斐あって下士官に進級した。その後さらに選抜されて、特務中佐にまで上りつめた。

正規の教育を受けることなく兵から累進した特務士官だから、中佐が昇進の限界だった。成績優秀でも艦長にはなれないし、中佐ではなく「特務中佐」として多くの面で差別を受けたようだ。大尉の眼が、画面上の一点にむけられた。退役を間近に控えた時期だった。最後の三カ月間を、ガトー特務中佐は艦長として勤務していた。この艦だった。特務艦イカロス42と名をかえて現役復帰する直前の機器整備を、一人でこなしていたらしい。

10

——展示保存されている記念艦の、案内ボランティアではなかったのか。

あらためて端末の画面をみていったが、間違いなどではなかった。退役が予定されている日付の三カ月前から、ガトー特務中佐はコロンビア・ゼロ軍港に係留されている特務艦イカロスで勤務していた。

気になって過去一〇年間の記録を確認したが、前例はなかった。ガトー特務中佐が、最初で最後の「名誉」艦長だった。早乙女大尉が着任するまで、日常的な業務をこなしていたようだ。具体的な作業が何なのか不明だが、イカロスの再就役にそなえて整備をすすめていたと思われる。

ガトー特務中佐も、内心で期待していたのではないか。年代ものの非武装特務艦とはいえ、ガトーにとっては特別な意味があったはずだ。これを機に制度改革があって、特務士官にも艦長への道が開けるかもしれない。あるいは特務士官から「特務」の二文字が抜けて、一般兵科士官との格差自体が解消される可能性もあった。

無論たしかなことは、わからない。推測するしかないが、本質的な間違いはないはずだ。ガトー特務中佐は、そんな人物なのだろう。内面は知るべくもないが、察することはできた。決して不満を口にすることなく、解雇されるまで日々の業務をこなしていく。

それが、きっかけになった。ガトーに興味をおぼえて、端末の画面から視線をそらした。顔をあげたところで、眼があった。ガトーと正面から対峙するのは、これが最初なのかもしれない。そんな気がした。

ところが意外なことに、ガトーはまだ不動の姿勢をとっていた。先ほど名乗ったときから、一ミリも動いていないようだ。早乙女大尉は狼狽《ろうばい》した。退役中佐というのが本当なら、ガトーは大尉よりは上級者になるはずだ。ただし大尉は現役の艦長なのだから、艦内にいるかぎりその事実が優先されそうな気がする。

ガトーがいまだに威儀をただしているのは、早乙女大尉を上級者と認めているからだろう。大尉が答礼しないかぎり、姿勢を崩せないのだ。その律儀さには辟易《へきえき》する思いだったが、気づかなかった大尉にも落ち度がある。ガトーを注視して「直れ」とだけいった。

不自然な姿勢で放置されていたにしては、ガトーの反応はすばやかった。何ごともなかったかのように、当直時の定位置についている。その様子をみるかぎり、大尉よりも艦長らしく感じられた。

このときイカロス42は主エンジンを消火していたが、小出力のバーニア・ジェットは作動させていた。使用ずみの消耗品や交換部品を、整理するためだ。放置しておくと散乱して収拾がつかなくなるから、艦内に微小重力を生じさせて宙に舞うのをふせいでいた。

この艦の原型となる外宇宙探査船イカロスは、はじめて人類を太陽系外に送りだした実績があった。前例のない長期間の航宙を実現するために、居住性の向上には特に力を入れていた。その結果、戦闘艦にしては贅沢に思えるほど快適な航宙が経験できる。微小重力の発生もそのひとつだが、体にかかる加速度は無視できる程度でしかない。

感覚的には無重力と大差なかったが、ガトーはその環境を利用して姿勢を安定させている。多少は気圧《けお》される思いがしたが、本音を引きだす好機でもあった。作戦計画の改変について、ガトーはどう考えているのか。

早乙女大尉は遠慮がちに切りだした。ブラックボックスもどきが排除された以上、本心を隠す理由はないはずだ。だから率直な意見を、聞かせてほしい。艦隊司令部あるいは軍令部によって骨抜きにされた作戦計画を、原型にもどすことについて貴官はどう考えているのか。

　ガトーは即答を避けた。瞬きもせずに、早乙女大尉の眼をみている。心の奥底まで見通すかのような、するどい眼をしていた。その鋭利さに耐えきれず、大尉は視線をそらした。ガトーが重い口を開いたのは、その直後だった。

「不躾《ぶしつけ》で勝手な言い分なのは理解しているが、まず私の質問に答えてくれないだろうか。艦長の見解を先にきいておかなければ、返答できない質問もあると思うので……」

　遠慮がちに話しているが、視線のするどさは変化していなかった。不誠実な対応をすれば、たちまち斬りこんできそうな怖さがある。拒否することなど、できそうになかった。しかもガトーの正体を知ったことで、早乙女大尉の楽観は跡形もなく消え失せていた。

　冷静に考えればわかることだ。彼らは早乙女大尉を、必要としていなかった。叩きあげの技術士官と先任下士官だから、自分たちだけでイカロス４２の操縦は可能なのだ。かりに交渉が成立しなかったとしても、困るのは大尉の方だった。おそらくイカロス４２の実質的な指揮権は、ガトーが引き継ぐことになるだろう。

　信頼を失った早乙女大尉は艦内に軟禁されて、母港に帰着すると同時に警務隊が捜査を開始することになる。大尉が不在でも、彼らは困らない。戦闘や事故発生などの非常事態でさえ、うまく乗り切るのではないか。

　暗号のコードと個人携行火器の収納場所さえわかれば、早乙女大尉を物理的に排除することもできる。だから逆に、何があっても踏みとどまるしかない。そう判断したことで、不思議なほど落ちつきを感じた。決して誇張ではなく、世界が違ってみえた。

早乙女大尉が承諾すると、ガトーは淡々と質問を口にした。いずれも簡潔で、本質にせまる問いかけだった。それにもかかわらず、返答は恐ろしく長いものになりそうだ。うんざりするほど煩瑣で厄介な事情説明をともなうが、逃げることは許されない。ここで対応を誤ると、交渉の機会は二度とこないだろう。ガトーはよく通る声でいった。

「艦長による命令不服従の罪科は、協力者たる乗員の身にもおよぶのか。具体例をあげて、論ぜよ。また何らかの理由で、乗員が不利益を被った場合の救済策を提示せよ。

ただし正規の乗員ではないF・D・ガトー退役特務中佐に関しては、論ずる必要なし。乗艦および退艦が、当該人物の自由意思であったことを前提とする」

それで終わりだった。早乙女大尉は、ほんの少し口ごもった。大雑把な回答は、すでにできていた。あとはそれを、説得力のある言葉で伝えるだけだ。困難なことは、何ひとつなかった。大尉は朗々と語りはじめた。

一般乗員のフェレイラ一曹を例にとって、過失の有無および救済方法を論じる。最初にこの事案の基本的な状況について確認する。発生現場は特務艦イカロス42の艦内であって、これは独立した戦闘単位といえる。したがって情報的にも独立しており、下士官乗員たるフェレイラ一曹が入手できる情報はきわめて限定されている。

さらに事案の発生当時は作戦中であり、イカロス42は土星系に接近しつつあった。隠密行動中のため、一切の通信が封鎖されセンサも使用を制限されていた。固定局からの情報放送および暗号電はあるものの、いずれも下士官乗員のフェレイラ一曹が接することは困難だった。

そのような状況下で、事案は発生したと判断できる。現時点では未遂の状態だが混乱を回避するために既遂と仮定する。すなわち艦長の早乙女大尉が上級司令部の作戦計画を無視して、違法な戦略爆撃――土星系の衛星あるいは軌道上の構造物に対し攻撃を強行したと考える。無論このような行為は艦長単独ではなし得ず、フェレイラ一曹をふくむ乗員の協力が欠かせない。

ここで問題になるのは、乗員の意思が反映された可能性の有無である。既述のとおり、当時イカロス42は外部との通信が遮断され、艦内の秩序は維持されていた。したがって艦長が独断で違法な命令をくだしたとしても、フェレイラ一曹にそれを知る方法はなかった。艦隊司令部の命令を無視して対地もしくは軌道構造物への攻撃を強行しても、責を負うのは早乙女艦長一人であるはずだ――。

そこまで話したところで、早乙女大尉は言葉をきった。

あいかわらずガトーからは、反応らしきものが伝わってこない。黙りこんだまま、じっと大尉の言葉をきいている。ただ大尉の見解を、肯定的にとらえているのは間違いなさそうだ。そのことに安堵して、論述をつづけた。

かなりの論点が手つかずのままだったが、その大部分はガトーに関わる問題だった。これは本人の意志にしたがって、触れずにおくことにする。そう決めたことで、重荷から解放されたような気がした。

これで他に残っているのは、自分の意志とは無関係に巻きこまれた乗員救済の具体的な方策だけだ。だがこれも、根本的な問題は残っていないはずだ。これまでは戦略爆撃の効果にこだわりすぎて、計画の最終段階を二人の乗員に押しつけようとした。

艦長の違法行為に協力した一般乗員の救済策は、二段階にわけて検討していた。短期的な対策は即効性があるから、当面の危機を回避することが可能になるはずだ。その一方で長期的な対策によって、軍の内外に心情的な支持者をふやしておくことになる。

軍の反乱には「命令不服従」や「独断専行」といった暴力的で危険なイメージが先行する。憲法の一時的な停止と軍法による統治で、平時の違法行為が合法化される。銃剣による威嚇と日々の暮らしを否定する収容所の悪夢を、連想する者も少なくないはずだ。

しかしこれを時間をかけて払拭すれば、状況は格段に有利なものになるはずだ。そのためには短期的な対策で当面の危機を乗りきる一方で、長期的な対策をひそかに開始するべきだった。

基本的に短期的な対策は、軍という組織が持つ本質的な矛盾をついたものだ。イカロス４２の乗員は軍人だから、上級者の命令にはしたがうしかない。独自の考えは排除されるが、自分自身の行動に責任を持つ義務もなかった。

かりに早乙女大尉が悪質な違法行為におよんでも、行為の主体となった乗員の責任は問われない。警務隊に尋問されても「命令されたから加担しただけ」と言い訳することが可能だった。

これが短期的な対策の骨子だが、警務隊の追及を逃れるには不充分だった。彼らは時として法制度を無視あるいは拡大解釈して、強権をふるう。批判は許されない。関係者が次々に拘束されて、事件自体が闇に葬られる可能性もあった。そのような状態では、軍の存在によって生じる矛盾をつくことも許されない。

短期的な策と並行して、長期的な救済策を用意しておくのはそのためだ。事前に充分な時間をかけて、作業手順や基本方針を検討していた。ひとことでいえば「世論を味方につける」ことになる。ただし無責任な噂話を流すつもりはない。

イカロス42による土星系への戦略爆撃は、やり方さえ間違えなければ動乱終結への最短経路と考えられる。これは動かしがたい事実なのだから、できるかぎり丁寧かつ迅速に広める必要があった。

現状では人道的な観点から、大量破壊や無差別殺人につながる空襲は忌避される傾向が強い。衛星地表の都市や軌道上の構造物は、無条件に禁じられていた。これを否定するところから、政治的な宣伝活動は開始されることになる。

手はじめに民間企業にも開かれた軍用ネット回線や、一般的な情報サービスに正確な情報を流すことになる。ここで留意すべき点は、一切の嘘や誇張を混入させないことだ。その上で軍令部や艦隊司令部の情勢判断が、誤っていたことを指摘する。かつて早乙女中尉が作成した論文は、頃合を見計らって再公表すればいい。

動乱の行方に不安を感じている人々は、大尉の主張に強い興味を持つのではないか。早乙女大尉の情勢判断が、すべて正しくなくても問題はない。現状に対する不安を解消するために、市民たちは新たな体制を渇望しているのだ。

これは従来にない形の情報戦争といってよかった。本来の目的はイカロス42の乗員を、不当な逮捕や監禁から守ることだった。ただし状況次第では、武力による実権の掌握も検討せざるをえないだろう。そのためには、徹底した事前調査が欠かせない。有利な情報を流すサイトはひそかに支援し、そうでなければ叩きつぶす。それだけだ。

英雄《ヒーロー》になろうと思ったわけではない。単に多くの人々が、自分の論文にふれる機会をふやしたいだけだ。その目的のためなら、ヒーローにもピエロにもなるつもりでいた。広告塔が必要といわれれば、喜んで政治宣伝に身を投じる覚悟があった。

情報操作を開始するのは、航宙の最終段階になるはずだった。土星系における対地攻撃が終了してから、母港のコロンビア・ゼロ軍港に帰着するまでの期間を利用することになる。ただし実質的な情報サイトの工作は、土星軌道を通過してからになるだろう。それまでは、積極的な行動を控えるのが無難だった。情報操作に使える時間は充分とはいえなかったが、早乙女大尉は楽観していた。

大雑把な計算では、一〇日前後の期間を工作に投入できるはずだった。それだけあればコロンビア・ゼロ軍港への帰投時には、大尉による戦略爆撃の事実が知れわたっているはずだ。ことによると群衆が歓呼の声で、特務艦イカロス42を出迎えるかもしれない。

自然に頬が弛《ゆる》んだが、一瞬後にはもとの緊張感を取りもどした。母港に帰着するまでには、まだまだ多くの困難が予想される。むしろ最大の難関は、これから出現するといっていい。有力な敵が控えているのに、あまりにも楽観的すぎた。

それにもまして、敵を侮るのは危険すぎる。そう考えて、ことさら頬を引きしめた。遅かった。ガトーが呆れたような顔でみていた。早乙女大尉の楽観に、気づいたらしい。苦虫をかみつぶしたような顔で、大尉を正面から見据えている。

11

いくらか間をおいて、ガトーが口を開いた。気のせいか声が低く、陰気なものになっていた。感情のこもらない声で、ガトーはいった。

「土星軌道を通過した直後に、政治宣伝《プロパガンダ》を開始するのは危険すぎる。イカロス４２の動向が徹底的にマークされて、執拗な追跡を受けることが予想されるからだ。存在を曝露するばかりではなく、最終軌道や推進剤の残量まで読まれる可能性がある。

それだけではない。本質的な問題は、他にある。タイムスケジュールからいうと土星系に対する戦略爆撃は、イカロス４２の土星軌道通過とほぼ重なる。つまり早乙女艦長の計画にしたがえば、無差別爆撃を強行した直後に空襲の正当性は主張されることになる。

外惑星連合にとってこれは、容認できない事態であるはずだ。それ以上に、激しい反発が予想される。衛星地表や軌道上の都市に対する空襲は、過去に例がない。ただし皆無ではない。専任の部隊が創設されて、実戦投入の直前まで戦術研究が進んでいたらしい。

といっても前の動乱時のことで、公刊資料には記載されていないようだ……。そのことと直接の関係は不明だが、都市に対する空襲は事実上の禁止事項とされている。多国間協定や不戦条約などで、禁じられているわけではない。

多くの死傷者が出るから、人道的にも許されざる行為だ――というのは表向きの理由だから、戯言《たわごと》だと思って聞き流せばいい。現実はもっと切実で、生々しいものだ。ひとことでいえば『報復されれば共倒れになる』からだ。

だからこそ、早乙女艦長の行為は危険なのだ。都市に対する爆撃は、たしかに敵の継戦能力を奪う。そのかわり、空襲した方にも得るものはない。外惑星諸国が算出する最大の資源は、マンパワーであり未知の宇宙に進出が可能な技術者や作業員たちだ。

それを無差別に殺してしまったら、人類の宇宙開発は頓挫する。無論、先制攻撃を受けた方も黙ってはいない。残された技術者たちを総動員して、報復爆撃を加えようとする。イカロス42による情報送信がおこなわれるのは、まさにその混乱の最中だ。

だがこれは、火に油を注ぐ結果にしかならないはずだ。空襲を受けた被害者や遺族にとっては、イカロス42による勝利宣言としか思えないからだ。しかもその宣言は、爆心地の間近で発信される――」

それは誤解だといいかけて、早乙女大尉は言葉を呑みこんだ。これは誤解というより、意図的な曲解に近いのではないか。あるいは先入観に支配されて、柔軟な思考ができなくなっているかだ。そうだとしたら、間違いを正すのは容易ではない。

ガトーの真意は不明だが、肝心な点の理解が不充分な気がした。ことに戦略爆撃を実施してから、地球サイドの反応が被災地に伝わるまでの時間差を無視しているようだ。もしくは二つの出来事が、同時に発生すると考えているのかもしれない。

――それとも……ガトーは、外惑星連合の情報処理能力を過大に評価しているのか。

そんなことを、早乙女大尉は考えていた。単なる思いつきでしかなかったが、整合性はとれている。少なくとも、ガトーの考えはうまく説明できている。早乙女大尉の読みとは大きなずれがあったし、すぐには信じられない大胆な仮定も多かった。それにもかかわらず、説得力はあった。

大尉の描いたシナリオではイカロス42による土星系地表都市の爆撃から、数時間ないし数日程度の時間差で情報が土星系まで届くと予想されていた。だが大尉には、容易には信じられない事態だった。外惑星連合軍の通信傍受能力ばかりではなく、暗号解読能力も想定以上に高く評価されているようだ。

そのため予想を上まわる速度で、爆撃の事実が土星宙域に伝わると予想された。さもなければ「勝利宣言」などという言葉がでてくるわけがなかった。

だがこれは、ガトーの買いかぶりだろう。外惑星連合軍の防空能力はそれほど高くない。イカロス42に搭載されていた爆雷二基のうち、一基は自衛用の「露払い」で土星軌道を通過する以前に爆散している。現在も全破片が拡散した状態で、漂流をつづけているはずだった。

恒星間宇宙の巡航速度を維持したまま飛来した爆雷だから、人工の軌道構造物や航行中の艦艇に破片が衝突すると大事故につながりかねない。前の動乱時には爆散した機雷の破片がデブリとなって、戦後も長期にわたる除去作業をしいられた。

その経験から現在では、溶融型の爆雷が主流になっている。爆散から一定の時間がすぎると破片が溶融揮発して、希薄かつ小質量のガス塊として漂うのだ。小型の爆雷や爆散塊の小さな機雷などは、射出前に母機が軌道を修正して破片を太陽や大型のガス惑星などに落下させていた。

もう一基の爆雷は、都市爆撃用とされている。ただし構造や分離されてからの動きは、「露払い」と同じだった。ガトーが指摘したとおり、攻撃目標のかなり手前で母艦のイカロス４２を離れる。

このとき母艦は、攻撃目標と交差する軌道に乗っている。したがって小さな初速で射出された爆雷は、母艦とほとんど同一の軌道を直進していく。イカロス４２からだと肉眼でも観測できそうな位置を、並進することになる。

両者の速度差は小さなものだが、無視はできない。時間がすぎるにつれて爆雷は遠ざかり、所定の距離をとった状態で起爆する。拡散速度は遅く設定してあるから、母艦が損傷する恐れはない。そして攻撃目標とその周辺に、音もなく破片が降りそそぐ。

このときイカロス４２は、毎秒二五〇〇キロの高速を維持したまま巡行している。したがって破片の衝突速度も同程度となるから、攻撃された都市は瞬時に破壊される。飛来宇宙塵程度の衝突を想定した防御システムでは、構造的に耐えられない。

衝撃に耐えて圧壊をまぬがれたとしても、同時に複数個所で発生した気密漏洩を食いとめることは困難だった。恐怖にみちた死までの時間を、長引かせるだけだ。その様子を観測しながら、イカロス４２は土星軌道をこえていく。

常識はずれの高速巡航だが、爆撃後の脱出路としては妥当なところだ。主エンジンは消火したままだから、赤外反応は低くおさえることができる。したがって敵の防衛システムに、探知されることも回避できるはずだ。ただし星空を背景に高速移動するイカロス42の反射光は、低倍率の光学望遠鏡でも視認できると考えられる。

無論、発見されても攻撃を受けることはない。高速すぎて、外惑星連合軍の艦艇では追撃できないのだ。追っ手を振りきったイカロス42は、高速巡航をつづけながら地球圏にむけてプロパガンダを開始する。時間は充分にあった。

最終的な減速態勢に入ってもメッセージファイルの送信は可能だが、システムが不安定になりやすく通信効率も悪化することが予想された。できることなら減速を開始する前に、最初の送信を終えてしまいたかった。

計画では以前の論文を具体化した戦略ファイルを、航空宇宙軍の関係者が接続するサイトに登録する心づもりをしていた。動乱終結までのシナリオや今回の爆撃に際して発生した問題点は、反応に対する回答とともに第二次ファイルとして送信する予定でいた。

だがこの分なら減速を開始するまでに、第二次ファイルを送信できるのではないか。無論そのためには、考えうるかぎりの安全策がとられている。

ファイルの送信先はほとんどが地球圏になるから、指向性の強いアンテナでピンポイントの発信をくり返すことになる。傍受自体が不可能だし、軍用の送受信システムはサイドローブが出にくい構造になっている。主方向以外に突出した通信波のエコーを、ほぼ消すことに成功したシステムも一部では導入されていた。

かりに傍受できたとしても、暗号の解読には手間取るはずだ。航空宇宙軍の将兵や軍の関係者には広く流布《るふ》させたい意向だったから、それほど高度な暗号は使わなかった。下士官候補者の基礎教育を受けていれば、無理なく解読できる程度の符丁でしかない。

したがって外惑星連合軍には、いずれ大尉の心情が伝わると考えていい。だがそれは、かなり先のことになるはずだ。ガトーが口にした「勝利宣言」という言葉には、つよい違和感があった。誤解にしてもひどすぎるが、そのせいで逆に反論する気が失せていた。

無力感が先にたって、何をいっても無駄だと考えてしまうのだ。時間もおしかった。送信すべきファイルの作成は、まだ手つかずの状態だった。それ以前に、土星系に対する戦略爆撃を具体化しなければならない。

爆雷の設定変更と軌道修正は自分でやるしかないが、これについて大尉は楽観していた。発令所からの操作で、作戦計画の変更は可能だった。状況によっては、艦長公室に立てこもることも考えていた。

唯一の個人携行火器である拳銃は、公室に保管してある。しかも非常の際は公室からの操作で、発令所の機能を一時的に停止できた。ガトーとフェレイラ一曹ぬきで、すべてを片づけることも考えた方がいい。そんなことが可能だとは思えないが、心づもりだけはしておくべきだ。

そう結論をだして、ガトーに背をむけようとした。そこで、声をかけられた。ほんの少し、大尉は躊躇した。無視して公室に移動するべきか、それとも発令所からガトーを追いだすか。一瞬の逡巡だった。その間、わずかに大尉は動きをとめた。

それが、油断になった。気づいたとき、ガトーと視線が一致していた。ガトーの表情が、ふっと弛んだ。不思議な気分だった。胸の奥で渦巻いていた苛立ちが、急速に萎《しぼ》んでいくような気がした。その隙をとらえて、ガトーは大尉の心に入りこんできた。

早乙女大尉を直視して、ガトーはいった。

「その様子では問題の本質に、気づいていないようだな。艦隊司令部が早乙女艦長の基本方針を捨てて、新たに作戦計画を組みあげた事情も理解していないのだろう」

一方的な決めつけに近い言葉だった。理由を説明する気はないらしい。しかも反論を許さない強引さが見え隠れしていた。それなのに、反発を感じない。普段なら嫌悪感が先にたって、反論を口にしていたところだ。ところが今日は、警戒すらしなかった。

ガトーに生じた変化が、自然な形で伝わってきたからだろう。はじめて会ったときの、空き巣ねらいを思わせる敏捷《はしつこ》さや小狡《こずる》さは消えていた。細かな仕草や表情はおなじなのに、異物が入りこんできたという印象はなかった。

だからガトーの言葉を、素直に受けとめることができた。上級者として意識することはあっても、卑屈さを感じることはなかった。

――それとも老練なガトーの術中に、おちいったのか。

心の片隅で、そんなことも考えていた。ところがガトーは、考える余裕をあたえなかった。黙りこんでいる大尉に、ガトーはたたみかけた。

「全般的にいって早乙女艦長は斬新な発想や、他の者には予想しがたい奇策を好むようだ。しかしながら、少しばかり想像力が欠如しているように思える。あるいは、つめが甘いといわざるをえない。

そのため成功すれば敵の堅陣を一撃で破砕し、穿貫《せんかん》突破することも可能となる。ところがわずかでも予想が外れると、戦術目標さえ見失いかねない。これでは本末転倒だ――」

さすがに反発を感じて、早乙女大尉は眉をよせた。言い返そうかと思ったが、ガトーはその隙を与えなかった。理路整然と話をつないで、大尉の反発を封じこめた。ガトーはよどみない口調で言葉をついだ。

「たとえば……論文に記載されていた戦略爆撃で、土星の衛星地表にある都市ひとつが消滅したと仮定する。シナリオにしたがえば生存者は皆無に近く、関連施設をふくめると犠牲者の総数は甚大なものになると予想される。

ここで疑問が生じる。そのような無差別爆撃で、本当に動乱の早期終結を実現できるのか。艦隊司令部の真意は不明だが、ただ一度の戦略爆撃で敵の継戦能力を奪えるなどとは考えていないはずだ。さもなければ航路帯の破壊などという、実害はないが警告と受けとれる作戦計画を指示するとは思えない。

ある意味で早乙女艦長が示した都市に対する無差別爆撃も、中途半端な作戦計画といわざるをえない。都市ひとつを消失させた程度では、効果は判定できないといっていい。爆撃によって軍の後方支援能力が低下するかもしれないし、逆に士気が高められて生産力が向上する可能性もある。シミュレーション程度では、見当がつかないというのが本当のところだ」

ガトーの声は、かすかに震えていた。早乙女大尉は言葉を返さなかった。無視するのが、正しい反応だと考えたからだ。ガトーの主張は常識の範囲内にあって、事前の想定をこえるものではなかった。次にガトーが何をいうのかも見当がついた。

母港にむかうイカロス42を、敵が黙って通過させるとは思えない。イカロス42は外宇宙を迂回して防衛態勢の隙を突き、奇襲攻撃をかけうる数少ない特務艦だった。もしも無傷で帰還させれば、味をしめた航空宇宙軍は同様の戦略爆撃をくり返すだろう。

イカロス42ばかりではない。展示されている他のイカロス探査船も、特務艦として出撃の準備を開始するはずだ。さらにイカロスの後継機であるオディセウスも、戦列に加わることが予想される。もしも動乱が長引けば、新造艦の急速建造も開始されるのではないか。

そのような動きが加速されれば、外惑星連合軍の現有戦力では防ぎきれない。だから何があっても、イカロス42を撃破しなければならない――それが敵艦隊司令官の、基本的な考えであるはずだ。ところが早乙女艦長には、その点の考察が抜けているように思える。一体、何のために戦略爆撃を強行するのか。ガトーの考えていることは、その程度ではないのか。

早乙女大尉は沈黙をつづけた。ガトーを論破することに、関心はなかった。というより、ガトー自身に興味を失っていた。言葉は刺激的――というより攻撃的だが、説得力に欠ける。この程度の論理で「想像力が欠如している」とか「つめが甘い」などと非難するのは、笑止でしかない。

それともガトーは、まだ何か大事なことを話していないのか。核心には触れず、周辺状況を確認していただけなのか――そう考えて、背をむけようとした。そのとき不意に、ガトーに名を呼ばれた。「早乙女艦長」と、ガトーは声をかけた。

意表をつかれて、すぐには自分の名だと気づかなかった。ほんの少しの時間だったが、ガトーは感情の表出を隠そうとしなかった。早乙女大尉が関心を失いつつあることを、察したのかもしれない。

12

ガトーの気迫に押されて、早乙女大尉は動きをとめた。何かたくらんでいるようだが、真意は読みとれなかった。声には抑揚がなく、感情が抜け落ちている。それでも視線だけは、鋭さを失っていなかった。真摯な眼を大尉にすえて、ガトーはいった。

「……ほんの少しでいい。当事者である艦長に、想起していただきたい。運悪く居住地が攻撃目標になったという理由で、命を奪われた住民たちの無念を。あるいは偶然が重なって空襲の瞬間に居あわせたために、犠牲者の群れに放りこまれた者たちの恐怖と憤《いきどお》りを。

空襲された者たちの不幸は、九死に一生を得た集団にも広がっていく。紙一重の差で生き残ったものの、死よりもつらい哀しみを背負った者たちがいる。そして遠く離れた宙域で、愛する家族の消失を知った航宙艦乗りの存在を忘れてはならない……」

言葉をはさむ余裕もなかった。ほとばしる熱い思いを、ガトーは語りつづけた。これまで表に出さなかった心の内を、制限なしで吐きだしているかのようだ。この機会を逃せば二度めはないと、考えているのかもしれない。

憑かれたような勢いで、ガトーは語りつづけた。だが大尉は、さめた眼でガトーをみていた。熱くたぎるガトーの内面を、共有できなかったせいだ。むしろ反発を感じた。既視感もあった。手垢のついた論理とまではいわないが、さして目新しいものではない。

だから、大尉の心には響かなかった。これを「想像力の欠如」というのであれば、戦略爆撃など最初からやらなければいいのだ。敵のもっとも弱い部分を執拗に攻めるからこそ、意味がある。爆撃される側の痛みを知ることに、意味があるとは思えない。

そう考えて、ガトーの視線を正面から受けとめた。譲歩する気はなかった。何といわれようと、航路帯の爆撃などやる気はない。あくまで都市攻撃の方針を貫いて、外惑星連合を講和の席につかせるのだ。

ところがそこで早乙女大尉は、奇妙な感覚にとらわれた。足もとが頼りなく揺れるような、唐突に重量が消え失せたような妙な気分だった。ガトーが微笑していたせいだ。めだたないが、かすかに口もとを弛めて笑っていた。

陽気な印象はなかった。かといって、陰惨な笑いでもない。予想どおりにことが運んだので、会心の笑みを浮かべているかにみえた。そのせいで大尉自身も、警戒をといていた。だがそれも、長くはつづかなかった。真顔になって、ガトーはいった。

「少しばかり想像力を働かせれば、容易にわかることだ。土星系で地表の都市ひとつを壊滅させれば、周辺都市にも恐慌が広がるものと思われる。恐怖のあまり爆撃に対して安全そうな地下都市や、辺境の小規模な居住施設に疎開するものが続出する。

ただしパニックは、それほど長つづきしない。対応を誤ると収拾がつかなくなるから、早い段階で疎開は制限されるものと思われる。その一方で空襲を実行したイカロス42を、住民殺しの下手人として政治宣伝《プロパガンダ》の材料に使うことが考えられる。

外惑星連合軍にとってイカロス42は、何があっても撃破しなければならない艦といえる。無傷で帰投させると、何度でも出撃をくり返しかねない。だが撃破してしまえば、防備の隙をつかれることはない。外宇宙からの進攻路に、警備の戦力をさく必要もなくなる。

無論イカロス42の撃破で、すべてが終わるわけではない。二番艦や三番艦の投入も、外惑星連合は予測しているはずだ。もしも今回の爆撃行がイカロス42の撃破という形で終われば、情勢は外惑星連合軍にとって格段に有利なものになる。

ただしその場合でも、航空宇宙軍には打つ手がある。二番艦以降の艦船を投入して、戦略爆撃を継続する可能性は皆無ではない。しかし実現までのハードルは、今回の爆撃行よりも格段に高くなると考えていい。

つまり我が方にとっても、イカロス42の帰還は絶対条件といえる。戦果などは二の次で、無傷で帰還できれば成功と判定していい。航路帯の分断という実害のない作戦でも、社会不安をあたえることは可能だ。

パニックによる住民の流出は制限できても、地下経済の資本流動までは抑えられない。そう考えれば、都市の空襲よりも合理的だと断言できる。ご理解いただけたかな？　これが想像力だ。空襲される側の視点に立てば、多くのものがみえてくる」

それが本音かと、早乙女大尉は思った。長々と自説を展開した挙げ句に、上級司令部の方針を受け売りするという無難な結論に落ちつかせた。しかも攻撃目標を変更する理由として「無傷で帰還」を優先したからだという。語るに落ちるとは、このことだ。

おそらくガトーは、艦隊司令部の命を受けた工作員だろう。ただちに艦長権限で拘束してもよかったが、まだ話は終わっていない。少なくとも「つめが甘い」と指摘された点については、詳細を確かめておきたかった。

そう考えて反応を控えていた。予想どおり催促の必要はなかった。ガトーの方から、自然に話しはじめたのだ。訥々《とつとつ》と語りかけてくるが、話すことは攻撃的で妥協を許さないものだった。ガトーは控えめに切りだした。

「正直にいわせていただくと、この艦はあえて危険な道を選択しているように思えます。先ほどの話をくり返しますが、この艦が土星軌道を通過した直後に政治宣伝を開始するのは危険な選択です。しかも前後して、戦略爆撃の着弾が重なるという。

つめが甘いというのは、この点です。早乙女艦長は敵の諜報能力を過小評価しておられるようだが、地球圏にむけた高指向性通信波の傍受は可能です。システムの構築には膨大な予算を必要としますが、背に腹はかえられないでしょう。

動乱の勝敗を左右しかねないのであれば、傍受には手段を選ばないはずです。原理的にも困難ではありません。イカロス４２と母港の回線上に、傍受基地を割りこませればすむ。しかも外宇宙から侵入した特務艦が、空襲の直後に発信した通信文です。

それだけの価値が、通信ファイルにはあります。戦略爆撃の多用によって外惑星連合軍の継戦能力を奪うことが、艦長個人の見解とはいえ明記されていますから。解読した敵司令部は、深刻な危機感を持つと思われます。何があっても、我々を帰還させてはならない。

ただちにイカロス４２の観測態勢が強化され、推進剤の残量や最終的な軌道が探られます。推測といっても精度は高く、我々の物理的な弱点も発覚すると思われます。イカロス４２の減速限界が実質〇・三Ｇであることや、木星軌道のはるか手前——一天文単位を残して巡航速度からの減速を開始せざるをえない状況も知られてしまうでしょう」

——いい加減に悪あがきを、やめたらどうか。

そんな言葉を、耳にしたような気がした。完敗だった。戦後復興に投入すべきマンパワーの供給や、デブリと化した爆雷破片の処理方法を持ちだすまでもない。客観的に情勢を検討するかぎり、艦隊司令部による計画の方が理にかなっているようだ。

それにもかかわらず都市爆撃にこだわったのは、別の意味で禍根を残したくなかったせいだ。タイタンを中核とする複数の土星系都市を、援助なしでは立ち直れない程度に痛めつけるのだ。生存者が一人もいないような、徹底した殺戮を実施するべきではない。

攻撃目標となる都市群のうち、消失させるのは一ないし二で充分だった。あまり広い範囲を爆撃すると、印象が薄れる——というより感覚が麻痺して、心理的な衝撃をあたえづらくなる。必要なのは爆撃を恐れさせることで、奪った人命の多寡は問題ではないのだ。

航空宇宙軍が恐怖の対象になれば、次の動乱は回避できるはずだ。外宇宙探査が頓挫することもない。外惑星の開発を推しすすめるためなら、少しくらい強引な手を使っても構わないと考えていた。そう信じて、戦略爆撃の攻撃目標を変更しようとした。

もしも都市に対する爆撃が禁じられても、戦略爆撃の基礎となる運用事例《ドクトリン》を確立することはできる。都市攻撃に投入される爆雷の拡散パターンを変化させれば、攻撃目標を半壊程度の被害にとどめることも可能だった。

拡散パターンが読みきれず都市全体が消失する可能性は残るものの、それは本質的な問題ではない。重要なのは無差別爆撃の前例を残す一方で、都市の破壊に起因する精神疾患の臨床例を収集することにある。そうすれば、航空宇宙軍の組織基盤は自然に強化される。

戦略の原則は教義《ドグマ》として自立し、航空宇宙軍に反抗する組織は徹底的に排除される。そんなことを考えていたものだから、ガトーの言葉を聞きのがしてしまった。ガトーは辛抱づよく、おなじ言葉をくり返した。

「パスワードだ、大尉。これ以上の時間かせぎは無意味だ」

一語ずつ区切るように話しているが、ガトーの焦りは痛いほど伝わってくる。おそらくガトーは、実力行使に踏み切ったのだろう。そう早乙女大尉は見当をつけた。ところが大尉に記憶はない。経緯は不明だが、大尉自身が消去してしまったのだろう。

都市に対する無差別爆撃を、強行するためだ。予定された時刻までに設定を解除しなければ、艦隊司令部の基本方針に反して爆雷は予定よりも早く分離される。航路帯の破壊は不可能になって、攻撃目標が土星系の都市へと修正される。

ところが機動エンジンを持たない爆雷だから、修正といっても大雑把で乱暴なものだ。起爆時の爆圧を非対称かつ不均衡にして、爆散塊の拡散パターンに指向性を持たせる。それだけだ。それでも着弾までの時間を利用して、ことなる目標を攻撃することはできた。

詳細な事情はわからないが、大尉がガトーに協力的だったとは思えない。ひそかに爆雷分離の指令を入力して、艦長以外は変更できないようロックしたのではないか。ガトーが要求しているパスワードは、そのシステムを無効にするためのものだろう。

用心ぶかいことに早乙女大尉は、自分自身の記憶まで消してしまった。残された記憶から、パスワードや手がかりを知られないためだ。このあたりが、どうも解せない。なぜ大尉は、記憶を消去したのか。艦長権限でガトーを拘束することも、可能だったはずだ。

状況が不明のまま、眼だけを動かして様子を探った。視野の大部分は、ガトーがしめていた。いつも冷静なガトーには珍しく、殺気だった眼で大尉を睨みつけている。後方には隣接するモジュールに通じるアクセス孔が、視認できた。

先ほどから見え隠れしている人かげは、フェレイラ一曹らしい。ときおりアクセス孔から上半身を突出させて、ガトーに何か声をかけている。ベルトに拳銃を装着しているが、これは艦長の装備品だろう。

普段は艦長公室に保管されているが、ガトーの判断でフェレイラ一曹が捜索に踏みきったと思われる。二人とも、かなり切羽つまった様子だった。フェレイラ一曹はガトーに指示されて、何度も公室の捜索をくり返しているようだ。

だが期待に反して、結果は思わしくなかった。時間がすぎるにつれて、二人の表情が次第に険しくなっていく。大尉自身は拘束されているのか、身動きがとれなかった。最初は拘束具かと思ったが、そんなものは艦内にはなかった。

たぶん薬物を投与されたのだろう。意思に反して、指一本動かせない。さすがに、ぞっとした。いまにも心臓が停止しそうな恐怖にとらわれた。大尉の所持品では、なさそうだ。かといって、自白薬でもありえない。少なくとも、ガトーが投与した可能性はなかった。

「時間がない。小官は航空宇宙軍特設警務隊、非常勤捜査官F・D・ガトー中佐である。命により、これより特務艦イカロス42艦長早乙女大尉に関する事案の捜査をおこなう」

警務隊員だったのかと、早乙女大尉は思った。ガトーは特務中佐で退役したあと、警務隊で二度めの軍務についたらしい。正規の軍務をこなしながら、非常勤警務隊員という裏の顔を持つことはない。ただし早乙女大尉の不穏な言動を察知した軍が、退役したばかりのガトーを監視のために呼びもどした可能性はある。

ガトー警務隊中佐は性急に言葉をついだ。

「事前の取り決めにしたがい、以後の裁定はガトー非常勤捜査官に一任される。有罪と判断されれば被疑者の人格は否定され、記憶を抹消されて降格および再訓練のあと実施部隊に配属される。不起訴処分となった場合は、記憶を残して軍務を継続するものとする」

中途半端で曖昧な判定だと、早乙女大尉は思った。本当の目的はパスワードを盗みだすだけなのに、略式とはいえ正規の手順を踏んでいる。しかもいまは戦時だから、軍からの放逐や軍病院の処置を待つといった悠長な方法は使えない。

戦時には人的資源の消耗を、できるかぎり避ける必要があった。少なくとも、その姿勢だけはみせるべきだった。大尉には艦長職の勤務経験があるのだから、不用意に実刑判決を下すとあとで問題になる。だがガトー警務隊中佐は、かまうことなく宣言した。

「以上で捜査概要の説明を終える。特に問題がなければ、引きつづき特務艦イカロス42事案の尋問および審理に入る」

いい終わったときには、もう尋問が開始されていた。乱暴で強引な取り調べだった。脳内に入りこんだガトーが、直に記憶を引きだしていくかのようだ。そのたびに脳をかきまわされる感触が、生々しく伝わってきた。

はじめての経験では、なかった。任官する直前の忠誠度試験から、航空宇宙軍大学校の最終試験にいたるまで何度も経験していた。それにもかかわらず、慣れることはなかった。大尉自身も忘れていた過去が、次々に暴かれていく。

そのたびに早乙女大尉は、心に深い傷を負っていた。だがそれも、長くはつづかなかった。すぐにガトーが、声をあげた。

「パスワードをみつけた。いまから、試してみる」

ふたたび沈黙がつづいた。そしてガトーが、声を落としてつげた。

「終わった。ロックの解除を確認。爆雷の分離時期を再設定」

いくらか遅れて、ガトーが取り調べが終了したことを伝えた。わずかな間をおいて、審理も終わった。結果は早乙女大尉の、一方的な敗北だった。大尉の言い分は、ことごとく否定された。それでも気分は、悪くなかった。

——もしかすると自分は、目的を見失っていたのかもしれない。

それがわかったことで、途方もなく愉快な気分になれた。

亡霊艦隊
ファントム・フリート

1

外惑星諸国が保有する全戦闘艦艇を投入して、連合任務部隊は編成された。

開戦時の奇襲攻撃と、それにつづく追撃戦で損傷した戦闘艦も例外ではなかった。生々しく残る被弾の痕跡を最低限の作業で修復し、搭載機器の不具合は簡略化された検査項目をクリアすれば問題なしと判定された。

ただし人的資源――固有の乗員は、それほど単純ではない。ことに単一の艦艇で勤務をつづけている先任下士官や、下級兵から叩きあげた特務士官などは不用意に異動できない。仮想人格としてバックアップをとるにも限界があるから、消耗した心身を薬剤投与で活性化させることも可とされた。

これが一度かぎりの総力戦であり、二度めの機会はないからだ。文字どおり最終決戦になるから、使用可能な戦闘艦艇は根こそぎつぎ込まれる。無論、少数の例外は存在した。ただし除外されたのは、物理的に参加が不可能な艦艇に限定された。開戦前から長期にわたって作戦行動をとっていたために、乾坤一擲《けんこんいってき》の作戦には加われなかったのだ。

その他は例外が認められなかった。結果的に連合任務部隊の出動中は、本拠地の外惑星が無防備な状態で放置されることになった。さすがに不安を感じたのか、艦隊の出撃と前後して補助艦艇による防衛艦隊が編成された。

ただし艦隊とは名ばかりで、実態は二線級の戦闘艦を集めただけだ。つまり烏合《うごう》の衆と大差なかった。普段は軍港周辺の雑役作業に従事している非武装船に、旧式化して使い道がないまま開放倉庫に放置されていた艦載兵器を積みこんで特設砲艦として出撃させたらしい。これが艦隊旗艦というのだから、烏合の衆ですらない。張り子の虎も同然だった。

無理を重ねて編成した連合任務部隊だったが、現実は統一行動もとれない寄せ集めの戦闘部隊でしかなかった。ただ外惑星連合の実質的な戦略決定機関であるタイタン防衛宇宙軍軍令部には、充分な成算があったようだ。最初から統一行動がとれないことを前提に、艦隊としての打撃力を形成しようとしていた節があった。

戦術指揮がすぐれていれば、雑多な規格の戦闘艦艇群でも、強力な敵艦を圧倒できるはずだ。ただ一度の接敵で、標的を撃破する必要はない。統一行動がとれないことを逆手にとって、数次にわたる波状攻撃を標的にしかけるのだ。そのような戦い方を前提にした上で、広い範囲に戦闘艦艇群を分散配置しておく必要があった。

一撃で敵戦闘艦を無力化できなくても、何度も攻撃をくり返せば消耗をしいることは可能だ。逆に味方に対する攻撃は分散されて、結果的に被害を低く抑えることができる。事前のシミュレーションでは、そう予想されていた。うますぎる話のようだが、代償は無視できない。多数の戦闘艦艇が艦隊に編入されたものだから、通常の司令部が指揮をとることは困難だった。

指揮官の能力はもとより、任務部隊司令部の作業量も限界をこえている。この問題を、まず片づけなければならない。解決の手がかりは、前回の外惑星動乱時に発生したサラマンダー追撃戦にあった。このとき航空宇宙軍内宇宙艦隊第三戦隊には、戦闘状態が継続しているにもかかわらず多数の戦闘艦が追加編入された。近接した軌道をめぐる戦闘艦すべてが投入されたのだ。

当事者である戦隊司令部の負担は、相当なものだった。だが追撃戦の様相を参考にすれば、効率のいい戦い方ができるのではないか。戦史の研究を担当する航空宇宙軍軍令部第四部第一〇課には、追撃戦時の詳細な記録が残されていたはずだ。だが追撃戦の様相は最高級の軍事機密だから、部外者の閲覧は禁じられている。まして仮想敵である外惑星連合軍の将校が、記録にふれる可能性は絶無といっていい。

むしろ外惑星連合には、データ・サルベージによる情報の方が有用だと思われる。小惑星あたりの地下市場では、偽物をふくめて多数のデータが出回っているらしい。サラマンダー自体はサルベージが不可能だとされているが、軌道に干渉しないデータ・サルベージなら限られた機材だけでも可能だった。

ただし時間的な余裕は、あまりなかった。艦隊の打撃力を分散配置した上で、波状攻撃をかけるのだ。準備には、かなりの時間が必要だった。できることなら充分な時間をかけて、完璧な態勢で臨みたいところだ。かといって時間をかけすぎると、航空宇宙軍が緒戦の被害から立ちなおる可能性がある。すでに開戦から、二ヵ月ちかくがすぎていた。

開戦時の奇襲攻撃で航空宇宙軍の艦隊主力に大打撃を与え、軍事的な優位を確保した上で和平交渉に持ちこむ――それがタイタンの基本戦略だった。外宇宙探査に投じた予算が過大になって、内宇宙艦隊は弱体化していた。それでも航空宇宙軍の戦力は、現在も侮《あなど》れなかった。外惑星連合軍が正面攻撃をしかけても、堅陣を突破するのは容易ではない。

当初の計画では小惑星帯の航空宇宙軍基地を、いくつか占領することで交渉の道が打開できるはずだった。ところが航空宇宙軍は予想以上にしぶとく、そしてしたたかだった。和平交渉に応じるとみせかけて時間かせぎをくり返し、その一方で撃破された戦闘艦艇の応急修理を進展させていたのだ。

一時は再建不可能とまで報じられていた航空宇宙軍内宇宙艦隊は、急速修理によって続々と戦列に復帰する動きをみせていた。おそらく一ヵ月もしないうちに、航空宇宙軍は戦力を回復するだろう。破棄せざるをえない戦闘艦もあったが、大部分の被害艦艇は応急修理を終えて反撃の態勢をととのえつつあった。外惑星連合を構成する国々と比べて、充実した産業基盤や技術者の層の厚さが奇跡的な戦力の回復につながったらしい。

必要とあれば地球上の工場に部品を発注して、軌道上に輸送することもできた。外惑星連合側も、手をこまねいていたわけではない。航空宇宙軍の艦隊再建に先んじて、作戦を開始していた。

拙速は承知の上だった。緒戦で出遅れると、取り返しがつかなくなる。

2

単一の艦隊としては、前例がないほど広い範囲に分散していた。

異例というより、異様な印象さえ受ける。これまで戦史にあらわれたどの艦隊とも、陣形《フォーメーション》に類似点はなかった。広い範囲に分散していたから、一部を視認した程度では全体像が把握されることはない。かりに前衛のセンシングピケット艦が敵と遭遇したところで、背後にひそむ主力艦艇群の存在が曝露される恐れはなかった。

全貌が把握しづらいことは、艦隊の内部にいても同様だった。戦力の中枢である旗艦クリューガーから通常型の光学望遠鏡で観測しても、近接軌道を航行している僚艦の艦影すらとらえられないのだ。まして長大な隊列の最先端に配置されたピケット艦や、主力部隊のはるか後方を追尾する支援艦艇は長距離レーダーでも探知が困難だった。

不思議なものだと、艦隊司令長官の石蕗《つわぶき》提督は考えていた。

連合任務部隊と称してはいるものの、指揮下の艦艇群は一般的な意味では統一行動をとっていなかった。おなじ軌道を有する艦艇は皆無だから、時間とともに陣形は大きく変化する。全軍が流動する発光星雲のように掴みどころがなく、艦隊の全容把握を困難にしていた。予定された進攻軌道およびその周辺宙域は、発進以前から広域走査《スキャン》が実施されていた。通常の電波望遠鏡や光学センサはもとより、レーダー観測や実用化されて間のない重力波観測施設も動員された。

一時的とはいえ劣勢をしいられた航空宇宙軍は、小惑星帯に部隊を展開して待ち伏せの態勢に入っているものと思われていた。緒戦の奇襲攻撃で大きな被害を受けたものだから、積極的な攻勢には踏みきれないと判断されたのだ。ところが航空宇宙軍の主力は、小惑星帯からも撤退を終えていた。火星軌道まで戦線を縮小して、態勢を立てなおす気らしい。ただ小惑星帯の航空宇宙軍基地のうち、いくつかは防御態勢を強化した形跡があった。

つまり艦隊を出動させて積極的に防衛するのは困難だが、小惑星帯に散在する基地は死守する意向のようだ。ただし軌道上の人工構造物からは撤収して、小惑星上の基地に戦力を集積しているらしい。おそらく最低限の自衛戦闘が可能な火力を保有していれば、小惑星上の基地は充分に反撃の拠点となりうると踏んだのだろう。

詳細な状況は不明だが、軌道上の人工構造物を放棄したのは正しい判断だったと考えられる。岩や氷の塊である小惑星にくらべると、質量は比べものにならないほど小規模だった。小惑星上の基地なら天体自体が頑丈な楯となりうるが、軌道上に構築された構造物は至近距離で爆雷が起爆しただけで破壊される可能性があった。

おそらく航空宇宙軍は、劣勢に立たされた時を想定して準備を進めていたのだろう。ただし開戦劈頭《へきとう》の奇襲攻撃で、大きな被害を受けることまでは予想していなかったのではないか。それでも最悪の事態にそなえて、小惑星内部の地下陣地で持久戦に移行することは想定していたはずだ。

たとえ外惑星連合軍が火星軌道周辺まで進出したとしても、制圧できるのは宇宙空間だけだ。地下陣地に立てこもる歩兵を、艦隊が殲滅《せんめつ》することはできない。

かといって地下にもぐった守備隊を、無視して通過するのは危険だった。進攻をつづける艦隊の後方に、有力な情報源が残置されるからだ。艦載型のセンサと違って、地表に設置された観測機器の精度は高い。その上に定点観測が可能だから、艦隊の意図を判定するのが容易だった。航空宇宙軍にとっては、敵陣の深い位置に情報源を維持しているようなものだ。放置したまま進攻をつづけるのは危険だが、短時間で制圧する方法もなかった。

開戦の時点で外惑星連合の参加各国には、強襲着陸をともなう拠点制圧が可能な陸戦隊はなかった。密輸入の取締りや出入国管理業務を軍が担当する例はあったが、即応性が高く緊急展開が可能な専任部隊は実質的に存在しなかった。

根本的な原因は外惑星連合の主力をなすタイタン防衛宇宙軍の人員不足にあるのだが、無論それだけが問題なのではない。様々な要因が重なりあって、戦略上の空白ともいえる欠陥を露呈することになったともいえる。

開戦劈頭の奇襲攻撃を成功させたあと、外惑星連合軍は太陽系内の各所に残存する航空宇宙軍の艦艇や残存部隊を各個撃破していた。勢いに乗った外惑星連合軍は、連戦して連勝の状態がつづいていた。そのせいで戦意は高かったというが、冷静になって記録を調査すると現実は綱渡りのような状況の連続だった。そしてそれが以前からの慢性的な人員不足を、さらに悪化させる結果になった。

一時はタイタン主導の外惑星連合軍に反発して離脱を宣言し、独自の道を選択しようとしたガニメデとカリストは戦力として期待できなかった。ただでさえ戦意がとぼしく脱走するものが相次いでいるというから、放置しておくと他の部隊にも厭戦《えんせん》気分が蔓延《まんえん》しかねなかった。兵科の再編と統合を視野に入れた改革が進行中だというが、まだしばらくは混乱がつづくのではないか。

そのような状況を見越して、タイタンが開発したのが「生物兵器」——遺伝子工学を駆使して製造された疑似生命だった。名称はおなじだが、地球上でかつて使用された「生物兵器」とは意味が違っている。主として二度めの外惑星動乱時に多用された「生物兵器」は、タイタンにおける人的資源の不足を補うために生産された。環境シミュレータによって進化の最終形態を予測し、それをもとに自動機械を設計するのだ。

ただタイタンで開発された「生物兵器」を、即座に実戦投入することはできない。籠城態勢をとって抗戦の構えをみせる小惑星を、開戦直後の早い段階で制圧することは考えていなかったからだ。現段階でタイタン軍が保有しているのは、いくつか存在する試製の原型機だけだった。具体的な攻撃目標のある小惑星の自然条件にあわせて、仕様を修正する必要があった。

現実的にいって「生物兵器」の開発時には、このような形の戦闘は想定されていなかった。実際に「生物兵器」が必要とされるのは、動乱の最終局面——当事者の一方が航宙能力を失い、本拠地である惑星の大気層の底で籠城態勢に入ってからと考えられていた。

開戦時の奇襲攻撃で外惑星連合も大きな被害をだすはずだから、その後しばらくは膠着《こうちゃく》状態がつづくものと予想された。まさか開戦時の奇襲が、これほど効果をあげるとは思わなかったのだ。

そのため次の計画が、たてられずにいた。小惑星帯をめぐる戦闘が、どのような展開をみせるのか予測するのは困難だった。

それでも連合任務部隊の司令部では、楽観論が支配的だった。準備と研究に充分な時間をかける余裕はないが、やるべきことが何かはわかっている。最初に攻撃目標の自然条件や達成すべき任務を明確にして、投入する戦力を割りだすのだ。その上で最適な原型機を選定し、シミュレーションをくり返して最終的な形状をえることになる。

ただ「生物兵器」の仕様変更が終了し、あらたな部隊編成が終了しても準備はまだ終わりではなかった。攻撃目標である小惑星まで、敵基地の防御火網をおかして急接近しなければならない。そのための輸送手段が必要だが、強行着陸が可能な艦船を新造する余裕はなかった。既成の輸送船を改装して、間にあわせるしかない。

さらに直接的な攻撃手段とは別に、戦術指揮および後方支援を担当する指揮連絡システムを構築しなければならない。具体的には電子戦に特化した専用艦に、必要な機材を増設して出動させることになる。「生物兵器」で編成された部隊や強襲着陸艦と違って、指揮連絡艦は有人で運用される。事前の偵察で構造が明らかになるのは、敵基地の地表部分だけだ。地下部分に何があるのか、戦闘がはじまらないとわからない。最終的な戦術判断は、指揮連絡艦に搭乗する陸戦隊指揮官によって下される。

出撃までに、処理すべき作業は多かった。だがそれは、事前に予想されていたことだ。石蕗提督をはじめとする任務部隊司令部の要員は、膨大な量の作業をひとつずつ片づけていった。攻撃

目標とされた航空宇宙軍基地の周辺地形を詳細に調査したあと、その結果をもとに進攻の主力を

なす「生物兵器」の仕様を修正して量産体制を確立した。

完成した「生物兵器」の特化部隊は、本隊の作動試験や耐衝撃試験などのあと輸送艦の船倉に

搭載される。部隊単位の陸戦演習や、個別の戦闘訓練などは通常おこなわない。攻撃目標までの

航宙期間を利用すれば、実戦を想定したシミュレーションをくり返すことは可能だ。攻撃開始時

には、充分な実戦経験を有する歴戦の部隊に仕上がっているはずだ。

小惑星攻略部隊をふくむ連合任務部隊が、すべての準備を終えるのに二ヵ月ちかくが必要だっ

た。「生物兵器」の量産と部隊編成ばかりに、時間をかけたわけではない。外惑星周辺宙域から

防御艦艇を引き抜いてまで連合任務部隊を強化したものだから、戦闘による被害の修理や不具合

個所の整備などを完了しなければならない。

本来なら母港の与圧ドックに入渠させて担当工員が点検整備するのだが、ドックの数は限られ

ていた。その上に艦艇の多くは、土星系のタイタン籍だった。母港を往復する時間も惜しいとい

うので、現在はタイタンの支配下にある木星系ドックの強制的な占有が横行した。開戦以前から

改装のために入渠していた政府専用船を、作業中にドック外へ射出したらしい。

真偽は不明だが明け渡し交渉の停滞に業を煮やしたタイタン軍の将校が、与圧されたドックの

ゲートを緊急開放したというのだ。結果は劇的だった。船体を固定していた多数の支柱が一瞬で

破砕され、破片がドック外に流出したという。そのかわり、動きだしたら容易には行き足がとまらない。現在も軌

船体の動きは緩慢だった。

180

道上を漂流中だというが、詳細は伝わっていなかった。

それほどまでして出撃をいそいだのは、航空宇宙軍に先んじるためだ。ぐずぐずしていたのでは完全撃破したはずの敵艦まで、修理を終えて戦闘に投入されるのではないか。そんなことを思わせる情報も、少しずつ入電していた。思いすごしかもしれないが、無視することはできない。たぶん杞憂《きゆう》だろうと、石蕗提督は考えていた。最初の奇襲が予想以上に成功したものだから、かえって心配になってきたようだ。だが、悲観的になるべきではない。出撃の直後から陰気な顔をしていたのでは、勝利など到底おぼつかなかった。士気にも関わる。司令長官としては、指揮下にある全将兵に安心をあたえる義務がある。

石蕗提督は視線を正面の空間にむけた。偵察機からの情報電が、着信したらしい。宙に浮かんだ仮想画面に、着信のサインが明滅していた。それをみた途端に、嫌な予感がした。何か悪い知らせが、届いたのではないか。

3

石蕗提督は端末に、手ばやく解読命令を打ちこんだ。艦隊の出撃に先だって発進した無人偵察機のうち、地球周辺を高速通過しつつある機体——Kr-02が状況を送信してきたらしい。旗艦のクリューガーから発進した偵察機ではなかった。任務部隊司令部直属の情報収集艦を母艦とする偵察機で、通常の作戦時には運用や軌道設定も母艦がおこなっている。

したがってKr-02には、情報源を選択した上で積極的に収集する能力はない。多方面から集積した情報を、分析して評価する機能も搭載されていなかった。その作業は艦隊に随伴する情報収集艦や、軌道上の傍受観測基地が担っている。

いいかえれば生のデータを送信する機能だけが、突出しているといえた。そのため事前に全般的な状況を把握しておく必要があった。さもなければ、情報の価値に気づかない可能性がある。そのかわり速報性は、傍受基地や情報収集艦よりも格段にすぐれている。余計なまわり道をしないから、タイムロスは最小限におさえられていた。一秒でも早く戦術的な判断を下すべき時には、有用な情報源といえる。

すぐに解読が終了した。表示された通信文は、予想とはかなり違っていた。コロンビア軍港は地球をめぐる複数の軌道に分散しているが、そこに多数の戦闘艦艇が集結している形跡があった。一部の艦艇はすでに出港したらしく、偵察機のセンサが噴射のあと拡散しつつある推進剤ガスの雲を探知していた。

ただ地球−月系の商用軌道と視野が重なっているため、個艦の特定や戦力の推定は困難だった。おなじ情報電は指向性の強い通信波によって、他の二カ所——タイタン近傍の傍受基地や情報収集艦にも送信されている。分析が終わり次第、結果は旗艦のクリューガーにも送信されるから即断はできなかった。

現在までのところ、航空宇宙軍に注目すべき動きはないと考えてよさそうだ。大規模な出撃の兆候はあるものの、そのこと自体は予想されていた。それにもかかわらず、胸騒ぎがした。先ほど感じた嫌な予感が、急速に形をなしつつあるようだ。現在の状況は予断を許さないが、積極的な行動は控えるべきだった。部隊を動かすのは、もう少し先になる。

そう判断して、解読されたばかりの情報電を端末の共有メモリに転送した。一瞬で画面が切りかわって、偵察機に関する最新の情報が表示された。旗艦クリューガーの作戦室に詰めていた要員の間に、声にならないどよめきが走った。石蕗提督と同様に、なんらかの予感があったのかもしれない。

首席参謀のミン大佐が、その場にいた全員を代表する格好でたずねた。

「早すぎる……気がしますが、迎撃のために出動したのでしょうか。いまの時点では戦力の補充も不充分だし、被害を受けた艦艇の修理も完成していないと思われ――」

そこまで話したときだった。ミン大佐は戸惑った様子で、言葉を途切れさせた。石蕗提督は応じなかった。感情のこもらない眼で、大佐を注視している。根拠のない予断を、口にするべきではない――そんな思いを伝えたつもりだった。すぐにミン大佐は気づいたようだ。提督はあらためて大佐に命じた。

「偵察機Kr-02の軌道および情報電発信時の対敵距離からして、すでに敵は迎撃態勢に入っているものと思われる。したがって任務部隊司令部としては、Kr-02の情報指令破壊をふくむ対抗手段の断行を躊躇してはならない。

……状況は以上の通りだ。この件に関する判断は、首席参謀に一任する。だから、思った通りにやってみろ。情報指令破壊と決めた場合は、代替手段の検討と運用についても概要計画をたてておくこと。以上だ」

「情報指令破壊……ですか？」

よほど驚いたのか、ミン大佐は眼を大きく見開いている。それも無理はなかった。情報指令破壊の信号を受信すると、その時点で偵察機Kr-02は情報的に自爆する。搭載された機器類の記憶領域を、意味のない雑音で満たしてしまうのだ。

言葉をかえていえば、これは記憶の消去よりも確実な情報破壊だった。あるいは記憶システムの自爆ともいえる。航空宇宙軍の情報部隊による攻撃は、単に偵察機を爆雷等で破壊するだけでは終わらない。機体から突出した長距離アンテナを破壊した上で、中／近距離通信用の周波数帯で不正規アクセスを試みている形跡があった。

このとき偵察機Kr-02は、エンジン等の機動システムが破壊されている。したがって加速して避退することも、自衛戦闘や自爆もできない状態に追いこまれている。その上で航空宇宙軍の情報部隊は、大出力通信波で偵察機の制御中枢を電子的に乗っ取るのだ。

偵察機に搭載された電子機器を徹底的に調査して、必要な情報を掠《かす》めとるためだ。航空宇宙軍には、その目的に応じて編成された部隊が複数系統あるらしい。任務部隊に随伴する戦術級の情報収集艦や敵信の傍受に特化した通信基地、そして軍令部直属の戦略情報部など担当分野や機能は多岐にわたっているという。彼らは些細なことも見逃さない。厳重に封印された機器のプロテクトを破って、必要な情報を入手しようとする。

状況次第では偵察機Kr-02の母艦や情報電の送信先を、つきとめられる可能性もあった。もしも艦隊旗艦クリューガーの軌道を敵が知れば、間髪をいれず未来位置に爆雷を放りだされる。その結果、旗艦は撃破されて戦闘は終了する。旗艦を失った連合任務部隊は、母港に逃げ帰るしかなかった。

そのような事態を回避するには、偵察機を情報的に破壊するしかない。太陽系を横断して敵に肉薄した機体を、惜しげもなく破壊してしまうのだ。心理的な抵抗があるのは、承知していた。だが即断しなければ、取り返しがつかなくなる。

その決断を大佐にまかせることに、躊躇はあった。だがある程度の責任を負わせないと、若い者が成長しない。そんな思いを、ミン大佐は察したようだ。すぐに普段の冷静さを取りもどして、作業に着手した。石踏提督は、かるく息をついた。先ほど感じた胸騒ぎの原因はこれだったのかと考えていた。

ミン大佐個人に対してではなく、その年代の将校に全幅の信頼がおけないようだ。そう提督は考えていた。ミン大佐の年代で現在の階級なら、タイタン軍の大拡張期に特別進級を重ねたものと思われる。

おそらく成績優秀でミスをしなかったせいで、若くして主力部隊の参謀に抜擢されたのだろう。だが実務経験が不充分なことによる危なっかしさは、どうしても払拭できなかった。みているだけで、不安を感じてしまうのだ。先の動乱時にはすでに艦隊勤務をしていた石踏提督にとっては、軍学校生徒のように頼りない存在でしかない。

それでも贅沢は、いえなかった。中堅将校の実力が不充分なら、自分たちが鍛えるしかないのだ。もともと人口の少ないタイタンでは、戦時のマンパワー不足が深刻な問題として指摘されていた。ただ問題に対する危機感を共有しているのは軍人だけで、一般社会における関心はそれほど高くなかった。

その象徴的な出来事が、学校教師による志願兵の募集協力拒否だった。戦力の中核を志願兵役の若者たちに頼らざるをえない時点で、タイタン軍は構造的な弱点を抱えているといえる。そこに学校教師たちの、組織的な非協力が加わった。

動機は多分に情緒的なもので、理論的な裏づけがあるわけではない。あっさりいってしまえば、教育現場の延長線上に戦場を存在させたくなかっただけだ。あるいは多感な少年期に敗戦を経験した長老格の教師たちが、学生たちにおなじ苦労をさせたくなかったともいえる。きわめて単純で明快だが、部外者には理解しづらい論理といえる。ただし影響は無視できなかった。

卒業後の進路を決めかねていた学生の眼から、選択肢のひとつが意図的に遠ざけられたのだ。教師の協力がなければ、軍に志願する学生の数は激減する。兵役終了後の奨学金制度や軍人の身分を維持したまま進学できる制度のことを、知る機会が失われるからだ。

考えようによっては、身勝手で利己的な論理だった。その一方で反戦や平和という大義名分をかかげて、自分たちの行動を正当化しようとする動きもあった。だがこれは、明らかに無理がある。タイタン防衛宇宙軍よりもはるかに強大で、兵員の層も厚い航空宇宙軍の存在を教師たちは無視していたからだ。

石蕗提督は油断なく参謀たちの動きをみていた。

ミン大佐一人を、見守っていればいいのではない。作戦室に詰めている参謀たちの大部分は、実戦を経験していなかった。ただし全員が成績優秀なエリートだから、教育方針さえ誤らなければ名指揮官になれそうだ。

無論それには条件がある。有能な上官による指導が必要であり、わずかな誤謬《ごびゅう》も許されなかった。自分にその能力があるかと問われると、自信を持って応じることはできない。参謀たちの力量をはかりながら、最善をつくすだけだ。

さすがにエリートだけあって、参謀たちの理解は早かった。他の参謀に簡単な指示をあたえたときには、ミン大佐は処理を終えていた。石蕗提督に確認することなく、偵察機 Kr-02 に情報破壊の指令を出したらしい。

端末の画面に眼をむけた提督は、すばやく状況を読みとった。そして眉を寄せた。歴然とした間違いではないものの、気になる点がいくつかあった。結論をいそぎすぎて、状況の把握が不充分だったように思える。失態とまではいわないが、無視できないミスと判断してよさそうだ。

それが気になって、表情をくもらせていた。石蕗提督の反応を、ミン大佐は見逃さなかった。平静さをよそおっているが、内心の動揺は隠せないようだ。画面に見入る大佐の横顔に、翳りが生じていた。それでも大佐は、冷静さを失うことがなかった。抑揚のない声で、淡々と説明していった。

「時間的な余裕がなかったので、先に情報破壊の指令を発信しました。現時点で偵察機 Kr-02 は、毎秒八〇〇キロ前後で地球近傍をかすめる軌道に乗っています。飛翔速度が艦隊基準速力の倍ちかい高速になることと、近地点距離が大きいことから地球の質量による軌道の変化は考慮しなくてよさそうです。

念のために補足しますと『考慮しない』というのは、無視しても差しつかえないと同義ではありません。大雑把な概念を把握する場合には、省略は可能だというほどの意味です。この点を念頭において偵察機Kr-02の軌道を延長すると、約五二時間後に太陽光球の外縁部をかすめて飛び去ることが判明しました。

ただしこれは、正確な予想ではありません。不確実な要素が多くて、軌道が予測できないからです。そのうち最大の不確定要因は、太陽風の衝突抵抗でしょう。かりに太陽表面を突き抜けて太陽からの脱出速度をこえる高速を維持していても、その後さらに減速して太陽をめぐる長円軌道に遷移することもありえます。

いずれにせよ偵察機Kr-02の軌道予測は困難で、確定していることは何ひとつないといっていい。太陽をめぐる安定した軌道に乗るかもしれないし、一周だけ公転したあと墜落する可能性もある。したがって制御不能になる前に、情報的に破壊するべきです」

それが一応の結論かと、石蕗提督は思った。だが大佐の話は、まだ終わっていなかった。低い声で「より重要で本質的な事項は、これから話します」といった。

石蕗提督は黙ったまま、ミン大佐の説明をきいていた。偵察機の軌道としては、それほど珍しくないパターンだった。敵手に落ちて情報を奪われることのないように、偵察機は特徴的な軌道を選択することが多い。

たとえば偵察任務を終えたあと、大気のある惑星や太陽に突っこんで消滅する軌道をとることがあった。これは敵の情報部隊に回収されるのを回避するためというより、デブリの発生を抑えるためだった。ただ太陽や惑星に突っこむには、かなり条件が限られる。特異な位置関係になければ、この方法はとれなかった。

それよりは巡航時の艦隊基準速力を大幅に上まわる高速で、地球の近傍をすり抜ける軌道の方が合理的だった。高速航行による軌道のゆらぎが、敵部隊による情報的な侵入を困難にするからだ。偵察終了後は高速で太陽系を横断し、外宇宙に飛び去る。

気がつくと作業を終えた他の参謀たちも、ミン大佐の言葉に耳を傾けていた。だが石蕗提督にとっては、退屈な長話でしかなかった。偵察機Kr-02を発進させたのは艦隊司令部直属の情報収集艦だが、石蕗提督は軌道の選定に関わっていない。ただ偵察行動の基本方針を作成する際には、前職の軍審議官だった時代に関わっていた。

したがって偵察機の行動パターンは、説明されなくとも熟知していた。おそらくミン大佐は、その間の事情を知らないのだろう。それでも、話の腰を折る気はない。まだ時間の余裕はあるから、大佐の考えを詳細に聞いておくつもりだった。

4

石蕗提督は無言で先をうながした。特に批判的なことを、口にする気はなかった。そのせいかミン大佐には、先ほどよりも余裕が感じられた。大佐はよどみなく言葉をついだ。

「以上の推測を前提に、偵察機Kr-02の情報破壊を急いだ理由について説明します。最初に当該偵察機の現在位置と、今後の動きについて。偵察機Kr-02と地球との距離は、情報電の発信時点で約二〇〇万キロ程度でした。したがって地球に最接近するのは、情報電の発信から四〇分と少しすぎた時間帯になります。

ところがこの偵察機はクリューガーから五億キロ以上へだたっているから、通信波の伝播には片道三〇分弱かかると考えられます。ということは着信と同時に情報破壊の指令を送信したとしても、偵察機Kr-02が受信するころには地球との最接近は終了している計算になります。

しかし普通に考えれば偵察機に対する攻撃は、最接近時までに終わっていなければならない。すでに通過した敵に追い撃ちをかけても、被害をあたえることは困難だからです。このことは爆雷攻撃であっても、長距離レーザ砲撃でも基本的にはおなじです。

さらにいえば迎撃側が展開している防衛システムの諸元からして、レーザ砲では偵察機を撃ち落とせません。偵察機Kr-02は最終的な軌道修正の段階で、迎撃側が展開している火器を見切っているからです。最大級の出力を有するレーザ砲でも、充分に距離をとって通過する偵察機Kr-02は撃破できないのです。

したがって当該偵察機に対して有効な攻撃手段は、爆雷あるいは機雷だけになります。ところが情報破壊の指令を偵察機Kr-02が受信するときには、航空宇宙軍による攻撃は終わっている可能性が高い。もし爆雷攻撃を受けていたら、非武装の偵察機はひとたまりもありません。

ということは我々が情報破壊を指令しても、当の偵察機は受信できないかもしれない。しかし我々には、それを確かめる手段はありません。かりに応答がなかった場合でも、通信波の往復に要する時間――ごく大雑把な計算では、一時間ちかくがすぎてからでないと確証がえられないのです。

ただ……偵察機Kr-02が爆雷攻撃を受けたとしても、迎撃側の電子的な侵入が成功したとは限らない。最接近からわずか数分しかすぎていないのだから、偵察機の制御中枢がまだ正常に作動している可能性はあります。

そうだとしたら、手遅れではありません。迎撃側が電子的な侵入を前提に爆雷攻撃をしかけたのであれば、徹底的な破壊は避けるはずです。長距離通信システムと駆動エンジンを破壊すれば、この偵察機は孤立して逃げることもできなくなる。

したがって我々がとるべき行動も、自然に決まります。敵の手に落ちる前に、漂流している偵察機Kr-02を完全に破壊するのです。緊急時の情報破壊指令であれば、中距離通信システムの広域周波数帯でも受信できます。あらかじめ割りこみ信号を送信しておけば、万にひとつも受信し損なうことはありません。

爆雷攻撃で長距離通信専用の機器が破壊されたとしても、受信には実質的な影響はないと断言できます。そのような仕様に、なっているからです。通信自体の効率は非常に悪く不明瞭なものになりますが、実用上の支障はありません。

その非常用回線を利用して、小官は破壊指令を送信しました。何ごともなければ、あと二〇分たらずで偵察機Kr-02に着信するはずです」

そう話すミン大佐の顔つきは、いくぶん誇らしげだった。手柄を自慢するような傲慢さや、押しつけがましさは感じられない。突きつけられた難問に答えられたことを、素直に喜んでいる様子がうかがえた。あるいは参謀の重責を果たせそうなことが、素直に嬉しいのだろう。

推移を見守っていた参謀たちの反応は、二通りにわかれていた。このとき艦隊司令部には、ミン大佐の他に三人の参謀が在籍していた。任務部隊旗艦クリューガーの作戦室が戦闘時の定位置だが、情報参謀だけは石蕗提督に命じられて艦内の通信室に移動している。

したがって作戦室内には、ミン大佐をのぞいた二人が同席していた。彼らの反応は対照的だった。一人は納得した様子で、ミン大佐の話をきいている。ときおり個人端末を操作しているのは、私的な記録を残しているのかもしれない。

だが勤務中は備忘録程度の簡易なメモであっても、記録は禁じられていた。防諜の基本原則だから、ボグダノフ少佐という名の戦務参謀が知らないはずはなかった。以前に勤務していたのは基地隊をいくつか統括する方面軍だったというから、あまり厳格には適応されなかったのだろう。

ミン大佐よりも経験が豊富で、どの任地でも大過なく勤めあげてきた。その意味では頼りになる存在だが、基礎的な知識が欠けている可能性がある。重要な仕事をまかせるときには、注意が必要だろう。メモが禁じられていることは、折をみて話せばいい。

老練な印象を受けるボグダノフ少佐と違って、陸戦参謀のシャキア中佐は懐疑的な眼をミン大佐にむけていた。大佐の方針に異論があるようだが、石蕗提督には彼女のことがよくわからなかった。内心を明かすことが滅多になく、口数も少なかったせいだ。妹もタイタン軍で艦隊勤務についているというから、親の代やそれ以前からの軍人一家なのだろう。

ただし本人に妹のことを質《ただ》しても、明確な返答はえられなかったという。石蕗提督自身が質問したわけではないが、妹のことが話題になるのは避けているようだ。姉のシャキア中佐からみれば、あまり名誉なことではないらしい。

シャキア中佐によれば妹のシャキア少尉は、兵科士官となるのを嫌って軍の経理学校に入学したという。兵科士官への道は避けて主計少尉として任官したというから、妹も相当な変わり者と考えてよさそうだ。

できれば偵察機Kr-02の情報的な破壊について、シャキア中佐の見解を質してみたかった。女性の参謀と艦隊司令部を編成するのは、これが最初だった。参謀としての力量に男女差がないことは、統計からも確認されている。しかし実際の戦闘がはじまる前に、自分の眼でたしかめておくべきだろう。

できることなら二手にわかれた上で、戦闘以前の偵察手順をシミュレートさせてみたかった。参謀たちの能力と特性を、見極めるためばかりではない。情報破壊の指令をためらう自分の反応が、少数派として片づけられそうな不安があったからだ。だが、その余裕はなさそうだ。

石蕗提督はミン大佐にいった。

「大佐の考えは非常に興味ぶかいが、気がかりな点がいくつかある。最初にその点について、見解をたしかめたい。大佐は偵察機Kr-02に対する迎撃側の攻撃を、基地の防御火網に限定した上で状況を推定したと考えられる。それが結果的に、まだ運用可能な偵察機の破壊指令を決断させたのではないか……」

「お言葉ですが偵察機Kr-02は、すでに機能を停止しているはずです。それに……」

ミン大佐は、わずかに口ごもった。あきらかに不服そうな顔をしているが、それを言葉にする気はないらしい。だが石蕗提督に対する反発を、隠すことはできなかった。客観的に考えれば、それも無理はなかった。

偵察機Kr-02の情報破壊をふくむ一切の判断は、ミン大佐に一任されていた。いまさら否定するかのようなことをいわれても、納得できないのは当然だろう。ミン大佐よりのボグダノフ少佐ばかりではなく、シャキア中佐までが不信をあらわにしている。

石蕗提督は動じなかった。事情を説明する必要もない。すでに予定時刻になっていた。そして予想通りの時刻に、着信があった。偵察機Kr-02からだった。そのことを知ったミン大佐の表情が急変した。よほど驚いたのか、凍りついたように動きをとめている。

5

居あわせた三人の参謀のうち、事態を正確に把握していたのはシャキア中佐だけだった。

ボグダノフ少佐は偵察機の構造について記憶が曖昧で、そのことを問題にもしていなかった。必要な時には、端末から仕様を参照すればいいと考えていたらしい。

ミン大佐自身は、解釈を誤っていた。しかも知らないことを、問題にしていなかった。参謀が偵察機の破壊指令を送信する機会など、滅多にないと判断したからだ。そのときがきたら、運用科の将校にまかせておけばいいという態度だった。

すぐに暗号が解読された。偵察機が破壊指令を無視した事情は、すぐに判明した。相対速度を一致させた艦船が、接近しつつあるらしい。あきらかに敵性艦船だが、強力な武装を搭載しているとは思えなかった。

偵察機 Kr-02 を非武装と侮って、拿捕《だほ》しようとしていた。あるいは偵察機 Kr-02 を無力化した上で、ハード・サルベージを試みるものと思われる。無論、敵の意図は読めない。ただ航空宇宙軍が尋常ではない決意で、外惑星連合軍の攻勢を阻止しようとしているのは間違いない。普通なら通信回線を利用したデータ・サルベージだけで終わるところだ。

この状況をみた偵察機 Kr-02 は、戦闘を決意して通信システムを封鎖した。その結果、ミン大佐が発信した情報破壊指令は無視された。おそらく不審船との戦闘は、高度な戦術判断をともなう。偵察機に対する電子的な侵入も、当然ありえた。

単に軌道前方で拡散しつつある爆雷破片を発見しただけなら、かえって対処は簡単だった。敵手に落ちることを嫌って、自船の制御中枢を破壊するだけだ。目標の間近に接近した偵察機は、推進剤をほとんど使いきっている。減速する必要などないから、可能なかぎり高速で目標の近くを通過するのが定石だった。

したがって爆散塊に気づいても、逃れる方法はなかった。自爆する以外に選択の余地がないともいえる。つまり情報的な自爆は、指令の有無にかかわらず実行される。ミン大佐の行動は、まったく意味がなかったのだ。

おそらくミン大佐は、偵察機の能力を過小評価していたのだろう。一般的に偵察機は非武装だが、敵船を攻撃することは可能だった。主エンジンが使用可能なら噴射炎を浴びせることができるし、加速して体あたりすれば無視できない損傷をあたえられる。推進剤を使いきったら姿勢制御システムを駆動し、それも停止したら電子攻撃を加えるのだ。

通信システムが生きていれば、敵船の制御中枢を乗っ取ることも可能だった。状況が許せば制圧した敵船を、武器として使うことも可能だった。自爆は万策がつきたあとの、最後に残された選択肢だった。状況によっては損害をおそれず果敢に攻めることもありうるが、だからといって自爆を軽々しく命じていいものではない。

そのような仕様を作成したのは、審議官だったころの石蕗提督自身だった。たとえ無人の偵察機であっても、任務終了後は太陽に落下することがわかっていても粗末にはできない。設計に関わった技術者や生産ラインを支える工員たちの思いが、兵器にはこもっているのだ。無為に使いつぶすことは、できない。

ところがミン大佐は、まだ状況がよく把握できていないようだ。納得できない様子で、疑問を口にした。偵察機Kr-02は毎秒八〇〇キロもの高速で地球近傍をすり抜けて、太陽にむかう軌道にのっている。

仮に敵船が追撃を試みたとしても、この速度に達するには一G加速でも二〇時間以上かかる。その間の加速に要する距離は、三〇〇〇万キロをこえるはずだ。これほど大規模な加速を、たかが偵察機一機のためにおこなうとは思えない。

使い捨ての偵察機ならともかく、サルベージ作業船は減速して母港に帰投しなければならないのだ。接近しつつある航宙船の構造は不明だが、質量比は膨大なものになるだろう。どう考えても、採算が取れるとは思えない。

それ以前に、即応性の問題もある。単に加速するだけでは、軌道上の邂逅は困難だった。コロンビア軍港に接近しつつある偵察機を、早期に発見して所定の軌道に投入できる機動力がもとめられる。この点について、司令長官の見解をただしたい。

石蕗提督は小さく嘆息した。あまり期待はしていなかったが、それでも落胆は大きかった。無人偵察機に対する理解のなさといい、想像力の欠如は信じられないほどだ。そのせいでミン大佐の評価は、大きく低下した。異例の進級を重ねたのは、単に常人よりも記憶力等がすぐれているからだろう。

さしあたりミン大佐の問いかけは、無視するしかなかった。戦闘配置状態の任務部隊司令部で、私的な疑問にこたえる必要はない。ここは学校ではないのだから、知りたいことは自分で調べるしかなかった。だが軍事行動を「採算」という言葉で理解しようとする感覚は、提督の想像をこえていた。

ミン大佐は黙りこんでいる。まだ何かいい足りない様子だったが、言葉を口にしかけるとボグダノフ少佐が制止する動きをみせている。シャキア中佐も同様だった。刺すような鋭い視線で、大佐を牽制していた。

——すると二人の参謀は、事実に気づいているのか。

そう考えるのが、妥当な気がした。それなら、心配することはない。あらためて話さなくても、ミン大佐は理解するだろう。自力で答をみつけられなくても、二人のうち一方が耳打ちしてくれるはずだ。それがわかる程度の能力は、ミン大佐にはそなわっている。

すぐに情報収集艦による情勢分析が伝えられた。偵察機**Kr-02**が送信してきたデータを中核に、蓄積された過去のデータを重ねあわせて現状を再構成している。偵察機が送信してきた生のデータよりは、広い視野で現状を分析していた。

ただし情報源は艦隊に所属する偵察機や、所属艦艇のセンサに限定されていた。艦隊の前衛をなすセンシングピケット艦の探知範囲よりも遠くの状況は、点在する偵察機からのデータに頼るしかなかった。

偵察機の総数や個々の軌道は極秘事項とされているが、データをみていれば察することは可能だった。情報収集艦から発進する偵察機の他に、センシングピケット艦が管理する低速小型の探査機《プローブ》も情報源として扱われる。

大規模な艦隊出動時には、正規の偵察機やプローブの他に多数のダミーが放たれる。通常はデブリとなるのを避けるために、時間がすぎれば気化して消滅する金属箔などが使われる。艦隊と同航していた無人の推進剤タンカーが、巡航軌道を維持したまま偵察機のダミーとして放たれることも多かった。

漂流する使用ずみのタンカーには、自爆装置がしかけてあることが多かった。公式にはデブリとなるのを防ぐためとされているが、実際には航空宇宙軍の回収作業船を破壊するのが目的だった。空《から》のタンカーを調査すれば残された推進剤や船体構造から、航宙艦のエンジン出力や噴射速度が推定できるからだ。

化かしあいのような諜報戦がつづいていたが、今回のように大規模な作戦が開始される時には一気にそれがエスカレートするようだ。たがいが温存していた情報源を次々にくり出し、その一方でつぶしあう消耗戦が開始されるのだ。

使い捨てが原則の無人偵察機でも、可能なかぎり再利用することは珍しくなかった。緒戦では生産力の劣る外惑星連合軍の常套手段だったが、あまり間をおくことなく航空宇宙軍も同様の方針をとった。無論、本質的な動機は外惑星連合軍と大差ない。

外惑星連合軍は再利用が可能な資源として漂流物を回収していたが、航空宇宙軍は情報源として遭難した艦船をあつかっていた。だから少しでも利用価値があれば、たとえ残骸でも回収しようとする。情報的に破壊されていても、実機が入手できれば解析は可能だった。それを手がかりに暗号を解読できれば、劣勢を覆《くつがえ》すこともできるはずだ。

――航空宇宙軍が強引とも思えるサルベージを強行するのは、そのせいか。

そうとしか思えなかった。ただ一度だけでも暗号が解読できれば、それを勝利に結びつけることはできる。気になる状況だが、結果は予測できなかった。偵察機Kr-02の善戦に期待するしかない。

そう考えた時だった。あらたな入電があった。タイタン周回軌道上の、統合情報隊からだった。艦隊の情報収集艦よりも、広い視野で状況を鳥瞰できる。ただしリアルタイムの情報は、期待できなかった。

艦隊が航行している宙域からタイタンまでは、七億キロ以上もへだたっている。全般的な状況を知るには都合がいいとはいえ、リアルタイムでデータが送信されてくるわけではない。

無視はできなかった。地球軌道の内側にまで入りこむ小惑星に、人知れず傍受基地が構築されていた。発見されるのを恐れて普段は消極的な使い方しかされていないが、少し前から蓄積されたデータが送信されていたようだ。そのデータを分析して、コロンビア軍港に集結した大型艦の艦名を判定したらしい。

「イカロス……。そうだったのか」

解読された通信文に眼を通したあと、石蕗提督はつぶやいた。その言葉を耳にしたらしく、シャキア中佐が視線をむけた。事情を察したのか、小さくうなずいている。現存するイカロス探査機のうち一機は、内宇宙艦隊に編入された上で戦略爆撃専用の特務艦として再就役していた。

あらたに存在が確認されたのは、それとは別のイカロス探査機らしい。コロンビア軍港で整備されたあと、火星周回軌道に移動した形跡があった。現在では使われることのない古いタイプの推進剤が、拡散した噴射ガスの雲から検出されたようだ。まだ正式な名称はないらしく、仮称「イカロス12」と呼ばれているらしい。

イカロス12の現在位置は不明だが、偵察機Kr-02に接近しつつある不審船なのは間違いない。鈍重とはいえ長時間にわたる加速が可能で、高速で航過する偵察機の追跡には最適だろう。艦内のスペースも充分にあるから、回収した偵察機を解体して暗号解読に利用することもできるはずだ。

石蕗提督は参謀を呼び集めた。状況を伝えた上で、最善の選択をしなければならない。ところがその矢先に、画面が切りかわった。石蕗提督は息をのんだ。提督だけではなかった。居あわせた全員が、声をあげていた。

——航空宇宙軍の艦隊が、全力出撃を開始した……。

それだけだった。あとは声も出なかった。画面には出撃した艦の名称が、次々と表示されている。その中に、記憶にある艦名もあった。

「タウルス……修理が終わったのか」

今回の動乱が開始されてから、何度もくり返してみた映像が思いだされた。ふたつに折れて反対方向に回転するタウルスの悲惨な姿は、いまも忘れることができない。そのタウルスが、応急修理を終えて出撃したらしい。

誰もが信じられない様子で、画面を注視していた。それも当然だった。壊滅したはずの艦艇群が、これほど短い期間で修理を完了できるはずがないのだ。たとえていえば万里の長城やピラミッドのような巨大遺跡が、一晩で建設された現場を目撃したかのような思いがした。
タウルスばかりではなかった。撃破されて廃艦と報じられた艦艇群のほとんどが、戦列に復帰していた。何かの間違いとしか思えなかったが、幻覚などではなかった。一体どんな手を使えば、こんな不思議なことを起こせるのか。かりに艦艇の修理が成功しても、乗員の不足を補うことは困難ではないか。

――外惑星諸国の工業力を、過小評価していたのか。

そうとしか、思えなかった。奇跡としか思えない応急修理だが、所定の性能や構造強度を有しているとは思えなかった。外見だけはそれらしく整形してあるが、実態は戦力として期待できない案山子《かかし》のような代物でしかないのではないか。

声を耳にしたのは、その直後だった。かすかな声だったが、提督には明瞭にきこえた。

亡霊艦隊《ファントム・フリート》だと、石蕗提督は思った。奇襲攻撃を受けて戦死した多くの将兵の霊魂が、失われたはずの艦に乗ってやってくるのだ。

冥界に自分たちを、引きこむために。

ペルソナの影

1

端末を操作していた保澤《やすざわ》准尉の手が、急に動きをとめた。

一次メモリの底に眠っていた記録を、検索システムが探しあてたらしい。ヒットした情報には、充分な手ごたえがあった。事前に見当もついていたし、予感もあった。逃げ遅れた敵が身を隠すとしたら、この宙域以外に考えられなかった。タイタン防衛艦隊ガニメデ派遣部隊の、たった一人の隊員で指揮官代理でもある准尉が探していたもののようだ。

ゆっくりと顔をあげて、正面の空間を注視した。いそぐ必要はない。システムにかかる負荷が過大になっているらしく、過去の記録から関連情報を引きだすのに時間が必要だった。長距離センサのデータを処理するだけで、タイムラグが生じる。わずかひと呼吸ほどの間だが、思考の流れを中断させるのは好ましくない。

予感は的中した。変形表示《デフォルメ》された当該宙域の映像を、一見しただけで准尉は確信を持った。間違いなさそうだ。表示されているのは、公的には存在しないはずの天体だった。太陽をめぐる楕円軌道を、ひっそりと廻《めぐ》っている。

軌道にこれといった特徴はなかった。少なくとも小惑星帯では、珍しい存在ではない。軌道以外の諸元も、ありふれていた。現状のまま観測を継続しても、正体は判明しそうになかった。正確な軌道や天体の規模はもとより、構成物質や密度などの物理データも測定は困難だろう。

――これも動乱の影響か。

なかば諦観まじりで、保澤准尉は考えていた。開戦によって航路情報サービスが停止してから、すでに二ヵ月がすぎている。多くの軌道が交錯する小惑星帯の航路情報を整理した上で広く一般公開するのは、航空宇宙軍内宇宙艦隊の平時における重要な業務のひとつとされていた。

ただし戦時の運用に関しては、強制力のある規定はなかったと聞いている。航路情報サービス自体は開戦の直後まで継続していたものの、最新情報の入手に欠かせない全天走査《スキャン》は中断していたらしい。太陽系内の微小天体を網羅したカタログも、開戦の半年ほど前から更新が停止したままだった。

危険きわまりない状態に思えるが、実用上はそれほど大きな問題ではなかった。航空宇宙軍や地球系の商業輸送機関では、古いデータを修正して間にあわせていたらしい。実はそれが、開戦の兆候だった。その後ほどなくして、航路情報の一般公開が全面的に停止された。すでに外惑星連合による奇襲攻撃は開始され、人類が経験する二度めの宇宙戦争がはじまっていた。

つまり開戦に先だって航路情報の提供が、実質的に停止していたといっていい。それも当然だった。航宙時に欠かせない天体カタログは第一級の軍事機密であり、仮想敵である外惑星連合軍に航空宇宙軍が情報を提供する義務はない。ただし開戦を予期した航空宇宙軍が、意図的に航路情報の一般公開を停止したとは思えない。

もともと大量の時間と労力を消費する全天走査は、予算がつかないまま先送りされることが多かった。そんな時でも運用が可能な代替手段を、航空宇宙軍は保有せざるをえなかったのだ。実際には経験則による近似解の算出になるが、それなりの使用実績と過去データの集積で天体の未来位置を予言できるまでになっていた。

小惑星帯を航行するものにとって天体カタログは海図であり、航路情報は海況データだった。本来なら全天走査によって、軌道を廻る物体は細大もらさず網羅しなければならない。それが無理なら次善の方法で、現実に近いカタログを構築するべきだった。

さいわいなことに航空宇宙軍内宇宙艦隊には、そのための方法論や大量の過去データが集積されていた。その結果、常に最新の航路情報を航宙士たちに提供することができた。その精度と実用性の高さは、全天走査によるカタログと比べて遜色ないほどだったという。

ところが航空宇宙軍と戦闘状態に入った外惑星連合軍には、そのような選択肢はなかった。平時に公開されていた小惑星帯の天体カタログでさえ、ブラックボックス化されたメモリ内のデータシステムだったから、登録された艦艇以外は利用できなかった。

航路情報が更新されたときには、旧バージョンのデータは自動的に削除されることになっていた。ただし通常は更新が滞《とどこお》ることがあっても、最低限の支援は保証されていた。しかし開戦以後は、それも停止した。未登録の天体が密集する小惑星帯に乗り入れる場合でも、一切の支援を受けられなくなったのだ。

無論そのような事態は、外惑星連合も予想していた。違法なコピーや解析によって、独自のカタログ作成を試みていた。だが予算規模や技術力——さらには実績の積み重ねに、あまりにも差がありすぎた。悪戦苦闘の末にようやくわかったのは「桁外れの予算を投入する以外に、技術的な格差を埋める方法はない」という一点だけだった。

要するに、いくら努力を重ねても無駄らしい。ただ過去の記録や実績からして、更新が短期間とぎれても実用上の支障がないことはわかっていた。ところが実際の限界がどの程度なのか、正確なことは誰にもわからなかった。爆弾をかかえたまま敵艦の出没する宙域に乗り入れているかのようだが、気にする者はあまりいなかった。

本来なら全天走査は、木星や土星の重力で軌道から逸脱する小天体の動きを明らかにするためのものだ。ところが定期的に走査を実行しても、カタログに記載されたデータはほとんど改訂されなかった。かりに軌道がふらついても、航宙船の軌道に異常接近する可能性は低い。まして航行中の衝突事故など、確率からいっても発生する例は皆無に近かった。

更新によって修正されるデータのほとんどは、新たに追加されたデブリの類《たぐい》だった。その大部分は航宙艦などから分離脱落したパーツだから、太陽系内をめぐる天体よりもはるかに高速だった。太陽系の脱出速度を大きく上まわっているから、ほとんどは外宇宙に飛び去ったまま二度ともどってこない。

ごくまれに深刻な事態を引き起こす可能性もあったが、航宙時の障害物としては無視するという選択肢もあった。低速のデブリや小惑星から分離した岩塊のように、危険で探知しづらい浮遊物もたしかに一定数が存在する。しかし事前にリスクを受けいれる用意があれば、片づく問題といえた。

むしろ敵艦の待ち伏せが予想される宙域を航行することのリスクほど、深刻なものではなかった。最新だが無関係なものの方が多いデータを、全天走査までして入手する必要はないといえる。濃密なデブリの「雲」は、最接近のかなり前にレーダーなどによる観測で確認できるからだ。

2

保澤准尉が捜索していたのは、小惑星帯にひそむ航空宇宙軍の艦船だった。

開戦以来、一日に何度もおなじ作業をこなすのが日課になっていた。ただし専任ではない。日常的な業務をこなす一方で、数億キロ離れた宙域の戦闘を支援している。対艦攻撃に特化した専任部隊が、常時配属されているわけではなかった。保澤准尉の報告を受けたタイタン防衛軍の上級司令部が、状況によって処理方法を決めることになる。

したがって通告した天体の正体はもとより、それが探していたものだったのか否かも不明のままで終わる。いまのところ劣勢の航空宇宙軍が、反撃の尖兵として艦隊を送りこんでくる可能性はなかった。そんな余裕はないはずだ。

開戦と同時に実施された奇襲攻撃で大きな被害をだして、現在も戦略的な後退と戦線の縮小をしいられていた。小惑星帯の奥ふかくで行動中だった艦艇群や在外諸機関まで、原則的に撤収する方針であるらしい。

航空宇宙軍の内部事情は知るべくもないが、無茶な命令だと最初は思った。それ以前に、現実を無視していると。開戦劈頭《へきとう》の奇襲攻撃は、巡航中の航宙艦にまではおよんでいなかった。無傷で奇襲を回避できたことになるが、それは地球周辺への帰還を保証するものではない。計画された航宙を終えた時点で、航宙艦の推進剤は底をついていたからだ。平時の経済軌道なら、死荷重となる余分な推進剤は積載しないのが普通だった。

航宙の末にたどり着いた目的地が敵の勢力圏内にあれば、熾烈な待ち伏せ攻撃を覚悟しなければならない。かといって目的地が中立国でも、安心はできなかった。最低限の推進剤と消耗品の調達は可能だが、それが終わればただちに出港するよう勧告される。

航空宇宙軍乗員の身を案じて、助言するわけではない。航空宇宙軍と外惑星連合軍の戦闘に巻きこまれて、当該都市が中立を維持できなくなるのを心配しているのだ。通常は補給を終えた航宙艦が出港するのを、敵対する勢力が待ち伏せすることになる。

入港した航空宇宙軍戦闘艦の推進剤残量や、損傷していればその状況なども事前に通報されているはずだ。追撃のために集結した外惑星連合軍の艦隊は、母港への帰還をめざすしかない航空宇宙軍の戦闘艦艇よりも格段に有利だった。

かりに航空宇宙軍の戦闘艦乗員が開戦後の状況を把握していたとしても、結果にかわりはないものと思われる。現在位置と予定の軌道が読まれているのだから、組織的な追撃を受けて航宙艦を撃破されることになる。

そのような状況を考えあわせると、現実的な選択は乗艦の物理的な破壊と集団投降以外にないと考えられる。自爆あるいは制御機構を破壊した航宙艦を、虚空にむけて加速発進させた例もあったらしい。

第一次外惑星動乱時の事例にならって「サラマンダー処分」と称されたが、これまでに艦と運命をともにした者はいなかった。乗員が退去したあと無人の航宙艦は加速をつづけ、やがて長距離センサの探知範囲をこえて飛び去ったという。

粛々と撤退が進行する一方で、錯誤や情報不足によって被害を大きくした例もあった。潜入工作員による破壊活動で航行の自由を失い、中立国の泊地にとどまったまま身動きがとれなくなった航空宇宙軍戦闘艦があった。自力修理は無理だが、設備の整った工作艦が作業を主導すれば短期間で機能を回復するらしい。

そう判断した結果、工作艦が急派されたと聞いている。ところが損傷した戦闘艦は、工作艦の到着前に自爆した。通信機が不調で、味方の工作艦が急派されたことも知らなかったのだ。それどころか工作艦を外惑星連合軍の仮装巡洋艦と誤認して、艦の処分をいそいだようだ。

事実を知った乗員たちは、途方にくれた。乗艦はすでに破壊され、唯一の移動手段である工作艦は自衛戦闘もおぼつかない貧弱な武装が搭載されているだけだ。中立国の政府は短時間の停泊は許可したものの、すみやかな出港をもとめてきた。無視することは、できなかった。外惑星連合軍の戦闘艦隊が、接近しつつあったのだ。

今度は本物だった。誤認していたわけではない。残された選択肢は、ふたつしか考えられなかった。機動力の劣る工作艦で包囲網を突破するか、あるいは工作艦を破壊して中立国の政府に出頭――つまり投降するかだ。

結果が気になるところだが、保澤准尉には縁のない話だった。准尉の所属する連合「義勇兵」集団の主たる任務は、無人で運用される支援船や補給船の捜索だった。想定もされていなかった奇襲攻撃で、事前に兆候もないまま戦端が開かれた。

予期しなかった開戦で、多くの無人船が宙に浮いた格好になった。突然の開戦で混乱状態におちいった命令系統から、忠誠心という曖昧な判断基準を持ちあわせていないものたちが弾《はじ》きだされたといえる。

その帰属意識の希薄な戦闘機械を捜索するのが、保澤准尉らの任務だった。「義勇兵」を名乗ってはいるが、実際には傭兵も同然だった。タイタン防衛宇宙軍をはじめとする正規軍や主力艦隊は、開戦時奇襲攻撃の損傷修理や第二段作戦の準備に忙殺されていた。

敗残兵狩りにちかい無人船の追跡は、半端仕事と認識されているようだ。精鋭部隊が投入されることはなく、通常は「義勇兵」に一任されていた。実情を知らない一部の正規軍幹部には、無人船は機動力の劣る弱武装の艦艇でしかないようだ。戦力とはみなされておらず、脅威とは認識されていなかった。

ところが実際には有人の戦闘艦よりも危険で、厄介な存在だった。所在を確認するだけでも容易ではない。無人だから乗員のために生存環境を維持する必要がなく、したがって探知されるほどの赤外線を発生することもなかった。

しかも環境維持に欠かせない消耗品を、補充する必要がない。有人艦のように柔軟性のある運用はできないが、それだけに航宙時の制約が少なくてすむ。めだつ痕跡も残らなかった。

捜索する側からみれば、厄介な存在といえる。丹念に追跡して処分していくしかないが、その数は意外に多かった。そしてその大部分が、開戦と同時に母港をめざして行動を開始した。有人の戦闘艦であれば個艦の性能はもとより、開戦時の所在や軌道も把握していた。その上で追撃をかけたのだが、無人の支援船は実態がよくわかっていなかった。

かといって、放置するわけにはいかない。守勢に入った航空宇宙軍を追いつめるには、小惑星帯を完全に制圧しなければならなかった。情報収集の拠点として小惑星帯を利用されると、内惑星にむけて進攻するとき背後をつかれかねない。逆に航空宇宙軍は無人船を小惑星帯に残置して、センシング基地や通信傍受基地として使うことができた。

——航空宇宙軍は最初からそのつもりで、航行中の全艦船に帰還を命じたのか。

そんなことを、保澤准尉は考えはじめていた。戦端が開かれた当初から、すでに航空宇宙軍の基本方針は決まっていたとしか思えない。太陽系内を航行中の有人艦を、切りすてる覚悟があったようだ。混乱がつづく有人艦には期待せず、かわりに小型で隠密性の高い無人船を一時的にせよ主力にしようとしている。

つまり星々の世界を舞台に遊撃戦を展開する一方で、防御態勢がととのうまでの時間かせぎをしていたようだ。

3

開戦直後の航空宇宙軍は、かなり混乱していたようだ。

そうとしか思えない強引な行動や、矛盾する命令が飛びかっていた。小惑星帯以遠で行動中の全艦艇に対する帰還命令も、おなじ混乱の中で発信された。時間かせぎや後方撹乱《かくらん》などの真意が隠されていた可能性はあるが、実際のところはわからない。まして敵である航空宇宙軍の戦略方針を、知る方法などなかった。ただし現実はもっと単純で、不確かな情報を信じた末に防御を急いだだけかもしれない。

開戦以前からガニメデの基地勤務だったせいか、保澤准尉は事態の推移を客観的にみることができた。少なくとも混乱の渦中にある艦隊乗員よりは、突き放した見方をしていたように思う。間近で戦闘が起きている緊張感と、自分の身に危険がおよばない安心感が同居していたせいかもしれない。

その上で、気づいた点があった。混乱しているようにみえたのは、実は本来の目的を隠すための陽動だったのではないか。航空宇宙軍は実際には被害など受けておらず、外惑星連合軍を消耗させて次の戦闘にそなえているのかもしれない。

瞬間的な閃きとともに、そう考えた。だが、その感覚は次第に失われていった。自信が持てなくなったともいえる。断片的な情報をいくら集めても、真実を再構成するのは不可能なのだ。当事者が傍観者の眼で、事実を見通すことはできないと考えた方がいい。

もしかすると自分たちは――ということは外惑星連合軍の最高司令部である統合作戦会議以下の全軍が、航空宇宙軍のしかけた罠に絡めとられているのではないか。そんなことを保澤准尉は考えていた。根拠は戦闘艦の自爆を伝える風聞にあった。救援に駆けつけた工作艦を敵と誤認して自爆した航空宇宙軍戦闘艦の噂は、この時期には広く流布していた。

この事例を、どう解釈するのか。高加速航行が可能な外惑星連合の戦闘艦に追われると、航空宇宙軍の最精鋭戦闘艦でも逃げきるのは難しい。あるいは航空宇宙軍の正規戦闘艦であっても、乗員の士気は高くない。わずかな損傷で、呆気なく自爆する。そのような共通認識が、急速に拡散したように思われる。

無論、公的な記録には残されていない。ただ声高に訴えることはなくても、外惑星連合軍将兵の――それも航宙艦乗りたちの熱い思いが明確に伝わってくる。気になって勤務の合間に、できるかぎり情報を集めた。結果は予想以上だった。間違いない。外惑星連合軍の将兵は、全員がおなじことを考えていた。認識を共有することで、連帯感を強化しようとしているかのようだ。

航空宇宙軍の戦闘艦は、古代の甲冑《かっちゅう》を思わせる重厚な防御システムで鎧《よろ》われている。ところが乗員の戦意はブリキ細工の玩具よりも薄っぺらで、我が艦艇の鋼鉄を思わせる穿貫力を支えきることは不可能である。士気や忠誠心は羽毛よりも軽く、わずかな風で吹き飛ぶほどでしかない。

そのような風聞が、あらゆるメディアに乗って流布していた。たくみに明言を避けているとはいえ、乗員の考えていることは、明瞭に伝わってくる。不安でたまらないのだ。その不安が、風聞を作りだした。ブリキより薄く羽毛のように軽い連中が、虚仮威《こけおど》しの戦闘艦で防御陣を構築している。渾身の力をこめて突入すれば、たやすく蹴散らせるはずだ。恐れることは、何もない。

そのような思いが、透けてみえた。あまりの痛々しさに、眼をそむけたくなった。だが無視はできない。というより、事実が単純すぎた。多くの思いが重なって、ひとつの風聞を作りだしたらしい。本格的な調査の余裕はないが、簡単な検索だけでも事実はうかがい知れた。錯誤によって航空宇宙軍の戦闘艦艇が自爆した事例は、いくつも報告されていた。

ところが公式文書には、まったく記録されていない。尾鰭《おひれ》がついて様々に形をかえた上で、多くの部隊でささやかれていただけだ。つまり原型となった最初の出来事が、すでにフィクションだったのだ。それが戦闘態勢にある航宙艦や軌道上の拠点基地などの閉鎖空間で語られて、事実と区別がつかなくなった。

もしかすると自分は、壮大な虚構が生じる瞬間に立ち会っているのかもしれない。その過程ばかりではなく、生まれた環境も興味深かった。語り手は固定されているし、聞き手も少人数で入れかわることは滅多にない。しかも語られる出来事は、聞き手の反応に応じて変化する。それにもかかわらず、聞き手は不満を口にしない。多くの場合、語り手と聞き手は対等だからだ。不特定多数の聴衆に語りかけるのではなく、会話に近い形で話すせいかもしれない。

しかも緊張と弛緩《しかん》が同居する天測時の特異な時間帯や、単調すぎる航宙期間を彼らは共有していた。そのような空虚さを埋める方法は、人と接する以外にない。そして任務の終了によって乗員は交替し、聞き手だった要員が次の語り手となる。新たな語り手は自分自身の物語を、次の集団内で語りついでいく。

口伝によって語られる事例は、ある種の伝承や話芸に似ていた。ただし最初の段階ですでに尾鰭がついているものだから、実際に何が起きたのか正確なことはわからない。それも当然だった。すべてはフィクションなのだから、真実を拾いあげることは不可能だ。まるで都市伝説だが、噂話の本質はこんなものかもしれない。

——混乱しているのは航空宇宙軍ではなく、自分たちの方ではないのか。

その可能性に気づくのに、時間はかからなかった。保澤准尉は、ひどく頼りない気分になった。あるいは准尉自身も、風聞に呑まれていたのかもしれない。極限ちかくまで膨らんだ恐怖のせいで、事実がみえにくくなっていたような気がする。

保澤准尉は深々と息をついた。

都市伝説めいた噂話のことは、あまり深く考えない方がよさそうだ。それよりも、捜索中の航空宇宙軍艦船が重要だった。一次メモリの底でみつけた記録に、あらたな更新の形跡は残されていなかった。そのことに安堵して、現在の時刻を確認した。保澤准尉による残留艦船の捜索は、第二段階に移行しようとしていた。調査フィールドは小惑星帯の中立国になるから、リアルタイムで捜索するのは無理だった。

保澤准尉自身が駐留している木星系ガニメデの基地からアクセスすると、反応時間をふくめて往復一時間ちかい時間差《タイムラグ》が生じる。しかも当該国のケレスは中立を宣言しているものの、現在の政権は航空宇宙軍よりの外交政策をとっている。だから便宜供与も期待できない。

それどころかケレスに置かれたタイタン政府の代表部は、自由な活動を制限されていた。「地元」ともいえるガニメデやカリストで、縦横に情報を収集できた第一段階の捜索とは、格段に条件が厳しくなっている。それでも非合法な捜索を、強行するしかないと准尉は考えていた。だがタイタン軍の関与を、疑われてはならなかった。

――オフェンダーを放つしかないか。

それ以外の選択肢は、なさそうに思えた。ただし手順としては、正規の情報請求をすませておく必要がある。対外的に問題が生じるからではない。タイタン防衛艦隊の内部監査で、予算執行上の不正とみなされる可能性があるからだ。当事者である保澤准尉にしてみれば、戦争行為というより住民の苦情を処理する官吏になった気分だった。

それほど待つこともなく、公式ルートで請求した情報が返送されてきた。あまり期待していなかったが、目あたらしい情報は何ひとつなかった。そのはずで准尉自身がリアルタイムで引きだしたガニメデの航路情報と、ケレスのデータは同期しているからだ。

通常は中立国であっても、航宙軌道条約に加盟している。したがって周辺宙域の観測記録は、公文書としての扱いを受ける。これは戦時でも同様だった。ということはガニメデやカリストの公文書館に保存されている航路情報と、小惑星帯のローカルなデータベースは完全に一致しているはずだった。

航路情報やデータベースの原本ともいうべき天体原器は、たしかに存在するものの所在は誰も知らなかった。少なくとも保澤准尉の周辺には一人もおらず、航空宇宙軍の担当部局が管理していることだけが事実として伝えられていた。地球上の強固な岩盤を掘り抜いた作業基地の奥深くに保管されているとも、通信波に形をかえて主要な回線上を廻りつづけているともいわれている。

原本を参照する必要性はほとんどないが、最新の観測結果は条約加盟国の個別データと即座に同期される。つまり差分をダウンロードすれば、最低限の航路情報は入手できるはずだ。ただし作業の過程で、抹消されるデータもある。現実に存在するにもかかわらず、観測を担当する国の判断で登録を取り消されるのだ。

そのせいで充分な規模を有するのに、公式には存在しない惑星や大型デブリがあらわれる。ひそかに行動をつづける無人船にとっては、格好の隠れ蓑になるはずだ。かりに抹消された天体がケレスの追加観測で「再発見」されても、それを公表しない方法はあった。

簡単なことだ。未整理の生データであれば公文書と認定されないから、非公開のまま保存しておくことができる。当然のことだがケレスの航路情報アーカイブや、下部組織である観測所は以前からデータの異常に気づいていたのだろう。本来は存在しないはずの天体が、観測記録には残っていることを知っていたのではないか。

通常の手順で捜索をつづけても、このような裏情報は出てこない。だから保澤准尉は、第一段階の時点で意図的に逸脱した。ガニメデに設置された公文書館の作業領域にアクセスして、過去の記録を徹底的に調べあげた。その結果、公的記録から抹消された小惑星をみつけた。あとは簡単だった。関連するデータを辛抱強く検索するうちに、消えた小惑星と軌道要素が近い無人船が消息を絶った事実に行きあたった。

時期的にも一致していたから、ほぼ間違いないと思われる。ただ、詳細は不明だった。手がかりもない。それ以上に、捜索は困難が予想された。第一段階ではリアルタイムで、データベースの隅々まで捜索できた。無論、許可をえた上でのことだ。しかし第二段階では、その手は使えない。残された方法は、自立行動が可能な仮想人格の侵入だけだ。

それが結論だった。計画に遺漏はなかった。ケレスに置かれたタイタン政府代表部のメインコンピュータに、凍結状態のオフェンダーが待機していた。ただちに起動させて、侵入経路を設定させた。オフェンダー本人に、個性はない。ただ、原型となった人物はいる。不正規アクセスが専門の犯罪者で、開戦の直前にタイタン軍のガニメデ基地に忍びこもうとして殺された。

侵入犯はアマチュアのグループだったらしく、仲間の死体を放置して逃げるという不手際をおかした。その死体を拾いあつめて、機密度のそれほど高くないシステム専用に自作した。原型となった人物の詳細な経歴は不明だが、それが逆に好都合な点もあった。非合法な任務への投入が発覚しても、タイタン軍の関与が疑われることはなかった。

ただし能力は、完璧とはいいがたかった。そのかわり、状況次第では使い捨てにできる手軽さがある。手口や痕跡をたどっても、犯罪者集団にしかたどり着かないはずだ。あまり期待はできないが、侵入される側のセキュリティ対策もそれほど厳重ではない。もしも侵入が発覚すれば、ただちに自壊するよう何重にも対策を講じてある。

わずかに残る躊躇を無視して、在ケレスのタイタン代表部にオフェンダーの解凍を命じた。さしあたりケレス政府の航路情報アーカイブに、合法的な手順でアクセスさせることにした。システムのセキュリティ対策と、その弱点について確認するためだ。危険をおかして侵入するか否かは、その結果をみてからでも遅くはない。

すぐに通信回線の奥から、オフェンダーの気配が伝わってきた。だがそれも、短い時間の出来事だった。とるべき行動を伝えるよりも先に、オフェンダーは去った。そのことで保澤准尉は、かすかな不安を感じた。准尉のいる木星系ガニメデと小惑星帯のケレスは、通信波でさえ片道二〇分以上へだたっている。

なんらかの反応がもどってくるまでに、一時間はかかるのではないか。

4

何もしないで、待っているつもりはなかった。

オフェンダー投入の成否があきらかになるまで、無為に時間をすごす気もない。反応を待つのであれば、第三段階のタイタンにまで捜索範囲を広げようと思った。タイタンはケレスよりもさらに遠く、通信波の往復だけで一時間以上かかる。双方の結果が出そろうまでには、それ以上の時間が必要だろう。

第三段階の捜索をどうするかで、保澤准尉はほんの少し迷った。通常のやり方では、あらたな情報は手に入らない。というより第一段階で利用したガニメデの情報源は、タイタンのデータベースから派生したものだ。同一の航路情報をいくら探しても、つけ加えることは何もない。

ガニメデに限ったことではなかった。基本的にタイタン防衛宇宙軍の隷下部隊は、それぞれの部隊行動にあわせた独自の航路情報システムを運用している。ただし独自といっても、実際にはコピーに近かった。いずれもタイタン防衛宇宙軍軍令部が管理するデータベースを、部隊ごとに編集し直したものだ。核となる部分は、わずかな違いもなかった。

全天走査の中断後は、旧版を修正してタイタン専用のオリジナルを作成していた。その上で各部隊が保有するデータベースを、同期させている。時間差が生じるのを、防ぐためだ。捜索のフィールドとなる情報源を入れかえたところで、結果は変化しなかった。

無論その逆も、ありえない。ガニメデ基地になかったものは、タイタン軍のどの部隊にも見当たらないだろう。タイタン軍の軍令部に直属する情報隊でさえ、必要な情報は提供はできないのではないか。

それでも保澤准尉は、公式ルートからの情報請求を躊躇しなかった。軍用の情報システムは、複数の検索能力を有している可能性があった。これは本来の機能——航路情報サービスとは別に、関連項目を追加記述することになる。

ことにタイタン軍の軍令部が開発した関連情報サービスには、自己補完機能が付随しているという。これを起動させておくと、関連情報を自動取得してインデックスを修正してくれるらしい。ただし選別が荒削りで、大量の無意味な情報がヒットする可能性が高いと聞いている。宇宙空間でゴミ拾いをするかのようだが、成功すれば効果は大きいらしい。わずかな手がかりから、敵航宙艦の諸元を推定することも可能だという。

無論ことなる系統の情報が、無制限に流入する可能性もあった。それでも、何もしないよりはましだった。通常の手順で捜索しても常識的な結果しか出てこないのであれば、捜索範囲を限定せず関連情報を残らずかき集めた方がいい。下手な鉄砲でも、乱射をつづければヒットすることもある。

当初の思惑を大きくはずれて予想外の領域に捜索範囲が広がったとしても、一向《いっこう》にかまわない。むしろ可能性が、広がるのではないか。そう考えて、多岐にわたる情報請求を重ねた。かりにタイタンの航路情報システムが回答に難色を示したとしても、ガニメデにその事実が伝わるのは一時間以上も先のことだ。気にせず送信をすませればよかった。

脇目もふらずに、保澤准尉は送信をつづけた。本来の目的が無人船の追跡であることを忘れたかのようだが、作業に要する時間はたえず計算している。その上で複数の時間軸を、自在に切りかえていた。ガニメデ等で使用している木星系のローカルな標準時と、ケレスの地方時およびタイタンの標準時だった。

一連の作業を終えたときには、予定どおりの時刻になっていた。表示を確かめるまでもなかった。作業の記録を整理して受信の準備をととのえたところで、オフェンダーから入電があった。保澤准尉の命令を待たずに、ケレスの航路情報アーカイブに浸透を開始するといっている。

保澤准尉は眉をよせた。当惑を感じたものの、制止の言葉を返しても意味はなかった。ケレスのオフェンダーが返信したのは、いまから二〇分以上も前のことだ。そしてそのことを、オフェンダーも認識している。このことの意味は重大だった。明確な命令違反といわざるをえないが、その兆候は過去にはなかった。

保澤准尉はオフェンダーに対し、アーカイブの合法的なアクセスを命じただけだ。しかも待機状態にあったのだから、外部からの情報入力は原則的に遮断されている。事前準備はもとより、自分の居場所や外部の状況さえ認識していないはずだった。

——制御が不完全だったのか。

そうとしか思えなかった。だがそれは、ありえない状況だった。命令を正しく理解していないというより、暴走状態の一歩手前と考えるべきなのだ。合法的なアクセスによって航路情報アーカイブのセキュリティ構造が判明しても、そしてそれが最終的な目的だと知っても、独断で行動を起こしてはならなかった。それが前提であり、大原則だった。仮想人格が命令に反して——あるいは待たずに行動することは、無条件に禁じられている。

というより仮想人格は自立型のプログラムだから、違反行動は不可能な論理構造になっていた。まれに構築者や二次的なユーザーの命令を無視して暴走する仮想人格も存在するが、通常は論理的な矛盾に抗しきれずに自壊する。ただ原型となった人物が特異な性格の場合は、例外的に逸脱が許容されることもある。

選択を誤ったのかと、保澤准尉は思った。原型となった人物が、犯罪者であることは関係なかった。オフェンダーは一〇代の終わりごろまでに、短い生涯を終えている。非合法な行為であっても、罪悪感を持つことがないまま死んだのだ。精神的な未熟さが原因で、他人との接し方や遵法精神を学べなかったのかもしれない。

「行動中止。待機状態にもどれ」

ケレスのオフェンダーを呼んで、そう伝えた。命令に意味がないことは承知していたが、声をかけずにはいられなかった。その直後に、眼の高さで二次元表示が開いた。太陽とは逆方向の星空を、高解像度のセンサで撮影した映像らしい。画面の隅に木星らしき惑星と、人工の構造物が映りこんでいる。

歯嚙みする思いで、時刻表示を確認した。待機命令がケレスに届くまでの間、オフェンダーは侵入を継続しても命令違反には問われない。オフェンダーのねらいが何なのか不明だが、保澤准尉が待機命令を発信することは予想していると思われる。したがって命令が届くころには、すべてが終わっているはずだ。

時間がすぎるのを待ちながら、送信されてきた映像を注視した。おそらくこれが「未整理の生データ」だろう。ということは表示された画面のどこかに、公式記録から抹消された天体も存在するはずだ。

そう考えて眼をこらした。視野角を肉眼にあわせてあるらしく、倍率は普通だった。これでは木星なみの巨大惑星や、タイタン級の大型衛星でなければ視認できないだろう。

すぐに画角が、絞りこまれた。映像が急速に拡大されていくが、画面はそれほど荒れなかった。光学センサというより、天体望遠鏡の視野を高解像度のディスプレイに表示しているらしい。木星の一部や軌道上の構造物は、早い段階で画面の外に流れていった。

かわりに最初は視認できなかった微細な星々が、画面一杯に煌《きら》めきはじめた。ケレス地表の頑丈な露岩に、望遠鏡は据えてあるのだろう。惑星らしき動きをみせる光点は、例外なく満ちていた。ケレスを挟んで太陽の反対方向に、視野の中心を据えてあるようだ。

オフェンダーは保澤准尉からの命令を受信した直後に、行動を開始したと思われる。事前の準備作業にしたがってケレスの航路情報アーカイブに侵入し、未処理の観測データを丸ごとダウンロードしたようだ。そして即座に、ガニメデへ転送した。無茶をしたものだが、ケレス近傍宙域の状況は明瞭に把握できる。

光学センサの映像は、さらにズームアップをつづけた。それにつれて画面中央部を移動する星々の動きが、ぎこちないものになった。限界が近づいていた。実写映像で星の動きを追うことは、もう無理だった。なんらかの方法を考えるべきだが、不用意にアクセスするのは危険だった。

ケレスのセキュリティ部隊が、動きだしている可能性があった。気になってオフェンダーが送信してきたデータの通信記録を調べてみたら、通常よりも送信時間が長いことが確認できた。データの転送先を把握されないように、オフェンダーは細心の注意を払っているようだ。利用した経路の結節点ではダミー局を設定して、それ以上の追跡が困難な状態にしてあった。

ただし保澤准尉がオフェンダーに、なんらかの指示を出すのは危険だった。侵入されたシステムには、ケレス側の部隊がトラップをしかけてあるかもしれない。準備が不充分なままアクセスするとシステムが暴走して、回線が固定される可能性があった。システムをクールダウンさせないかぎり回線は切断できず、転送先がタイタン軍のガニメデ派遣隊基地であることが発覚する。

身動きがとれないまま、状況を把握しようとしていた。その矢先に、映像が切りかわった。実写を元に星々の動きを強調したCGのようだ。精細な星空の映像が、めまぐるしく画面上を流れていく。光点のほとんどは、小惑星のようだ。

実写映像では不明瞭な光点でしかなかったが、いまでは各天体の形状が強調して表示されている。小惑星帯の高密度宙域だけあって、軌道をめぐる天体は様々な特性を持っていた。球体を維持してはいるものの、地表面は乱雑に積み重ねられた岩と氷の塊でしかない小惑星も多かった。中には天体の規模には不釣り合いなほど大きなクレーターや、地溝《サルカス》でおおわれた小惑星もあった。

その一方で長径が数メートル程度の、岩屑と大差ない小惑星もみかけた。画面だけでは判別は困難だが、さらに小さなもの——航宙艦から脱落したとおぼしき部品の一部までが丹念に再現されている。さすがにデブリ状の微細な物体は省略されていたが、一定以上の大きさがある小天体や漂流物には注釈が加えられていた。

天体の物理特性や軌道要素などが、丁寧に記入されている。そのうちのひとつに、保澤准尉の眼がむけられた。一見しただけで、それが探しているものだと確信した。かなりの規模があるのに、注釈が記入されていない。それどころか、最小限の観測データを参照するためのカタログ番号さえ提示されていなかった。

保澤准尉は忙しく視線を左右にふった。表示画面のどこかに、次の段階に進むキイが埋めこまれているはずだ。そう考えて隅々まで探したが、変化は起きなかった。しかしオフェンダーの到達点が、ここまでだとは思えない。さらに先まで、突きすすんでいるのではないか。時間的な制約などオフェンダーには無意味だし、制限を加えたところで無視されるのは眼にみえている。

それが原因で生命を断たれても、悔いることはない――そんな危うさと、思いきりのよさがオフェンダーの内部には同居していた。手綱を締めるべき立場の保澤准尉までが、勢いに呑まれていた。先ほどまでオフェンダーの暴走を危険視していたのに、いまでは綺麗さっぱり忘れている。まるで猛獣の鼻先で、一心不乱に舞いつづけているかのようだ。

変化は唐突に起きた。画面がわずかに揺らいだあと、あらたな映像が表示された。准尉の視線を感知したシステムが、回線を切りかえたのではなさそうだ。ようやく転送が、一〇〇パーセントに達したらしい。その結果、不完全だったシステムの機能が揃った。画面に表示されている映像は、過去にケレスから発射された探査機が送ってきたものらしい。

映像は「公的には存在しない小惑星」の全貌を、理想的なアングルでとらえていた。まだ距離は遠く明瞭さには欠けるが、地表面に広がる人工の構造物らしきものが視認できた。保澤准尉の胸が、興奮でふるえた。予想どおりの位置に、敵船がひそんでいたのだ。小惑星の長径は三〇〇メートル程度だから、単純に比較すると無人船の全長は五〇メートル前後になる。

無人で運用される船舶としては、かなり大きい方だった。ただし、ありえない状況ではない。

有人の航宙船をベースに改装した船舶なら、それほど珍しくない船型だった。むしろこの大きさだから、存在しない小惑星を隠れ場所にえらんだのだと思われる。推進剤が底をついた航宙船にとって、この小惑星は格好の隠れ場所だった。

冷えきった地表と一体化して動きをとめていれば、通常のセンサやレーダーでは発見されることはない。ケレスの航路情報アーカイブは、探査機を放ってようやく船をみつけた。それが「未整理の生データ」として記録されていたと思われる。発見の手がかりになった経緯は不明だが、通常なら不審な軌道漂流物——無人船の接近にも気づかなかったのではないか。

5

この小惑星をケレスでは、非公式に「2140－PS」または「ペルソナ」と称していた。正式な名称ではない。内部文書で使われているようだが、どの程度まで通じるのか見当がつかなかった。

ペルソナに接近しつつある探査機の軌道は、一見すると無雑作な印象を受ける。それだけに、めだたない軌道だった。おなじ宙域をめぐる小惑星と軌道速度があまり違っていないのに、軌道面をたくみに横断してペルソナに接近していく。ただし接近しすぎることなく、観測可能な距離を維持して通過していた。

単純だが、選びぬかれた軌道だった。不審を感じさせない範囲内でぎりぎりまで接近したあと、できるかぎり広い範囲を偵察して飛び去るよう設定されている。その上でコストの上昇につながる減速や軌道修正、さらに周回軌道への遷移を可能にするブースターは搭載していなかった。

姿勢制御システム程度は装備しているようだが、噴射ガスは最低限の量しか積みこんでいないのだろう。高機動艇に探査機を搭載した上で加速し、所定の軌道に乗せたあと分離するという大雑把な方法さえ使っていないらしい。

おそらく輸送用の射出機《カタパルト》で、探査機を打ちあげたのだと思われる。射出してしまうと軌道修正は不可能だから、事実上の一発勝負になる。杜撰《ずさん》に思えるが、オフェンダーの残した記録ではスタッフに名人級の技術者がいるとしか思えない。一度きりの機会を有効に使って、きわめて正確な軌道に探査機を投入していた。

――オフェンダーは意外に隙がないが、ケレスの技術者たちもしたたかだ。

それが自然な感想だった。探査機は順調に飛翔をつづけている。そして見守るうちに、画面の解像度が向上しはじめた。ペルソナに接近したせいばかりではない。画像処理の効率が上昇して、鮮明さが急速にましたようだ。

保澤准尉は小さく声をあげた。小惑星帯に残置された無人船などではなかった。それよりも規模の大きい移動基地らしい。機動性は落ちるが、能力は格段にすぐれている。要員が常駐している様子はない。天体観測や通信傍受に特化した人工惑星などでもなさそうだ。有人戦闘艦の母港や、補給基地としての機能も有する拠点かもしれない。

自衛の範囲をこえた強力な火器を、装備しているようだ。不用意に接近すると、問答無用で攻撃されそうな怖さがある。端末を操作する保澤准尉の手が、かすかにふるえた。これまでの捜索では、遭遇する機会のない大物だった。

興奮をおさえて、装備されている火器の型式をたしかめた。漠然とした予感があったからだ。労力をいとわず基地を「移転」したのは、航空宇宙軍の強い意志があったからではないか。軍令部は小惑星帯の航宙優勢を、何があっても守りきろうとしている。

その前提でペルソナ地表に、実績のある基地を移転した。通常はこれほど大規模な基地が、敵の攻撃圏内で移転することはない。設計時にも移動を前提としていなかったはずだが、仕様は「可動」となっていた。

したがって移動自体に、技術的な困難はなかった。あらたに設営するときの作業を、逆にやればいいだけだ。ただし投入される時間と労力は、かなり大きなものになる。無人で運用するのが前提の基地だから、すべての作業は汎用ロボットがおこなわざるをえなかった。移動作業に特化した作業機械ではないから、どうしても効率は低下する。

実際の移動作業は、想像以上に厄介で複雑だったと考えられる。最初に基地全体を連結している電源ケーブルや、通信回線の接続を解除しなければならない。それからユニット構造になっているパーツを分解して、輸送用プラットホームに固定する。無人の基地は構造が簡略化されているから、分解作業さえ終了すればあとは機械的な作業になる。

プラットホームごとタグボートに固定して、所定の軌道に遷移するだけだ。ただし加速時には、注意が必要だった。通常の規格でも一Gが限界で、それをこえるとユニットが破損する危険があるからだ。経年劣化した機材なら、その半分でも保たないのではないか。

——それほど重要な基地なのか。

状況を理解するにつれて、別の疑問をおさえきれなくなった。航空宇宙軍は何故、こんな小さな後方基地ひとつに固執するのか。ペルソナの軌道は、それほど特異なのか。

疑問から抜けだせないまま、画面を丹念にみていった。同時に端末を操作して、必要な部分をクローズアップさせた。ペルソナに持ちこまれた物資や作業の状況から、搬入された武器の数量を推定するつもりだった。場合によっては外惑星連合軍の仮装巡洋艦を投入して、ペルソナごと基地を破壊することもありうる。全般的な戦況は不明だが、そんな予感があった。

探査機がとらえた映像をみるかぎり、すでに無人基地の移転作業は終了したようだ。運用が開始されている形跡はあるものの、映像からでは確信が持てなかった。どのみち探査機が接近したのは過去の出来事だから、現在の状況は推測するしかない。そう考えて、さらに基地の細部をみていこうとした。

ところがそこで、映像は乱暴に断ち切られた。記録ファイルが終了したらしい。予感はあった。すでにペルソナとの最接近は終わっていた。時間がすぎるにしたがって基地は遠ざかり、観測条件は次第に悪化しつつあった。これまで基地の全容を確認できたのは、アーカイブの支援システムが画質を向上させていたせいだろう。そのまま表示をつづけても、ペルソナの稜線ごしに構造物の一部がみえるだけだったと思われる。

それなら入手できた映像を手がかりに、基地の概要を推定するしかない。そう結論をだして、映像ファイルを加工しようとした。保澤准尉の手がとまった。新たな映像が、表示されていた。一見しただけでは、先ほどまでの映像をくり返しているようにも思える。地形に既視感があったからだが、他に共通点はなかった。

最初の映像が完成された基地であったのに対し、二番めの映像は野積みされた資材ばかりがめだつ工事現場だった。しかも周囲の風景に、歴然とした違いがあった。星光を増幅させているためにに気づくのが遅れたが、一方は遮るもののない天空から眩い太陽光が射しこんでくる。ところがもう一方は太陽の存在が感じられず、木星光らしき淡い光が静かに満ちていた。

違いはそれだけではなかった。記憶を頼りに細部を照らしあわせると、ユニットの規格が異なっていることがわかる。念のために映像の時刻表示を確認した。探査機が基地に接近したのは、ほぼ同時期だった。しかも探査時期は、つい最近らしい。

ということは……わずかな時間差をおいて、二機の探査機が別方向からペルソナに接近したのかと思った。監視態勢の隙をついて挟撃した格好になるが、強力な軍をもたないケレスとしては決死の偵察行だったと思われる。

それはいいのだが、二カ所も基地を置いた理由がわからない。センサの死角をなくすのであれば、補助アンテナだけを反対側の地表に設置すればすむ。予備のシステムという考え方もあるが、どうも釈然としなかった。

——小惑星帯が制圧されてからも、情報源として機能すれば問題はないということか。

そう考えるしかなかった。

戦力的に航空宇宙軍を圧倒しても、後方兵站《へいたん》を敵にさらしているかぎり勝利はない。逆に航空宇宙軍の後方基地は戦力として無視できる程度でしかないが、情報収集による破壊力はそれを大きく上まわっている。しかも存在しないはずの小惑星ペルソナに、予備戦力をふくめて二カ所の後方基地を置くという念の入れようだ。一カ所だけでは死角が生じるから、二方向に視野を広げたのだろう。さらに情報収集機能を有する無人船を組みあわせれば、最強の諜報機関として役立つはずだ。

どうやら航空宇宙軍は想像以上に狡猾《こうかつ》で、したたからしい。そう保澤准尉は思った。だが、まだ終わりではない。諦める気もなかった。そのかわり、選択肢は多くない。実質的にひとつかふたつが残る程度だろう。いそがしく考えをめぐらせて、選択肢を絞りこんでいった。最後に残ったのは、ひとつだけだった。仮装巡洋艦以上の戦闘艦を投入して、小惑星ペルソナの間近で爆雷を起爆させる。

爆散による破片の拡散は、破壊力として期待できなかった。それよりは起爆時の爆圧を、利用する方が確実だった。爆雷を地形の陰に投入して、起爆させる。ペルソナ程度の岩塊なら、一度の爆破で四散するだろう。後方基地ふたつが、小惑星もろとも吹き飛ばされる。一石二鳥だった。

この件については、直属の上官に事前申請しておいた。有力な敵部隊が我が領域に侵入しつつある場合は、その所在にかかわらず申請者たる部隊指揮官はこれを攻撃できる――つまり中立国内にひそむ敵でも独断で攻撃できるのだ。本来は作戦計画を添付すべきなのだが、申請書類に概略を書きこめば可とされている。

――もしもペルソナが破壊されなかったら、どうするのか。

そのことを、考えなかったわけではない。だが現実的にいって破壊の確証をえるのは、困難といわざるをえない。ペルソナの強度計算は当然としても、それ以前に平均密度や軌道要素を測定する必要があった。ペルソナの領土権は保留になっているはずだが、外惑星連合の政府系職員が地質調査を強行するのは紛争の火種を撒き散らすようなものだ。行動は慎重にする必要があった。

それよりも、先に片づけておくべきことがあった。タイタンの航路情報システムに送信しておいた情報請求の、回答がもどってくる時刻になっていた。いまさら新しい情報に期待はしないが、放置することもできない。流し読みでいいから眼を通しておかないと、仮装巡洋艦の出動を具申するとき矛盾が生じる可能性があった。

回線を切りかえて、タイタンからの返答を流しこんだ。予想はしていたが、うんざりするほどの量だった。それでも、躊躇は許されない。精神を集中して、大量の資料を片づけていった。意外な着信があったのは、返答の山を半分ちかく片づけたころだった。タイタン防衛艦隊木星系駐留部隊司令官のシコルスキー大佐――保澤准尉の上官からだった。

現在の居場所は不明だが、木星圏内だとは思えなかった。メッセージを送信するくらいだから、リアルタイムで交信するのは困難な遠隔地なのだろう。准尉の執務室に3D表示された大佐は、自然な動きで敬礼を返したあとでいった。

「ペルソナの航空宇宙軍後方基地は、ケレス自衛軍打撃艦隊が破壊する。したがって准尉が事前申請した作戦計画は、これを却下とする。質問は受けつけない。ただし今後の参考までに、予審準備計画書をまとめておくこと。こちらの件についての質問は、受けつけるものとする」

「破壊……。ケレス軍が――」

唐突すぎる言葉に、保澤准尉は戸惑っていた。それからようやく、大佐の情報源はオフェンダーだと気づいた。いそいで質問を口にしかけたが、シコルスキー大佐の姿はすでに消えていた。どのみちタイムロスがあるから、声が届くことはない。答礼の仕草に騙されがちだが、大佐は木星系内にもいないのではないか。

――結局ケレスは、両陣営の双方に義理をはたす気なのか。

それが保澤准尉の出した結論だった。中立を守るために、最善の選択を模索したのだろう。ただしペルソナに二カ所ある基地のうち、破壊できるのは片方だけだ。ユニットが野積みしてあった建設予定地は容易に破壊できるが、すでに運用を開始している基地の破壊は困難が予想された。しかも完成した基地には、強力な防御火器が設置されているという。不用意に接近すると、返り討ちにあう可能性が高いらしい。外惑星連合軍の意を受けたケレス自衛軍打撃艦隊が襲撃するとしたら、梱包だけは立派だが中味のない建設予定地の空爆になるはずだ。

形だけ襲撃したようにみせかけて、丸くおさめる魂胆ではないか。小国が無理矢理ひねり出した苦肉の策というべきだが、ケレスの中立政策に寄与できるとは思えない。認識不足も、はなはだしかった。各国政府や軍組織の情報収集能力を、過小評価しているのではないか。

――おそらくペルソナの基地をめぐっては、さらに波乱が起きるだろう。

そう准尉は考えていた。

工作艦間宮の戦争

1

現状を無視した命令だった。

解読を終えた通信ファイルに眼を通した矢矧《やはぎ》大尉は、眉をよせて深く息をついた。上級司令部から工作艦間宮《まみや》艦長にあてた命令書には、ただちにセンチュリー・ステーションを発進して指定された軌道に遷移するよう記されていた。

解読の間違いではなかった。何度も読み返したが、結果はおなじだった。軌道に遷移してからの行動は、特に明記されていなかった。ただし発進したら、二度とここには帰らないと思われる。先に発進した他艦のように、消息も不明のまま記憶から消えるのだ。

——今回の出撃に、工廠長《こうしょうちょう》は納得しないのではないか。

厄介なことになったと、矢矧大尉は思った。命令どおりに間宮が発進すれば、ようやく修理完了の目処《めど》がついた損傷艦を放棄せざるをえなくなる。寝食を忘れて作業に没頭していた工廠長のハディド中尉の苦労は、すべて無駄になりそうだ。

かといって近接宙域には、あとをまかせられる他の基地は存在しなかった。センチュリー・ステーションは「孤高の探査基地」と呼ばれるほど、特異な地理的条件下にある。周辺にめだつ天体は存在せず、軌道が重なりそうなら微小な岩屑でさえ処分されていた。

徹底した環境整備の影響は、開戦時の空襲直後に表面化した。当時は艦隊に随伴する工作艦はなく、損傷した艦船を艦隊が独力で修理する態勢もできていなかった。通常の故障修理や定期点検は、基地の付帯設備である工廠が担当した。

艦隊根拠地にはこれとは別に、ユニット型の「工廠」も稼働していた。必要があればタグボートで現場に輸送されるが、工作艦ほどの機動性はなく行動範囲も限られていた。おなじ空襲で乗艦を失った矢矧大尉の、あらたな配属先は「工廠」の母艦だった。

ただし母艦はタグボートではなく、高加速輸送艦に変更されていた。輸送艦は加速に耐えられるよう補強された「工廠」を、カーゴベイに背負っていた。

要するにタグボートが輸送艦に変化して、艦種が工作艦に変更されたことになる。そのような混乱は、現在もつづいていた。無傷な戦闘艦艇は早々と姿を消し、傷ついた艦ばかりがあとに残された。どの艦にも生存者はおらず、朽ちていく様子は艦隊の墓場を思わせた。

そんな状況であっても、修理作業は戦闘艦が優先された。輸送船や商船が後まわしにされるのは珍しくないが、さすがに今回は不満が高まっていたようだ。開戦時に在泊していた船舶は、ほとんどが軍事輸送にあたっていたからだ。

ハディド中尉が修理を手がけている輸送船ヴェンゲン09は、開戦の直後に爆雷攻撃を受けて自力航宙が不可能になった。センチュリー・ステーションの間近を独航中のところを、飛来した爆雷破片に船体を射抜かれたらしい。

流れ弾に当たったようなものだから、在泊中に攻撃されたのと大差なかった。むしろヴェンゲン09の方が、過酷な状況におかれていたといえる。航行の自由を失ったヴェンゲン09は、被弾と同時に制御できなくなったエンジンを修理して泊地にたどり着いた。

だが、それが限界だった。漂流とその後の迷走で、ヴェンゲン09の推進剤は底をついていた。さらに主エンジンに負担をかけすぎた結果、安定した航行が困難になっていた。ハディド中尉の見解では、応急修理が終わっても単独航宙は危険だという。

間宮の同航が必要らしいが、伝えられた命令は非情だった。ヴェンゲン09を見捨てて、敵艦隊の包囲がつづくセンチュリー・ステーションを離れなければならない。ハディド中尉でなくとも、反発が先にたつのではないか。

そう思ったが、判断するのは早かった。妥協の道があるかもしれないと考えて、通信ファイルを読み返した。だが、駄目だった。間宮が投入を指示された軌道には、ほんの少しの余裕もなかった。わずかでも発進時刻が遅れると、予定している軌道から逸脱する。

せめて間宮の最終的な軌道か、それが無理なら指定時刻に発進する理由を知りたかった。だが、やはり駄目だった。センチュリー・ステーションから加速を開始して、地球周辺宙域をかすめる軌道に接近するのは確かだが詳細はわからない。

おそらく外惑星から飛来した人工の飛翔体を、迎撃すると考えて間違いなさそうだ。それらしい機影が、先ほどからセンシング基地の監視機構に捕捉されている。ただ防空司令部が、この機影をどうする気なのかわからない。

かりに機影の正体が外惑星連合軍の戦闘艦であっても、時間さえかければ有利な態勢で攻撃できると考えていい。一瞬でも軌道が交差すれば、隙をとらえて突っこむまでだ。弱武装の工作艦であっても、不意をつけば撃破できる可能性は高い。

ただし情報が不充分なら、柔軟に対処することはできない。以前の乗員編成なら、艦内の誰かに意見を聞くことができた。内惑星宙域における太陽の軌道干渉や、サルベージなどに詳しい航宙科士官の見解を確認しておくのだ。

艦長としての責任を放棄して、誰かに決めさせるのではない。命令に対する基本方針は、選択の余地なく決まっている。工廠長が何をいっても「命令だから」のひとことで押し通すのだ。矢矧大尉に必要なのは、誰かに背中を押させることだけだ。

中途半端な気分のまま、司令モジュールの内部に眼をむけた。モジュール内にいるのは、矢矧大尉だけだ。もう一人の乗員で工廠長のハディド中尉は、間宮の副長も兼務している。だが実際には間宮艦内の工廠か、損傷した艦内にいることが多かった。

あまりにも多忙すぎて、副長としての業務をこなす余裕がないのだ。ところが艦隊の再編で乗員の定数は減少したのに、副長職はそのまま残った。二人しかいない乗員の一人が艦長で、もう一人が副長という妙なことになったのはそのせいだ。

　そしてそれが、さらに問題を複雑にした。航空宇宙軍では技術科士官に指揮権はなく、工廠長といえどもハディド中尉は艦の運用には口出しできないことになっている。そのかわり艦内工廠に対しては、艦長以下の兵科士官は干渉しないという不文律ができていた。

　したがって上級司令部からの命令に、工廠長が非協力な態度をとることもありえた。ただしこれまでは、問題が表面化することはなかった。わずか二人の乗員で航宙能力のある大型艦一隻を運用したことも、技術科士官が副長になった例も過去にはなかったからだ。

　原因は明白だった。開戦劈頭《へきとう》の奇襲攻撃で、航空宇宙軍は予想外の損害を受けた。これを補うために、機材と人員の補充を急ぎすぎたのだ。ことに工作艦のような艦種では、兵科士官の層が薄くなって命令伝達が滞《とどこお》る事態が頻発していた。

　軍規の乱れとまではいわないが、それに近い状況は航空宇宙軍全般にみられた。ことに激戦がくり返されている戦域や、消耗率の高い部隊ではその傾向が強いという。上級司令部からの命令に対し前線の指揮官が、意義を問い返すという習慣が生まれつつあった。

　頭の痛い話だが、先送りにはできない。時間的な余裕もなかった。矢矧大尉はモジュールの内壁に設置された窓に眼をむけた。実際には窓ではなく艦長専用の情報端末なのだが、普段は船外の景観が投影されている。

　視野の画角や遠近感は自然な形に調整してあるから、感覚的には素通しの窓にちかい。大尉の位置からは、隣接した区画の係留施設が視認できた。ハディド中尉は機関が故障したまま放置されている輸送船ヴェンゲン09の、修理に着手したはずだった。

ただし本人は、現場にはいないようだ。係留施設の先端あたりに表示された情報プレートには、作業の概要と工事担当者の登録番号などが表示されている。それをみるかぎり、ヴェンゲン09の艦内には作業中の人員はいなかった。

開戦劈頭に受けた空襲の経験から、外部の作業員が投入されるときには所在や人数を明示することが義務づけられていた。簡易なシステムだが、大規模な救難出動時には行方不明者の所在確認に役立つはずだ。

たぶんハディド中尉は間宮の艦内にある工廠で、作業ロボットを遠隔操作しているのだろう。そう見当をつけて、窓に近づいた。ロボット自体は視野の外にあったが、船尾あたりで作業中であることがわかった。作業灯らしき白色光が、物かげで明滅している。

一カ所だけではなかった。少なくとも四機の作業ロボットが、輸送船の外面に取りついている。確認のつもりで、共用ファイルにアクセスした。すぐに画面が変化した。あらたに表示されたのは、ロボットのカメラを通してみる現場の状況だった。

ハディド中尉は複数のロボットを、一人で操作しているらしい。四分割されたモニタ画面のそれぞれで、修理作業が同時進行していた。視野の外から複数の作業腕が突出し、それぞれの先端で各種の工具類が高速駆動している。

その様子は破壊個所の修理というより、巨大生物の外科手術を思わせた。相当な精神力で、作業に集中しているのは間違いない。不用意に音声連絡などすれば、手元が狂って事故を起こすかもしれなかった。

ほんの少し躊躇《ためら》ったあと、ハディド中尉の個人端末にメッセージを残すだけにとどめた。作業が一段落したら、ただちに連絡するよう念を押しておいた。勘のするどいハディド中尉のことだ。文面をみただけで、事情を察するのではないか。

それだけではない。時間に余裕があれば、非公式な行動記録にアクセスすることもできるはずだ。そう考えて概算の発進時刻と、指示された軌道諸元を記入しておいた。行動記録といっても、正式なものではない。

そのための一次資料を、リアルタイムで作成しておくだけだ。備忘録のようなものだが、誤りがないように副長もチェックすることになっている。無駄骨に終わるかもしれないが、事前に情報に接していれば話が早かった。

いずれにしても、時間に余裕はなかった。映像をみたかぎりでは、応急修理の完了まで残り二〇時間は必要だろう。期待はしていなかったが、その事実はやはり重かった。ハディド中尉の手際は見事なものだし、必要以上に完成度を高めるつもりもなさそうだ。

しかも重要な点は、外していなかった。それにもかかわらず、予定している発進時刻までには間にあいそうにない。残された時間は、多くなかった。あと二時間ですべての準備を完了しなければ、予定された軌道には乗れないのだ。

不安を感じながら、矢矧大尉は端末を操作した。最初にメッセージ送信用の画面が閉じて、待機中を示す信号があらわれた。修理作業の状況を表示していた画面は、わずかな間をおいてもとの「窓」にもどった。

2

工事中のヴェンゲン09は、窓から遠くない位置にあった。

みたところ艦影は、被弾した直後と大差なかった。それも当然で、応急修理では損傷個所の整形などは省略されていた。新造時の状態に復旧していれば、予定期日には間にあわないのだ。ときには運用上の不便さを無視して、故障個所には手をつけないこともあった。

そのため再生修理した艦船は、一様に不格好な外観をしていた。爆雷破片の命中痕が残っているのはましな方で、衝撃で軸線が屈曲したままの艦もあった。広い範囲で塗装が剝落した結果、レーダー波や赤外線の反射率が上昇した艦さえあった。

用兵側の能力が不足していれば、反射率の変化は命取りになりかねない。それまでは回避できたレーダーや赤外線センサに、存在を把握される危険があるからだ。手抜きとしか思えない仕上がりだが、これが航空宇宙軍の実情だった。

ことに小惑星帯のセンチュリー・ステーションでは、完全な修理など思いもよらなかった。間断なく出没する外惑星連合軍の仮装巡洋艦が、爆撃をくり返していたからだ。したがって碇泊《ていはく》が長引けば、被弾の確率も上昇する。

すでに小惑星帯は、外惑星連合軍の戦闘艦が我が物顔で行き来する危険な宙域になっていた。現時点ではセンチュリー・ステーションに係留されている艦船を、直接ねらえる兵器は存在しない。その点では安全が確保されているが、日ごとに状況は悪化しつつあった。

それなら自力航行が可能な程度に応急修理できた艦船を、防衛態勢が確立している地球周辺宙域に移動させた方が安全ではないか――そんな考えが支配的になっていた。しかし実際には、地球周辺であっても完全な修理ができるとは限らなかった。

伝わってくる噂は不確かなものばかりだが、状況は小惑星帯と大差ないようだ。不完全な修理状態のまま、出撃をしいられることが多いという。そんなことを思いだしたせいか「窓」ごしにみるヴェンゲン09が、いかにも哀れでみすぼらしく感じられた。

――センチュリー・ステーションを墓標がわりに、爆破処分するべきなのか。

そんなことを、ふと思った。人類史上最大級の軍事施設を枕に葬られるのであれば、ヴェンゲン09にとって本望かもしれない。しかし矢矧大尉は、すぐにその考えを否定した。味方の手で破壊されるよりは、敵に接収された方が数段ましではないか。

敵手にゆだねて、航宙船としての生涯を全《まっと》うさせるのだ。無論、決めるのは矢矧大尉ではない。間もなく航空宇宙軍は、この基地を放棄して地球圏に全面撤退する。センチュリー・ステーションばかりではなく、小惑星帯を明け渡して態勢を立てなおす計画らしい。

おそらく撤退前には、基地施設も破壊されるのだろう。基地構造物の大部分は外宇宙探査の支援施設だが、その多くは対艦攻撃に転用できた。探査機射出用の加速ドライバは爆雷投射機に、各種長距離探査機は捜索センサとして利用できる。

これらの施設群を有効に使えば、戦略拠点として敵戦力を釘づけにできるはずだ。だが航空宇宙軍に、その意思はないらしい。中途半端な戦力を常駐させても、抑止力にはならないと考えていたようだ。かわりに防衛戦闘と、偵察専任の小艦隊を派遣した。

皮肉なことに内宇宙艦隊から分派された小艦隊の存在は、外惑星連合軍による奇襲攻撃を誘う結果になった。戦力としては小規模なものだが、外惑星連合軍にとっては無視できない存在だったのだろう。放置しておくと、戦略的な弱点を敵前にさらすことにもなりかねないと判断されたようだ。

それが結果的に、センチュリー・ステーションに対する奇襲攻撃につながった。航空宇宙軍の小惑星帯派遣艦隊は、一瞬のうちに主力を失って守勢に立たされた。外惑星諸国に睨みをきかせていた軍港施設は、一転して残存艦隊を守る砦に変化した。

開戦直後の航空宇宙軍は、戦意を失っていたかに思える。緒戦の空襲を無傷で切り抜けた少数の戦闘艦艇は、早々に泊地を離れて内惑星宙域に撤収した。応急修理によって自力航行が可能になった戦闘艦艇も、数隻ずつ寄りそうようにして去っていった。

その気になれば拠点の死守という選択肢もあったはずだが、上級司令部にその意思はなかった。真意はわからない。ただ敵対する艦隊を内惑星宙域まで引きこんで、充分に集中させた戦力で反撃する計画らしい。壮大というより、強引で無茶な作戦だった。

成功すれば航空宇宙軍は劣勢を一気に覆《くつがえ》して、戦いの主導権を取りもどせる。だが戦力補充の面で不安がある外惑星連合軍が、思いどおりに動くとは限らない。最後の段階で踏みとどまって、航空宇宙軍の仕掛けた罠から脱する可能性が大きかった。

あえて無謀な賭をためそうとしないのは、航空宇宙軍もおなじだ。だが長期的な消耗戦に持ちこめば、巨大な生産力と人的資源を有する航空宇宙軍に分があった。地球－月圏の潜在能力を動員できれば、容易に降伏はしないと思われる。

――いずれにしても、この戦争は長引きそうだ。

そう考えたときだった。気配を察して、矢矧大尉はふり返った。ハディド中尉のようだ。工廠に通じる通路の奥から、荒い息づかいが近づいてくる。まだ姿はみえないが、中尉以外の人物とは思えなかった。

この艦には矢矧大尉の他に、中尉しか乗り組んでいない。不機嫌さを隠そうともせず、性急な動きで近づいてくる。その事実に、大尉は意表をつかれた思いがした。先ほど確認した作業の進み具合からして、中尉からの反応はもう少し先になると考えていた。

これほど早く、しかも本人が直接あらわれるとは思いもしなかった。たぶん矢矧大尉の行動記録に、眼を通したのだろう。不完全な日々の記録で、艦長の私的な備忘録でしかない。しかしそこには大尉の経験が、小宇宙のように広がっている。

司令モジュールに抜けだしたハディド中尉は、勢いあまって矢矧大尉と衝突しそうになった。それでも体勢を崩しかけた直後の動きは、手慣れていた。空中で半回転したあと、壁面との摩擦と反作用で行き足をとめた。矢矧大尉と対峙した中尉は、開口一番いった。

「ひとつだけ、艦長に確認させていただきたい。我々が発進したら、ヴェンゲン０９の修理は、どの工廠が担当するのです。この基地には我々以外に工廠をともなった工作艦は存在しないし、現時点で別の艦船が入港するという情報も把握していませんが」

矢矧大尉は口ごもった。もしかすると自分たちは技術科士官の情報収集能力を、過小評価していたのかもしれない。そう考えたからだ。ハディド中尉に限ったことではなかった。技術系の士官や軍属たちは、独自の情報ネットワークを有している。

開戦時の奇襲で大きな被害を受けた航空宇宙軍は、前線の基地や大型戦闘艦内部の工廠で勤務する技術者集団の大幅な増強に踏みきった。最初に損傷艦艇の修理からはじめて、壊滅状態におちいった艦隊の再建をいそがせたのだ。

工廠に勤務する乗員の能力を早急に向上させる必要があったが、有能な人材の育成には長い時間がかかる。正攻法では、とても間にあいそうになかった。苦肉の策として、工廠の作業効率を劇的に向上させる方法が導入された。

成功すれば技術科士官の負担は変化せず、工廠の処理能力だけが上昇することになる。以前は二人ないし四人でこなしていた作業を、一人で担当することも可能になるはずだ。増産によって機材は補充できても、人手は容易に増やせないのだ。

作業手順の改正だけでは処理しきれない作業は、マニュアル類と作業用ロボットの充実で補った。ただし一人勤務体制では、技術レベルの向上は期待できない。むしろ経験や視野が限定され、しかも同一作業がくり返されて技術レベルが低下する危険があった。

この弱点を克服するために、技術科乗員専用の情報ネットワークが構築された。艦隊に随伴する戦闘艦艇は、旗艦を軸とする既存の情報通信システムに組みこまれる。しかし独航することが多い工作艦などは、母港の通信基地に接続するのを原則とした。

特例として秘匿性の高い通信システムが、すでに組みこまれている艦船は、このかぎりではないとされた。その結果、独自の通信システムを搭載する工作艦が増えた。技術的な問題に関することなら、他艦の技術科士官と自由に情報を交換する態勢ができていたのだ。

無論、制約は存在する。逆探知や通信傍受の可能性があるときには、使用は無条件に停止される。通信封鎖などの統制にも、即座にしたがうべきだった。しかも最初のころは、使用条件が厳密に決められていた。ただしそれは、自粛に近い制約だった。

逆にいえば制約が障害にならないほど、待ち望まれていた制度といえる。ある意味で技術的な側面から、戦訓を分析していたのに近い。それが次第に、事例の報告が主流になっていった。生じた変化は大きかった。これまで情報に関して従属的な立場におかれていた技術者たちが、独自の情報源を持つに至ったのだ。

ただ技術科士官に起きた変化に、大多数の兵科士官は気づいていなかった。もしくは重要視しておらず、干渉することもなかった。しかし彼らが手にしたものは、予想以上に大きかった。長い沈黙のあと、ハディド中尉は低い声でいった。

「コンラッド中佐を、見殺しにされる気ですか」

胸をつかれた気がした。予想もしていなかった言葉だった。間宮がヴェンゲン０９をともなってセンチュリー・ステーションに避難した時には、発進を間近に控えた航宙艦があったはずだ。交渉すれば、便乗は可能だったと思われる。

——とうに引きあげたと思っていたのに、まだこんなところで愚図ついていたのか。

腹立たしさを堪《こら》えて、ハディド中尉の表情をうかがった。中尉は言葉を口にする気がないようだ。それでも、強い意志は伝わってくる。曖昧な返答では、納得しそうにない。中尉の背後には、ネットワークを介して多くの技術者が控えているからだ。

そんなことを、ふと思った。

3

一時は壊滅状態におちいった主力艦隊が、わずか三週間程度で再建されたらしい。航空宇宙軍内宇宙艦隊に関するそんな噂は、様々な状況下で耳にしていた。小惑星帯に浸透しつつある敵艦隊を、一日でも早く殲滅《せんめつ》しなければ手遅れになる。しかし外惑星連合軍の動きに先んじて艦隊を再建できれば、状況は有利に展開できるはずだ。

再建期間に準備と移動の時間を加えても、小惑星帯の敵戦力を一掃する余裕は充分にある。そして小惑星帯の航宙優勢を確保できれば、敵の戦力策源地である外惑星まで、さえぎるものはない。木星系はもとより、土星圏まで無人の野をいくかのような進撃がつづく。

奇襲攻撃で失われた宙域は、戦略的奇襲である速攻で奪い返すしかなかった。成功すれば奇跡の大反撃になるが、矢矧大尉は懐疑的だった。正直にいえば、博打《ばくち》以前の夢物語でしかなかった。投機的という言葉すら、似つかわしくない。

だから最初に「三週間で再建する」と聞いたときには、何かの冗談かと思った。開戦時の奇襲攻撃は、それほど熾烈で徹底したものだった。在泊していた戦闘艦の、ほとんどが被害を受けていた。艦の重要部分が圧壊したり、脱落した艦艇も少なくなかった。

当初の再建計画では修理不可能と判定されて、廃棄するしかないとされた艦艇も多かった。したがって艦隊の再建は、どれほど急いでも一年は必要と見積もられていた。廃棄と決まった艦艇は代替艦を新規設計せずに、設計変更も回避する方針だったと聞いている。

できるかぎり、工期を短縮するためだ。それでも一年かかるのに、一体どうやれば三週間で終了できるのか。矢矧大尉には理解の限度をこえていた。開戦時の奇襲で乗艦を失うまで、大尉は小惑星帯派遣艦隊所属の戦闘艦艦長として勤務していた。

熾烈な空襲は切り抜けたものの、混乱の中で間宮に配属されて不慣れな雑務に追われることになった。その間にも爆雷の破片は不定期に飛来し、敵中に孤立したセンチュリー・ステーションでは被害が続出した。

間宮艦長の矢矧大尉としては、修理に忙殺されている状態だった。ハディド中尉のように、独自の情報ネットワークを有しているわけでもない。推測の手がかりさえ摑めなかったが、時間がすぎるにつれて次第に状況がみえてきた。

航空宇宙軍の軍令部は、次の戦闘にすべてを賭ける気らしい。そのために緒戦を上まわる大被害を出しても、外惑星連合軍を殲滅できれば上出来と考えているようだ。それが結果的に、手抜きかと思えるほど簡易な作業方針を生みだした。

基本設計や仕様を徹底的に見直して構造を簡易化し、ときには機能を落としてでも作業工数を低減させるのだ。従来の安全基準を破棄して、新たな設計指針を構築するのではない。次の戦闘にだけ使用を限定して、ぎりぎりの安全基準を定めておくのだ。

そうすれば形の上では、常識はずれの短期間で修理が完了する。外惑星連合軍にとっては、実体のない亡霊を相手にしているようなものだろう。現に戦っている敵の戦力見積もりが、無効になるのだ。これは奇襲攻撃を受けたのも同然だった。

現実に即していえば、これは技術的な奇襲攻撃ともいえる。はじめて戦場に大量の小銃が持ちこまれた時と、同様の衝撃をあたえることになるからだ。たとえば外壁の歪みによる気密漏れを、従来の手順で修理するには丹念で緻密な作業を必要とする。

しかも修理作業以外の密閉検査には、多大な手数と時間がついやされる。ときには修理作業自体よりも、検査と手直しに時間と労力をとられることもあった。それなら最初から、その与圧区画を廃止すればいい。運用上に不具合が生じれば、設計変更で調整するまでだ。

同様に構造材の破損で荷重を支えきれない場合は、搭載機器を捨てて負担を減じれば問題は解決する。無茶な方法だが、背に腹はかえられない。居住性や生存性を低下させても乗員は耐えられるが、修理が遅れて戦局に劣勢をしいられると取り返しがつかなくなる。

緒戦で大被害を受けたものの、航空宇宙軍には幸運が残っていた。奇襲攻撃を受けて多数の艦艇が損傷したが、救難作業《サルベージ》自体は困難ではなかった。ほとんどの損傷艦は在泊中に攻撃されていたから、軍港施設から大きな逸脱は生じなかった。

吹き飛んだ部材とともに、衝撃が空中に逃げた例もあったらしい。この場合は軌道のずれ、が実質的に無視できる程度で終わったようだ。それなら修理作業の際、軍港施設に艦をもどす必要もない。漂流状態の艦体を、ワイアで固定して修理すればよかった。

損傷艦の急速修理に投入された乗員二人の工作艦群は、このときはじめて実戦投入された。修理や整備は原則として技術科の工廠長が担当するが、人の手が必要な作業は多くない。簡易な修理点検作業は、搭載されたロボットがこなしてしまう。

ロボットによるメンテナンス態勢は以前から手がけられていたが、開戦時にはまだ試行錯誤がつづいていた。規模と精度が一気に拡大したのは、第二次の動乱が直接の原因だった。ただし保守管理される航宙艦の方にも、対応する動きが以前からあった。

主要部品の規格統一と機構の簡易化によって、メンテナンスの作業工数が低減していたのだ。それが開戦を機に急速な進展をみせて、ロボットの作業範囲を広げると同時に技術系乗員の不足を補えるまでになった。

ただしロボットによる応急修理や被害局限は、非戦闘時にかぎられる。より高度で信頼性の高い技術が確立されれば、完全無人の戦闘艦群——戦闘中の損傷修理も可能な艦艇が量産されていたかもしれない。

だが現実に量産されたのは、艦長と工廠長だけで運用する工作艦だった。そのような艦が、もっとも必要とされていたからだ。しかも大多数は小出力のエンジンしか搭載しておらず、隣接する衛星に移動する機会もなかった。

大出力かつ大加速のエンジンを搭載した間宮のような工作艦は、かなり特異な例といえる。本来サルベージを想定して戦力化された。被害を受けて漂流する戦闘艦と軌道上で邂逅したあと、同航して応急修理のあと最寄りの基地で補給を受けることになる。

そのような使い方を想定していたから、航宙能力は中型以上の戦闘艦なみにあった。応急修理が終わったあとは回収された戦闘艦を、工作艦が護衛して安全な宙域まで送り届ける。したがって工作艦といえども、自衛戦闘が可能な程度の武装は必要だった。

ところが開戦以来、一度も間宮は出撃していない。想定していたような局面は、発生しなかったも同然だった。消息を絶った味方艦船を捜索して軌道を突きとめ、あるいは敵前で漂流船と邂逅して乗員を救助し、撃破された船は応急修理して自力帰投を可能にする。

そんな劇的な状況を想定していたのだが、現実には発生しなかった。たしかに戦闘記録を精査すれば、それに近い状況はあった可能性はある。だが間宮の強力なエンジンは、無用の長物どころか死荷重となって余計な負担をかけただけだった。

ハディド中尉によって修理が進行中だったヴェンゲン０９は、センチュリー・ステーションに残された最後の輸送船だった。もしも修理途中で中尉が作業を中断したら、最後まで残留していた者たちは行き場を失う。それどころか、生きる希望さえ失ってしまう。

――コンラッド中佐のリーダーシップが、問われようとしている。

残留した者たちにとってヴェンゲン09は、唯一の希望であり命綱でもあった。使用可能な輸送船は他に残っておらず、間宮以外に便乗可能な航宙艦はない。か細い糸のような命綱だが、何もしなければ断ち切られてしまう。残された時間は、あとわずかだった。

――いっそのこと敵の空襲で、間宮が被弾したことにするか。

そうすれば応急修理を口実に、時間かせぎができる。事情がわからないまま、そんなことまで考えた。藁をもつかむ思いだった。密度は低いが、爆雷破片は毎日のように飛来している。そのひとつが命中したことにすれば、命令違反にはならないだろう。撃破では矛盾が生じるが、被弾程度なら誤魔化せそうな気がする。

一時はそう考えたが、すぐに下策だと思いなおした。成功する可能性は、皆無に近い。記録類は多岐にわたっている。それらを完全な形で一致させなければ、いずれ無理が出てくる。戦闘記録や公式作業日報のように、ファイルを残せばいいわけではないのだ。

ブラックボックス化した間宮のナビゲーションレコーダは、映像をはじめ様々な形式で記録が残される。かりに記録を損傷せずにブラックボックスを開けたとしても、辻褄をあわせた状態で改変するのは容易ではない。

記録類に手を加える時間も、充分にはとれそうになかった。上級司令部の正確な位置は不明だが、内惑星の火星軌道周辺にあるのは間違いない。これに対してセンチュリー・ステーションは、小惑星帯のテミス群にあった。

防諜上の理由から双方の位置関係は明示されていないが、通信距離は五億キロをこえていると考えられる。ただし反攻にそなえて分派された先遣隊には、司令部機能の一部が委譲されている可能性があった。

もし先遣隊が小惑星帯の内縁あたりまで進出していれば、この距離は予想より小さくなる。実質的な通信距離が三天文単位前後だとすれば、交信時には五〇分あまりの遅延が生じる計算になる。双方の間に広がる空間距離を、通信波が往復するのに要する時間だった。

予定時刻がすぎても間宮が発進しなければ、三〇分たらずでその事実は司令部に届く。司令部は即座に反応する。最初は状況の確認になるが、このとき対応を誤れば即座に仮処分が執行される可能性があった。

間宮の情報中枢が封鎖されて、矢矧大尉のアクセスを受けつけなくなるのだ。単なるデータ処理の誤りなら仮処分は解除されるが、意図的に命令を無視して発進を遅らせたと判定されれば状況は一気に悪化する。

最悪の場合は記録の不整合が確認された時点で、抗命の意思ありとみなされて法務システムが起動する。そして情報を収集した上で、判断をくだす。即応態勢を維持するために、システムはロックされた状態で船内に収納されているらしい。

したがって発進予定時刻から記録の改竄《かいざん》終了まで、一時間に満たない余裕しかないことになる。これをすぎると、矢矧大尉は艦長権限を失う。一切の記録類は凍結されて、閲覧もできなくなるはずだ。ハディド中尉は肩書だけの副長だから、この件には関与できない。

原則的には上級司令部が指揮を代行するが、往復一時間ちかい時間差は無視できない。敵前で指示を待つのは、現実的ではなかった。特例として緊急を要する場合にかぎり、間宮の艦内機構が指揮をとることになっているという。

ただしこれは、矢矧大尉の指揮権復活を意味しない。間宮に搭載された情報中枢および戦術支援システムが、艦長にかわって指揮をとるだけだ。無論その間も、凍結された記録類の照合はつづいている。結果によっては、正規の軍法会議に移行する可能性もあった。

やはり小細工は、するべきではないのかと思いなおした。やるからには、本当に間宮を跡形もなく吹き飛ばす覚悟が必要だった。そうすれば大尉の背負っている重荷から、解放されるような気がした。それだけではない。法務システムは起動しないし、記録の整合性に神経を使うこともなくなる。

それに気づいたことで、本質がみえたような気がした。これまで重荷に感じていたのは、間宮ではなく工廠ユニットではないのか。工廠さえ母艦から切り離してしまえば、他艦の修理を継続することは可能であるはずだ。発進予定時刻以前に間宮を泊地外に引きだして、爆破処理すればいい。空襲で破壊されたので、敵手に落ちぬよう自爆したことにすれば証拠も残らない。

考えをめぐらしていたものだから、状況の変化に気づくのが遅れた。ハディド中尉の専用端末に、入電があったようだ。中尉はしきりに端末を操作している。船外からの通信ではなかった。自動運転をつづけているロボットが、中尉に判断を仰いでいるようだ。

すぐに中尉は端末の操作を終えた。陰鬱だった先ほどまでの表情が、短時間のうちに弛《ゆる》んでいく。ハディド中尉は、声を高くしていった。

「問題は解決しました。発進は予定どおりで大丈夫です。ただし汎用型ロボットを一機、置いていく必要があります。作業専用のロボットを一機で作業させれば、余裕をみても七二時間で充分です。ヴェンゲン09に積みこんで持ちだせば、員数の不足も生じません。あとは……残った作業の差配と補充機材の手当は、コンラッド中佐に一任します。他に適任者はいないのだから、中佐は拒否しないはずです。ご心配は無用です。一度やると決めたら、中佐は期待以上の仕事をされますよ」

矢矧大尉は呆気にとられて、ハディド中尉の言葉を聞いていた。驚きは一瞬おくれてやってきた。盲点だった。工廠を母艦から切り離す必要はなかったのだ。それどころかオペレータがロボットの動きを監視しながら、間近で操縦する必要すらない。

大雑把な動きだけを指示しておけば、あとはロボットが自動的に作業してくれるのだ。技術者であると同時に操縦者でもある作業責任者が、現場に常駐しなくても作業は進行するはずだった。ロボットからの報告をもとに、判断するだけでいい。

4

すでに連続した加速が、一〇時間以上にわたってつづいていた。

間宮の乗員にとっては、過酷な状況だった。戦闘艦なら長時間の加速は珍しくない。事前に想定された事態だから、艦の構造は頑丈にできている。ことに荷重が集中する主エンジンの支持架や、星間物質との衝突抵抗を支える構造材は念を入れて構築してあった。

さらに熱源からの輻射《ふくしゃ》に長時間さらされる噴射口周辺は、センサ類が多く配置されていた。ところが間宮の原型となっているのは、高加速仕様とはいえ商用の貨物船でしかない。長時間の加減速に耐えられる設計強度は、最初から組みこまれていなかった。

構造上の弱点となりそうな部分は補強してあるが、設計段階で強度計算をくり返した戦闘艦ほどの強靭さはない。加速中は監視を怠《おこた》ることができなかった。もしも異常を発見すれば、ただちに原因をとりのぞく必要がある。

状況によってはエンジンを停止して、遠隔操作や船外活動による修理を実施することもありえた。作業中は加速を停止するしかないが、再開後は微妙な速度増分を修正しなければならない。これを怠ると、軌道に無視できない誤差が生じかねなかった。

細心の注意を払って、司令部に指示された軌道をたどるしかない。煩瑣《はんさ》な作業の合間をぬって、軌道の先にあるものを探ろうとした。もしも解釈を間違っていたら、推進剤切れで漂流することになりかねない。

かなりの時間を解析につぎこんだが、納得できる結果は出てこなかった。おなじ系の楕円軌道間を移動するのであれば解法は単純なのだが、指示されたのはある種の複合軌道らしかった。意図的に加速が中断されているから、未来位置が読めない構成になっている。

時間がすぎるにしたがって、軌道は複雑さをましていった。それでも辛抱づよくシミュレーションをつづけた結果、間宮の最終的な軌道がみえてきた。外宇宙から飛来した変則的な軌道の飛翔体と、最短時間で邂逅しようとしている。

つまり指示された動きにしたがえば、いずれ間宮のセンサでも飛翔体を確認できるはずだ。飛翔体の正体は、外宇宙探査船改装のイカロス42らしい。邂逅は困難が予想されたが、あいかわらず艦隊司令部は非協力的だった。頼れる情報源は、ハディド中尉らのネットワークだけだ。

小惑星帯の外縁に達した時には大きなGで減速を開始していたようだが、それでも秒速は二千キロを大きくこえていたらしい。しかも時間とともに、加速度が——というよりエンジン出力が変動している形跡があった。

経過時間に対応する関数で置きかえることが可能と考えられるが、単純な一次変数ではなさそうだった。おそらく高次の関数なのだろう。爆雷攻撃を回避するための、乱数加速あるいは減速中の戦闘艦かもしれない。最初はそう考えた。

敵艦隊が出没する宙域を強行突破する場合、この種の不規則な動きをともなうことが多い。爆雷攻撃を目的に敵艦が忍びよっても、照準が不正確になるからだ。そのかわり航路上の一点で、軌道要素を一致させて邂逅するのは困難だと思われる。

間宮も上級司令部の指示にしたがって、その艦のランダムな動きに同調する必要があるらしい。一時はそう考えたが、矢矧大尉はすぐに間違いに気づいた。軌道上で他の航宙艦と邂逅するのであれば、エンジンを停止して慣性航行に移行するのが常道だからだ。

——乱数加速のせいで邂逅が困難になるのでは、本末転倒といわざるをえない。

それが正直な感想だった。それでは司令部は何故、こんな軌道を通報してきたのか。手がかりも摑めないまま、矢矧大尉は首をかしげていた。意見を求めるつもりで、ハディド中尉に眼をむけた。それを待っていたかのように、中尉はいった。

「たぶん……この艦《ふね》は主エンジンの支持架が、摩耗しているのだと思います。単純な経年劣化と考えて、間違いないでしょう。とうに耐用年数がすぎた艦を、メンテナンス態勢も不充分なまま長期の航宙に送りだしたのだと思います。

詳細な事情は不明ですが、他の理由は思いあたりません。戦争指導にあたる者たちの準備不足であり、戦略の間違いを前線の犠牲で取りもどそうとしているとしか思えません。後始末を押しつけられた乗員たちこそ、いい面の皮です」

淡々と話すものだから、かえってハディド中尉の憤《いきどお》りが明瞭に伝わってくる。しかし中尉の状況把握は正確で、わずかな誤解も入りこんでいなかった。要するにエンジンに不具合をかかえた航宙艦が、間宮の後方を逆噴射しながら突っこんでくるらしい。

本来は外宇宙探査用に設計された艦だから、イカロス42の巡航速度はかなり高速だった。内惑星宙域に入っても、減速の終了にはほど遠い状態といえた。その上、推進剤にも余裕がないらしい。概算では地球軌道周辺に達した時点で、推進剤が底をつくようだ。

エンジン出力にはまだ余裕があるはずだが、あまり大きなGが船体にかかると構造的にもたないようだ。設計時の耐G能力は、〇・五Gはあったと思われる。短時間なら、一G程度でも耐えられた可能性があった。それが老朽化によって、急速に落ちこんだ。

そのことに関連して、気になる情報も入電していた。土星系遠方の太陽系外宙域で、哨戒中のタイタン軍警備艦がイカロス42を発見していた。警備艦はただちに戦闘態勢をとった。イカロス42の意図を見抜いて、これを迎撃しようとしたのだ。

推進剤の残量と軌道特性から、土星系を空襲したあと減速してセンチュリー・ステーションで補給と損傷個所の修理をおこなうと予測したらしい。原型となったイカロス探査船は、カタログ・データが公開されている。

しかも艦隊籍を除かれてからは、一般に公開展示されていた時期もあった。だから待ち伏せは容易だと判断したようだが、読みはは ずれたらしい。迎撃は不発に終わった。ただしイカロス42のクルーが、タイタン軍の手の内を読んでいたとは思えない。

矢矧大尉が耳にしたかぎりでは、センチュリー・ステーションに残留していた技術科士官たちの反発が根本的な原因らしい。当時ステーションでは応急修理を終えた艦艇を、次々に内惑星宙域へ送り返していた。

そんな状態だから、人も機材も不足していた。旧世代の鈍重な探査船が寄港しても、損傷の修理や消耗品の補給ができる状態ではなかった。定期点検だけでも膨大な手間と時間が必要なのに、化け物のような巨大探査船の整備など不可能だった。

かといって、無補給では内惑星宙域に到達するのは困難だった。急遽センチュリー・ステーションへの寄港を決めたのだが、ステーションの工廠に勤務する技術科士官たちはこの件に異議をとなえた。ただでさえ技術科は、兵科に比べて冷遇されている。

撤収時に後まわしにされることは珍しくなかったし、兵科士官の不手際が原因で犠牲をしいられたことも一再ならずあった。特務艦イカロスの寄港になると、話は格段に大きくなる。予想される危険にみあうだけのメリットが、期待できなかったのだ。

技術科士官は表だってイカロス42の寄港に反対したわけではない。それほどの無茶はしなかった。ただイカロス42の巨大な船体が係留されれば、港外からでも目立つことこの上ない。外惑星連合軍の集中攻撃を受けるのは、眼にみえていた。

それよりは多少の無理をしても、安全宙域である内惑星まで一気に飛翔するべきである。そうすれば小惑星帯までの危険宙域は、大半は高速で通過できる。減速の開始をぎりぎりまで遅らせれば、航宙期間に生じる差を最小限におさえられるはずだ。

そのような意見を集約して、艦隊司令部に具申したらしい。正面からイカロス42の寄港を、拒否したわけではない。ただステーションへの寄港に問題があることを、遠まわしに伝えただけだ。それでも司令部には、無視できない事情があった。

実戦的な航宙技術の先駆者であり技術科士官の精神的な支えともいえる人物が、このときステーションには在勤していた。コンラッド中佐という名の技術官で、艦隊司令部の長官や参謀も一目置くほどの見識があるらしい。

かといって軍の高等教育研究機関である航空宇宙軍大学校などで、軍事理論を学んだわけではない。畑違いの航空宇宙戦略を、すべて独学で修めたという。なかでも小惑星帯の既存基地を拠点に、土星系への進攻路を示した論文は高い評価をえている。

同時期の傑出した戦略家としては、内宇宙艦隊に勤務する早乙女大尉の名があげられる。軍令部で戦史を専門に研究しているという逸材だが、開戦後は艦隊の再編にともなって前線で勤務しているという。ただ、詳細は不明だった。

コンラッド中佐はイカロス４２の寄港に、積極的な反対はしなかった。実質的な撤収を控えていたから、大仕事を持ちこまれるのは迷惑だと本音を伝えただけだ。もしも本当にイカロス４２が寄港したら、工廠勤務の技術官は自衛戦闘の準備もできそうにない。

技術系の要員ばかりではなく、航宙艦乗りや兵科士官にとっても中佐は神のような存在だった。その中佐が難色を示しているのだから、誰もが消極的にならざるをえなかった。いずれにしても寄港を認めるか否かは、間宮の艦長が関与するところではない。

知らん顔を決めこんでいたら、イカロス４２は減速開始予定点をすぎても逆噴射せずに突っこんできた。土星軌道をこえた時点で慣性航行をつづけていたから、センチュリー・ステーションへの入港は断念したと考えてよさそうだ。

タイタン軍による迎撃は、かすり傷ほどの被害もあたえられなかったらしい。不首尾に終わったも同然だが、イカロス４２の軌道は安定していなかった。最新の航路情報によれば、ステーションへの入港も困難なほど軌道がふらついているという。

5

時間はゆっくりと過ぎていった。

このときまでに間宮の搭載センサ群は、イカロス42を直接とらえることができた。最初は光学センサだった。航路情報から推定された位置にセンサを指向したとき、淡く光る点が確認できたのだ。状況からして、減速のための逆噴射とは思えなかった。

おそらく太陽光を、反射していたのだと思われる。まだ特務艦としての外形は判別できないが、漆黒の外宇宙を背景に少しずつ移動していくのが確認できた。現在の軌道は視線方向とほぼ重なっているため、みかけ上の動きは小さなものでしかない。

それでも背後の外宇宙に点在する恒星とは、歴然とした違いがあった。すぐに他のセンサ群も、同定に成功した。ぎりぎりまで画角を絞りこんだ光学センサの視野に、他のセンサが反応したことを示すマーキングが次々にあらわれた。

赤外線源の反応は、予想よりも早い段階で観測された。本格的に減速を開始したらしく、進行方向に――つまり間宮の方向にむかって、主エンジンを噴射しつつあった。次第に広がる推進剤の雲が、いまにも光点を包み隠そうとしている。

ただエンジン出力は、予想ほど大きくなさそうだ。推進剤の拡散パターンや他のセンシング結果からして、〇・三G程度で減速していると推定された。するとやはり、構造的な問題があるのかもしれない。そう矢矧大尉は思った。ハディド中尉がいった。

「詳細な状況は不明ですが、やはり推進系が損傷しているようです。問題が発生したのは、本格的な減速を開始する前でしょう。巡航状態のとき低出力で駆動してみたところ、問題となるほどの不具合は発生しなかった。

大丈夫だという保証はないが、少しずつ出力を上昇させていけば保つのではないか。そう判断して、騙しながら減速態勢に入った。本腰をいれて修理しようとすれば、主機関を停止しなければならないからです。

駆動中のエンジンを修理できる手練《てだ》れの技術者が、乗員の中にいるとは思えません。それに○・三G程度であっても、加速度が生じている状態では修理など不可能です。推進剤の残量も限られているから、予定された時間内に逆噴射を開始するしかなかった。

センチュリー・ステーションに緊急入港すれば、故障個所の修理と補給も可能と考えたのでしょう。ところがステーション側は受けいれようとはせず、イカロス42は不具合をかかえたまま内惑星宙域にむかうしかなかった……そんなところでしょうか」

ハディド中尉の言葉には、充分な説得力があった。イカロス42のセンチュリー・ステーション入港は、緊急避難ともいえる行為で事前の計画にはなかったのだろう。したがって拒絶したことにより生じる責任は、ステーション側にはないと考えられる。

――まるで傍観者のようだ。

それが矢矧大尉の、正直な感想だった。イカロス42の寄港を拒否したのは、技術官のグループが最初だったはずだ。つまりハディド中尉も、当事者ということになる。それにもかかわらず、他人ごとのような話し方が気になった。

――問題の根は、それほど深いと考えるべきなのか。

そんなことも考えた。イカロス42による爆撃で、外惑星連合に対する包囲網は完成しつつある。実際には穴だらけの網でしかないが、外惑星連合が受ける心理的な圧迫感は無視できないと考えられる。したがって廃船と大差ない特務艦でも、撃破されることは許されない。

間宮の緊急発進も、そのことと無関係ではないはずだ。進行中の修理作業を中断してまで発進を急いだのは、軌道上でイカロス42と邂逅して故障個所を修理するためだと考えられる。緊急発進の理由は不明だが、状況からして他には考えられない。

もしも主機故障が原因でイカロス42が遭難したら、外惑星連合にとっては格好の宣伝材料になるからだ。航空宇宙軍のこころみた戦略爆撃は失敗に終わり、外惑星包囲網はもろくも崩壊した――と。

失敗は許されなかった。後方から離れて追尾してくるイカロス42に、いまのところ新たな動きはない。間宮との邂逅までには、まだかなり時間があった。その間にイカロス42の航跡を追うつもりで、追跡システムにアクセスした。

基礎的な情報源は、小惑星帯から内惑星宙域にかけて点在するセンシング基地だった。開戦によって基地の多くは機能を失っていたが、何カ所かは敵中に孤立した状態で細々と観測をつづけていた。環境は厳しくとも、基地要員は情報の送信を継続していた。

代替手段のない重要な情報源だから、細心の注意を払って運用されていたのだ。基地における情報収集は受動的な手段に限定され、レーダーなどの使用は厳禁とされた。さらに観測成果の利用に際しては、データが公表されても情報源は極秘とされた。

それぞれの要地に配置された守備隊は、過酷な環境下で最善をつくしていた。だが集積された情報は、かならずしも有効に利用されているとはいえなかった。断続的に送信されてくる情報は、航空宇宙軍軍令部や内宇宙艦隊司令部に集積される。

そして航路情報として、関係各機関に通報された。外惑星連合軍の動きを知る貴重な情報だが、開戦から間もないころはあまり重要視されなかった。軍令部の特務班が配信した航路情報は、一次受信者である艦隊司令部要員が麾下《きか》部隊の担当者に転送することになる。

同様にしてコピーと転送がくり返され、第一線の部隊や艦隊に達するときには見慣れた存在になっている。しかも定時に送信される情報電だから、さして有難みもない。送信するべき情報電が存在しないときには、前日までの情報をくり返すことも多かった。

これではよほど特徴的なデータでなければ、注目されることもない。発信源である軍令部や艦隊司令部自体が、手の中にある情報を重要視していない節があった。だが矢矧大尉には、いずれ重要な意味を持つ予感があった。

使用可能な記憶容量に余裕はなかったが、空き領域に追跡システムを仕込んでおいた。一元的に情報を集積して、分析するためだ。効果は大きかった。航路情報にはじめてイカロス４２らしき艦影があらわれたときまで遡って、何が起きたのか検証されていた。

意外なことにイカロス４２は、短時間だが〇・五Ｇで減速していた。土星系の近傍宙域を、高速で突破したときのことだ。それに先だって太陽系の外縁近くで、タイタン軍の警備艦と遭遇した。警備艦は振り切ったが、仕掛けられた罠に追いこまれそうになった。

危うく爆雷の網に、からめとられかけたのだ。そのとき主機を全力噴射して、なんとか爆散塊から逃れた。ゆるやかにエンジン出力を上昇させて、一瞬だけ〇・五Gに達したのではない。ランダムに出力を変動させて、高速で突っこんでくる爆雷破片をかわしたのだ。

無理をしたにもかかわらず、艦体構造に異常はなかった。迎撃を切り抜けたイカロス42は、もとの巡航態勢にもどってセンチュリー・ステーションをめざした。無茶な減速態勢をとったのは、タイタン軍の迎撃を回避するためだけではなかった。

センチュリー・ステーションにいたる本格的な減速機動では、〇・五Gはもとより一G近い加速／減速を多用する予定だった。小惑星帯に出没する外惑星連合軍の戦闘艦に、軌道を把握されないためだ。ところが当のステーションから、入港拒否の返答が届いた。

他に選択の余地がないまま内惑星宙域に針路をとったのだが、本格的な減速態勢に入ったあたりで震動がとまらなくなった。イカロス42は推進系と支持架まわりに、かなりがたがきているらしい。

重力波と赤外線をまき散らしながら、イカロス42は小惑星帯を突進しつつあった。最初のうちは小刻みな震動だったが、すぐに激しさをました。艦の中心軸とノズルの首尾線が一致しておらず、推力の一部が空中に逃げたようだ。

それが結果的に、艦の軸線をめぐるモーメントを生じさせた。赤外線によるイカロス42の映像は、いまにも空中分解しそうなほど激しく震動している。ところが重力波には、めだつ増減はなかった。艦外にむかう推進剤の流れが、変化していないせいだろう。

エンジンは長時間にわたって、暴走に近い状態で噴射をつづけている。接近する間宮に気づいていないはずはないが、艦内に動きはなかった。無論、呼びかけにも応じない。すでに乗員は死亡したのかもしれなかった。

さしあたり状況報告だけをすませて、指示を待つしかなさそうだ。しかし現実的にいって、選択肢は多くなかった。間宮の推進剤残量も限られているから、あまり長居はできそうにない。艦内を捜索して、生存者の有無をたしかめるだけで精一杯だろう。

仮に死体が残っていたとしても、搬出する余裕はない。その必要もなかった。主エンジンが暴走状態とはいえ、イカロス４２は現在も内惑星宙域にむけて減速をつづけている。外惑星連合軍の戦闘艦に攻撃されないかぎり、推進剤を使いきるまで減速はつづく。

集積された航路情報からして、イカロス４２の推進剤も充分ではなかったらしい。かりにナビゲーション・システムが作動しなかったとしても、推進剤がつきるのは地球の間近であるはずだ。サルベージには、苦労しないのではないか。

司令部からの命令は、そんなときに入電した。嫌な予感がした。こうなることは予想できたのだから、事前に手を打っておけばよかったと本気で思った。方法はいくらでもある。要は通信機を故障させた上で、記録装置の作動を停止させればいいのだ。

一時はそう考えたが、逃げるのは本意ではない。問題の解決にもならなかった。覚悟を決めて

「窓」を一瞥した。すでに肉眼でも、イカロス42が視認できた。だが窓の解像度は悪く、逆噴射をつづけるイカロス42は滲《にじ》んだ光点にしかみえなかった。

暗号の解読は、すぐに終わった。専用端末が矢矧大尉の資格認証を開始したと思ったら、もう平文が表示されていた。ひととおり眼を通した大尉は、露骨に顔をしかめた。それに気づいたのか、ハディド中尉が無言で大尉に視線をむけた。仕方なく矢矧大尉は説明した。

「命令は二件ある。最初のは馬鹿げているが、実現の可能性がゼロではない。二番めは馬鹿げている上に、実行する価値も意味もない。というより、実現は不可能と考えるべきだ。どちらを先に知りたい?」

ハディド中尉は応えなかった。つまらなそうな顔で、視線をそらしている。ほんの少し、矢矧大尉は後悔した。謝罪が必要だとは思わないが、中尉に臍《へそ》を曲げられると厄介なことになる。それよりは機嫌をとって、手ばやく仕事を片づけようと考えた。

矢矧大尉は咳払いをしていった。

「ひとつはイカロス42の推進機系に発生した故障を、できるかぎり短時間で修理すること。もうひとつは修理を終えたイカロス42を護衛して、乗員と艦を地球周回軌道上の基地まで廻航すること」

その途端に、ハディド中尉の表情が変化した。唇の端を持ちあげて、頬をゆるめている。笑ったつもりかもしれないが、あまり自信はない。よく考えたらハディド中尉の笑顔など、これまでに一度もみたことがなかった。

6

イカロス４２の艦内から、かすかな光が漏れだしていた。

搭載機器のインディケータ等ではなかった。艦内の生存者が、交信を試みているらしい。透過率を一杯まであげた窓ごしに、作業用ライトを明滅させているのだろう。なんらかの理由で通信機が使えず、プリミティブな発光信号で交信を試みているようだ。

間宮の光学センサでは、明滅する光に照らされて二つの人かげが確認できた。ただちに光学的な修正を加えたが、人かげの詳細を知るのは困難だった。角度が悪い上に、拡散しつつある推進剤が視野を隠していた。

人物の特定はもとより、状況を確認することもできない。発進から五〇時間近く加速をつづけた結果、間宮の速度は毎秒五〇〇キロ程度に達していた。これは木星軌道のかなり外側から減速を開始したイカロス４２の、現在の速度とほぼ一致している。

したがって両者の相対速度差は非常に小さく、邂逅状態に近いといえる。ところがセンサの倍率を限度一杯まで上昇させても、鮮明な映像を入手できない。無視できない速度差が残っているせいだ。この状況では、同航して作業するのは問題外だった。

イカロス４２は現在も、主エンジンを噴射していた。その間も発光信号は、途切れることなく発信されている。まだ本文は送信しておらず、受信者の略号指定と受信待機を要求する前置符ばかりをくり返している。

単調すぎる信号のくり返しをみているうちに、やはり生存者はいないのかと考えた。邂逅が近いのにエンジン出力が低下しないのは、乗員が一人残らず死亡したせいかもしれない。発光信号とみえたのは、作業灯が救難要請を自動発信したのだと解釈できる。

一時はそう考えたが、確信はなかった。次第に映像は鮮明になっていくが、人かげが死体だという確証はえられないままだった。そして予定の時刻になった。このあと工作艦間宮は一八〇度の回頭をすませて、イカロス４２と同航する態勢をとる。

大尉らが命じられたのは、イカロス４２の故障修理と地球周回軌道をめぐる基地までの廻航だった。最接近を前にした現在は、間宮は加速中でイカロス４２は減速をつづけていた。このままでは最接近のあと、ふたたび二隻は離れはじめる。

そうなる前にイカロス４２のエンジンを一時的に停止し、間宮が回頭して減速態勢に入るのを待つべきだった。それなのに、接近しつつあるイカロス４２と交信できない。かといってエンジンを停止せず、推進系を修理するのは困難だった。

不可能とは断言できないものの、かなりの危険をともなう。決断を下せずにいたら、少しずつ追加情報が入りはじめた。イカロス４２には正規乗員二人の他に、人型のロボット一体が搭載されているらしい。これに対し光学センサは、二つの人かげを確認している。

——あと一人あるいは一体が、艦内にひそんでいるのか。

これは有力な情報だった。窓ごしにみえる人かげのうち、片方がロボットとは思えない。通常仕様の作業用ロボットは、光通信の送受信システムが組みこまれている。宇宙空間における近接通信にも対応しているから、窓の近くにいれば高速通信が可能になるはずだ。

ところが二人は手動操作で、効率の悪い発光信号を試みている。すると姿のみえない最後の一人が、人型のロボットなのかもしれない。そう見当をつけたが、なんとなく釈然としなかった。同様の疑問は、発光信号にも感じた。

最初は外惑星連合軍による逆探知を警戒して、通信封鎖をしているのだと思った。邂逅予定宙域は小惑星帯の内縁に近く、しかも外惑星と太陽を結ぶ直線上に位置している。このため双方が情報収集艦や、センシングピケット艦を投入する静かな戦場と化していた。

そのような状況下では、通信封鎖は自分の身を守る最低限の対策といえる。防諜上の理由から通常の通信システムを使用せず、発光信号を選択したのではないか。それで一時は納得しかけたが、本当の理由は別にあるような気がした。

イカロス42は土星系の哨戒圏内を、経済性を無視した高速で突破した。しかし目的地に近いこの宙域では、通常の巡航速度に減速せざるをえなかった。その上に敵艦隊は、周辺宙域のいたるところに潜んでいる。航空宇宙軍の艦隊を、全力で迎撃するためだ。

普通に考えれば、間宮による「護衛」は欠かせない。イカロス42の艦内で何が起きているのか不明だが、間宮による「故障修理」や「護衛」を拒否する動きがあるように思える。ただ、確証はない。何が起きつつあるのかも不明だった。

それでも、危機感だけはあった。この事態を見過ごせば、取り返しのつかない危機的な状況に陥る。そう思った。視線を感じたのは、その直後だった。大尉はわずかに姿勢をかえた。端末を操作していたハディド中尉が、困惑した様子で大尉をみている。

何か気がかりなことがあるらしいが、今はそれどころではなかった。特務艦イカロス42の間近で、間宮を宙返りさせなければならない。操艦の担当者は艦長自身になるが、イカロス42の軌道が確定しなければ同航や邂逅は不可能だ。

せめて途切れることのない逆噴射を、短時間でいいから中断してほしかった。こちらの行動予定を発光信号で一方的に送信することも考えたが、いまはわずかな危険も回避したかった。ただし最悪の場合は逆噴射中の二隻を並進同航させて、船外活動で移乗するしかない。その方がよほど危険だが、他に方法はなさそうだ。決断を下すのは先のことでも、準備だけはしておくべきだった。

なかば開き直った気分で、ハディド中尉に心づもりを話しておいた。中尉は無言のまま、マウスピースを矢矧大尉に差しだした。矢矧大尉にも、質問はなかった。それを受けとったあと、表示されたシステムを確認した。

船外作業中の大尉に供給されるのは、高濃度の低圧酸素だった。安全限界ぎりぎりまで酸素濃度を高くした混合気だから、発火物に触れると手がつけられなくなる。最悪の場合はマウスピースから炎が侵入して、気管支から肺まで焼きつくしかねない。

それでも携行する酸素量を増加できる上に、減圧症のリスクも回避できるはずだ。そしてイカロス42に移乗して、生存者の捜索や救出にあたるのは兵科の士官と決まっている。指揮官である艦長自身が危険領域に踏みこむのは、部外者にとっては不合理に思える。

だが、他に方法はない。これはハディド中尉との間に生じた信頼関係の賜物《たまもの》であり、身を守る最強の武器でもあった。マウスピースを口にした大尉は、ゆっくりと呼吸をくり返した。息を吐きだすたびに、血液中に溶けこんだ窒素が洗い流されていくのがわかる。

全身に酸素がいきわたるのを感じながら、矢矧大尉はイカロス42の構造図を端末の画面に表示させた。特務艦への強行移乗は避けられそうにないが、状況が不明のまま乗りこむのは危険すぎる。戦闘の発生も想定した上で、可能なかぎり調査しておくべきだった。

時間はめまぐるしくすぎていった。そして事前にセットしておいた時刻に、控えめな音でアラームが鳴った。短いカウントダウンのあと、微妙に音質のことなる二度めのアラームが聞こえた。

すでに主エンジンの出力は、カウントダウン時に低下をはじめていた。

二度めのアラームをきっかけに、姿勢制御が開始された。出力は低下しつつあるが、いまも主エンジンは噴射をつづけている。はね回る奔馬のように、間宮は回頭をつづけた。矢矧大尉は艦体の安定に、全神経を集中していた。

わずかでも安定を失うと、推進剤ガスの流れがイカロス42を直撃しかねない。イカロス42が被害を受けるだけなら脱出する余裕はあるが、逆に間宮が亜光速で噴射されたガスの流れに直撃されればただではすまない。

気にはなるものの、自分でたしかめる余裕はなかった。緊急事態になればハディド中尉が報告するはずだ――そう考えて、一任するしかなかった。どのみち事故がおきても、その時点では何もできない。何が起きるのかも、不明だった。

長い時間がすぎたような気がした。セットしておいた時刻に何度かアラームが鳴ったようだが、確認している余裕もなかった。妙に静かだと思ったら、姿勢制御ジェットが停止していた。小刻みなジェット噴射による複雑な揺れも、いまのところ完全に消えている。

つかのま回転していた星空も、すでに静止していた。間宮は引きつづき主エンジンを噴射していたが、太陽の位置が逆方向に移動していた。間宮の機体から突出した安定翼の影が、先ほどとは逆方向に伸びている。

ただ、視野に太陽は存在しなかった。艦尾方向にあるはずだが、艦体に隠れているようだ。回頭を終えた間宮は、太陽にむかって逆噴射をはじめていた。イカロス42の巨体は、距離をおいて航行していた。矢矧大尉は安堵した。どうやら事故は、回避できたようだ。

「見事な操艦プログラムでした。イカロス『改』級特務艦42には、損傷らしきものは見当たりません。ただし通信系だけは、別に考える必要がありますが」

ハディド中尉がいった。気になる言葉だった。矢矧大尉の知るかぎりでは、イカロス「改」級特務艦では三系統の通信システムを使いわけていた。有効交信距離の大きい方から惑星間通信系、中近距離通信系そして近接通信系になる。

これとは別に外宇宙艦隊では、超遠距離データ通信専用の機器――通称「外宇宙系」が実用化されていた。ところが図体が大きすぎて、実用面に支障があったようだ。外宇宙艦隊初期の試作機や実験艦をのぞけば、使用されることはなかったと聞いている。

したがって内宇宙艦隊に編入された後のイカロス「改」級特務艦には、艦隊籍にある他の戦闘艦と同様に三系統の通信システムが搭載されていたことになる。そのうち交信距離が最長の惑星間通信系は、高利得アンテナで通信ファイルを送信するのが基本だった。

天文単位で計測されるほど両者の距離は大きいから、リアルタイムの会話は望めない。しかし無用の長物と酷評された外宇宙系ほど、使い勝手は悪くなかった。外宇宙探査時の外宇宙系通信システムを、補助する程度の使い方なら充分に可能だった。

指向性の鋭さを生かせば、通信封鎖時であっても傍受を回避できた。開発当初は使用範囲が限定されていたが、改良をくり返すうちに性能が向上していたのだ。上位システムにあたる通信系を、あらたに導入された機器が兼用していたともいえる。

おなじことは中近距離通信系や、近接通信系についてもいえた。このうち中近距離通信系は、艦隊間の通信環境を整備するために開発された。ところが次第に交信範囲が広がって、現在では惑星間通信にも利用できるまでになっている。

近接通信系にも、同様の性能拡大がみられた。本来は個人携行通信機として開発され、船外活動用の気密服にも組みこまれている。小出力のために、単体なら有効交信範囲は数百メートル程度でしかなかった。しかし中継局を経由すれば、長距離通信も可能らしい。

極端なことをいえば気密服のヘルメットに内蔵されている送受信機でも、太陽系のはずれにある基地と交信できるのだ。ただし作戦中の航宙艦は、このかぎりではない。軌道が秘匿されているから、不通になることが多かった。

もっとも常識的に考えれば例外はある。艦影が識別可能なほど接近していれば、その艦艇を受信先とすることは可能だった。間宮が視認できれば、中継局として使えるのだ。無論、間宮を交信相手に指定することもできる。

ところがイカロス４２の艦内では、間宮を相手に不慣れな発光信号をつづけている。

7

ハディド中尉は首をかしげながらつづけた。

「どうも解せないのですが……。三系統あるはずの通信システムが、同時に故障したとは思えません。確率からいっても、ありえない状況です。たしかに土星系宙域を強行突破したとき、ごく短時間だけ通常値をこえるGがかかりました。

しかしそれを根拠に、通信システムが残らず故障したと判断するでしょうか。通常は別の理由で、常用する機器が使えなくなった程度に考えるのではないか。さらにいえば特務艦イカロスに装備された気密服の通信機は、イカロスが再就役した際に更新されました。

したがって乗員の携行している個人端末も、現在の仕様に更新されています。ということは対衝撃強度は、現在の基準を満たしていることになる。巨漢の乗員が蹴飛ばさないかぎり、故障など起きないはずだ」
ハディド中尉が疑問を持つのも当然だった。単なる事故や機械的な故障で、通信機が全滅する可能性は低い。クルーが常時携行している個人用通信端末をはじめ気密服の通信機やモジュール内の固定通話機まで、同時に使用不能に陥るような事故は存在しそうにない。

日常的な感覚の延長で、現状を単なる事故や大規模故障の類《たぐい》だと思いこんでいた。ところが実際には、偶然の重なりでは説明のつかない点が多すぎた。イカロス42のクルーは装備品の通信機器を使えないのではなく、使用を躊躇するような状況にあるのではないか。

さもなければイカロス42の艦内から、発光信号というプリミティヴな方法で送信してくる理由がわからない。その後の変化を確認してみたが、あいかわらず受信者の略号と、待機を要求する前置符を交互に発信してくる。

こちらが応答しないものだから、本文に移行することができないのだ。それなら通常の手段でイカロス42を呼べば、どんな反応がもどってくるのか。そう考えたが、自分で調べるまでもなかった。すでにハディド中尉が、使用可能な回線をリストアップしていた。

結果は予想どおりだった。個人用の端末や通信機の類は、例外なくロックされていた。誰かがシステムを、不正に乗っ取ったのではない。正規の資格を有する数少ない人物——艦長の早乙女大尉が、自衛のために封鎖を断行したらしい。

早乙女大尉の名に、それほどの感慨はなかった。古くからの知人と、偶然に再会したようなものだ。かつての論客は探査船イカロスを改装して、持論を実現しようとしているらしい。イカロス42の通信システムに、正当な事由なくアクセスしてはならないと宣言している。

ということは、窓ごしにみえる二人は艦長ではありえなかった。かといって、人型のロボットでもない。艦内には全部で三人――正規乗員二人の他に、身元のわからない三番めの人物がいるらしい。正体を知る方法はなかったが、たぶん警務隊だろうと大尉は思った。

第三の乗員が人型のロボットではなく、生身の人間らしいことは早い段階で見当がついていた。コロンビア・ステーションの発進前に消耗品を搭載したのだが、通常仕様の補給物資にまじって見慣れない規格のカートリッジ等がふくまれていた。

詳細な説明はなかったが、イカロス42専用の消耗品であることは間違いなかった。その供給量と日ごとの消費量から逆算すれば、乗員は三人という結果が出る。不審に思って艦隊司令部に照会したのだが、明確な返答はもどってこなかった。

この件について艦隊司令部は、非協力的な対応に終始した。イカロス42の修理と廻航を命じておきながら、関連情報の請求に応じようとしないのだ。かなりの機密事項らしいが、曖昧にすませる気はなかった。

断片的な事実を組みあわせて、なんとか状況を推しはかろうとした。詳細な事情は不明とはいえ、可能性はそれほど多くなかった。おそらく乗員たちが反乱を起こしたと考えられる。艦長の早乙女大尉は公室に立てこもり、外部との通信回線を封鎖して籠城態勢をとった。

工作艦の間宮が来着するまで現状を維持できれば、乗員たちの反乱は鎮圧できると踏んだのだろう。逆に反乱の事実が外部に伝われば、外惑星連合軍の介入をまねきかねない。殊勲艦となるはずのイカロス４２は接収され、格好の宣伝材料とされるのではないか。

　非道かつ人道に反する戦略爆撃は、不名誉な失敗に終わった。勇気ある乗員たちの人道的な判断により、無差別爆撃の悲劇は回避された。爆撃隊の指揮権を奪取した乗員たちは、困難な航宙を乗りこえて外惑星連合軍に集団投降したのだ――そんなところではないのか。

　イカロス４２乗員の意識は関係ない。乗員たちを捕らえた外惑星連合軍が、自分たちの描いたシナリオにあわせてイカロス４２と乗員を政治宣伝に利用するのだ。艦体に手書きされている「イカロス爆撃隊」の文字も、格好の晒し者にされるだろう。

　そんな風に考えれば、辻褄はあう。それなのに、釈然としない思いは消えなかった。わずか数人程度のクルーが、生死をかけた反抗におよぶだろうか。母国には係累もいるはずだし、失うものも決して少なくないと考えられる。

　早乙女大尉のことはよく知らないが、最低限の人望はあったはずだ。さもなければ危なすぎて、重要任務をおびた特務艦の艦長などまかせられない。推進剤の残量も、気になった。外惑星連合軍に投降する気なら、小惑星帯までは自力航行する必要があった。

　迷っていたのは、ごく短い時間だった。イカロス４２に移乗するのであれば、できるだけ早い時期がいい。迷っている余裕はなかった。移乗して艦内の様子がわかれば、自然と疑問もとけるだろう。そう考えて、ハディド中尉と手順を話しあおうとした。

　最初に早乙女大尉とコンタクトをとって、主エンジンの停止に協力させるつもりだった。間宮の作業用ロボットは定員が四体だが、一体はセンチュリー・ステーションに残置してきた。全力で作業するには力不足の印象もあるが、矢矧大尉は楽観的だった。

やるべきことが明確になったせいか、何とかなりそうだと考えてしまうのだ。そのときになって、ハディド中尉が声をあげた。伝えられたのは、予想外の事実だった。それでも冷静さを失うことなく、淡々と中尉はつげた。

「あれは……死体ですね。もう生きてはいないようです。たぶん壁面の把手に、ケーブル等で固定しているのでしょう。発光信号は作業用ライトのモードを切りかえて、自動発信させているのだと思われます」

意外すぎて、すぐには事態が把握できなかった。「死体」という言葉の意味さえ認識できずに、意味もなく視線を宙にさまよわせた。いくらか遅れて、解釈が追いついた。彼らが注視していた「窓」――端末画面には、現在もイカロス42の観測窓が表示されていた。

しかし窓ぎわの人かげに、めだった動きはなかった。眼をこらして注視しても、変化はみつけられない。矢矧大尉は性急に問いただした。

「根拠は?」

問いつめるつもりはなかった。それでも口調がとがっていたのは、いまだに信じられなかったせいだ。もしもそれが事実なら、殺したのは早乙女艦長ということになる。意気込んで訊ねたのだが、ハディド中尉は淡々といった。

「動きが不自然でした。筋肉による動きではなく、気流に押されたように感じました。主エンジンの噴射による減速度のむらにも、対応しています。間違いありません。死亡後に窓ぎわまで移動させて、固定したのでしょう」

淡々と話しているだけだが、ハディド中尉の言葉には充分な説得力があった。論理的な根拠などないのに、納得させせられてしまうのだ。無論、疑問点が解消されたわけではない。不明な点も数多く残っている。

それにもかかわらず疑う気になれないのは、ハディド中尉が自信を持っているからだ。よほど確信がなければ、中尉は断言などしない。問題の解決には時間がかかりそうだが、そこにいたるまでの道筋はみえてきたような気がする。

確認するつもりで、表示された映像を注視した。画面に穴があきそうなほど凝視したが、中尉が話したような動きはみられなかった。かといって通常の画像処理は、ほとんど終わっている。できることは、もう残っていない状態だった。

光学センサの倍率は限度一杯まで大きくとってあるし、画面の粗さは光学処理によって消されていた。あとは視点自体を移動して、イカロス42の内部からみた映像を表示させるだけだ。早乙女艦長の支配する領域内なら、無理をしなくとも回線がつながるはずだ。

しかしそれには、かなりの危険が予想される。真意が読めない存在の、内懐に飛びこむことになるからだ。やり方を間違えると、逆に間宮の制御中枢を乗っ取られかねない。それだけに、効果は大きいはずだ。下調べや準備作業も必要なかった。

考え方としては、単純なものだ。矢矧大尉は艦隊司令部から、イカロス42の故障修理と航行中の護衛を命じられている。したがって護衛部隊の、指揮官権限を有していた。つまり護衛対象たるイカロス42の制御中枢には、制約なしにアクセスできるはずだ。

時間をおくべきではなかった。矢矧大尉はすばやく端末を操作した。「窓」に表示されていた映像が、一瞬で切りかわった。あらたに表示されたのは、管理者レベルの操作パネルだった。人の気配は感じない。それなのに、拒絶するような寒気が漂っている。

端末からの要求にしたがって、自己データを打ちこんだ。わずかに緊張したが、あっさり認証された。呆気なさすぎて、拍子抜けするほどだった。何かの手違いで、間宮艦内のシステムにアクセスしたのかと思うほどだ。

だが端末の奥にあるのは、まぎれもなく特務艦のイカロスだった。パネルを操作しているだけで、冷え冷えとした感触が伝わってくる。矢矧大尉の操作にしたがって、画面が艦内の映像に切りかえられた。

分割された画面のそれぞれに、監視カメラの映像が表示されている。主要なモジュールや気閘にはカメラが配置されていたが、早乙女艦長らしき人かげは見当たらなかった。それどころか、生命の息づかいさえ伝わってこない。

信号灯《ライト》が明滅していたモジュールにも、監視カメラは設置されているはずだった。記憶をたどりながら端末の画面をみていったが、そのモジュールは表示されていないようだ。故障でなければ、電源を落としているのだろう。

探査船だった時代から、センサの多いモジュールだった。現在は誤作動を恐れて撤去したか、戦闘の開始を前に作動を停止させたと思われる。しかし状況がわからないまま、移乗を強行する気はなかった。現在は並進する二隻が、不安定な状態で主エンジンを噴射している。わずかでもバランスが狂うと、双方の位置関係は大きく乱れかねない。艦内の状況が不明なら、確かめるしかなかった。事前に入手した情報を手がかりに、矢矧大尉は使えそうな機材を探した。

少し迷ったが、最近の使用記録をあたってみた。必要なものは、すぐに所在が確認できた。使用直後の点検項目は、いずれも「問題なし」と記録されていた。使用者は律儀な人物だったらしく、使用後の点検もすませていた。

探しているものは、艦長公室に近い作業場兼倉庫に格納してあった。ミニ・バギーと称する与圧区画仕様の補助ロボットで、自立型作業機械ほどの能力はない。だが他の機械や人間の補助程度なら、問題なくこなすといわれていた。

作業助手に特化した補助機材と割り切れば、使い勝手は悪くなかった。使用時の作業環境や使い方次第では、AIを搭載したロボットよりも作業効率がいいらしい。各種のセンサを搭載しているから、定点監視カメラよりも広い範囲が視野に入るはずだった。

機動性も保証されていた。艦内の重力環境は通常〇から〇・三G程度までだから、基本形態の履帯駆動を導入するまでもない。イカロス42の艦内では、常に飛行形態をとっていた。基本形態のバギーと区別するために、フライング・バギーやFBと呼ばれている。

格納ケースから浮上したFBは、敏捷に倉庫内を飛びまわった。衝突回避装置が組みこまれているものだから、窮屈さを感じるほど狭いモジュール内の飛行でも気にならなかった。矢矧大尉は慎重にFBを移動させた。

あいかわらず艦内に、生きているものの気配はない。もしも観測モジュールの二人が死んでいたら、残された生存者は早乙女艦長だけということになる。艦長の消息や二人に何があったのかは不明だが、異常事態が発生したことは間違いなかった。

気は焦るものの、こんなときこそ時間をかけるべきだと大尉は考えていた。各モジュールを連結する通路は、すべてハッチが開放されている。そのせいで移動速度は事前の予想を上まわっていたが、矢矧大尉はモジュール内の捜索を怠らなかった。

あらたなモジュールへ移動するたびに、FBから送信されてくる映像を注視している。監視カメラの死角を捜索して、物かげに何ものかがひそんでいないか確認していた。しかし不審人物どころか、気配すらも感じない。

そしてFBは、最後の区画に到達した。隣接するモジュールには、あの二人がいるはずだ。FBにはマイクも搭載されているはずだが、耳をそばだてても物音ひとつ伝わってこない。するとやはり、二人は死んでいるのか。

モジュールへの突入を控えて、矢矧大尉はわずかに躊躇した。一度FBを停止させておいて、意識的に深く呼吸をととのえた。体調は万全だった。それを確認して、思いきりよくFBを突っこませた。その直後に、大尉はかすかな声を漏らした。

おなじ映像をみていたハディド中尉は、もう少し声が高かった。悲鳴というほどではないが、相当に驚いたのは間違いない。直後にばつの悪そうな顔で、咳払いをした。ことさら表情を引き締めて、画面を凝視している。

そこにあったのは、二つの死体だった。蘇生の可能性はなかった。死後かなり時間がすぎているらしく、二体とも死者としか思えない顔色をしていた。

8

一方の死体は、容易に身元が判明した。

イカロス「改」級特務艦42先任下士官の、フェレイラ一曹であるらしい。ところがもう一方の死体は、身元解明の手がかりさえ掴めずにいた。無論、思いつくかぎりの手は打った。あまり期待はしていなかったが、艦隊司令部や警務隊にも照会してみた。

だが、進展はなかった。あいかわらず艦隊司令部は非協力的な対応で、以前の廻航命令を取り消す様子もない。それでも、諦める気はなかった。さらに照会の範囲を広げ、ハディド中尉らのネットワークも利用して手がかりを集めた。

その結果、二番めの死体も正体がわかった。情報源は意外なところにあった。センチュリー・ステーションのセキュリティ担当部門に、警務隊からの協力要請が残っていたのだ。何度もくり返された空襲と、要員や機材の撤収のせいでステーションも混乱していた。

その混乱のただ中に、死体の写真を送りつけたのだ。本来ならたらい回しにされたあげく、混乱にまぎれて廃棄処分されるところだった。ところが一時的に撤収の雑務を肩代わりしていた火星宙域の主計下士官が、死体の正体について情報を提供してくれた。

それによると身元のわからなかった死体は、航空宇宙軍特設警務隊の非常勤捜査官Ｆ・Ｄ・ガトー中佐だった可能性が高いという。矢矧大尉にとっては、予想外の事実だった。すると二人を殺したのは、イカロス４２艦長の早乙女大尉と考えて間違いなさそうだ。

——警務隊の捜査官が、なぜ殺されたのか。

当然の疑問だった。それ以外にも、疑問は多かった。警務隊の関与が判明したことで、あらたな謎が生じたともいえる。どのようにして殺されたのか。あるいは警務隊が、なぜ事件に関与しているのか。

矢矧大尉は注意ぶかく死体を検分した。みたところ二つの死体には、大きな違いがあった。フェレイラ一曹の死体は、顔面がどす黒く変色していた。一見しただけでは、識別さえ容易ではなかった。

たぶん急激な減圧によって、チアノーゼを起こしたのだろう。ＦＢの映像だけで死因を特定することはできないが、気密漏洩で艦内が酸欠状態になった可能性は高い。死後一〇日はすぎているはずだが、それよりも長く放置されていたような印象を受けた。

もうひとつの死体は対照的に、蒼白な顔色をしていた。かりに急激な減圧が起きたとしても、それが原因でガトー中佐が死んだとは思えない。艦内が酸欠状態になったときには、すでに心肺停止状態におちいっていたのではないか。

さもなければ、ガトー中佐にもチアノーゼは出ていたはずだ。では直接的な死因は何か。不自然な姿勢の死体に、大尉はFBを近づけていった。イカロス42の主エンジンは出力が不安定で、FBの視野はたえず動揺している。それでもFBは、なんとか追随していた。

すぐにガトー中佐の上半身が、画面一杯に拡大された。矢矧大尉の視線が一点にむけられた。中佐の額だった。直径数ミリ程度の、小さな穴が開いている。棒状の金属片が、高速回転しながら貫入したようだ。常識的には弾痕と思われるが、どうも妙だった。

FBを操作して、後頭部にまわりこませた。予想どおりの位置に、射出孔があった。かなりの高速で射抜かれたらしく、ガトー中佐の頭部を貫通する間に速度エネルギーはほとんど失われていないようだ。噴出した血の量が少ないことも、そのことを裏づけていた。

二人が異なる状況下で死んだことも、今なら容易に想像できる。早乙女大尉とガトー中佐の間には、深刻な対立があったのは間違いない。ただし過酷な勤務に耐えかねて、クルーが反乱を起こしたという事情はなさそうだ。

航空宇宙軍特設警務隊の非常勤捜査官であるF・D・ガトー中佐が、待遇の改善を求めて反乱を企てるとは思えない。反乱を取り締まる警務隊の中佐なのだから、違法行為をおかしたのはフェレイラ一曹か早乙女大尉ということになる。

そして非常勤とはいえ中佐が乗りこんできたのだから、摘発されるのは相当な大物と考えられる。ガトー中佐がねらっていたのは艦長の早乙女大尉で、先任下士官のフェレイラ一曹は中佐の協力者だったと思われる。

――それでは早乙女大尉の目論んでいた犯罪とは、いったい何なのか。

この件に関しては、気がかりな点があった。限られた有資格者しか閲覧が許されないが、第二次外惑星動乱の勃発と開戦後の推移を正確に予言した論文が存在するらしい。矢矧大尉自身も実物を眼にしたことはないものの、非常に独創的で斬新な発想によるものらしい。

一部の識者は高く評価したというが、実質的には黙殺に近いあつかいを受けたようだ。論文の著者は航空宇宙軍大学校の学生で、戦史の研究を専門にしていたらしい。まだ学生のせいか論理が粗雑で、宙域紛争における勝利条件が曖昧だという弱点が指摘された。

その後の経緯は、聞いていない。ただ著者の経歴には、記憶と重なる部分があった。もしかするとイカロス42の早乙女艦長が、論文を執筆したのかもしれない。そしてその推測が正しければ、ガトー中佐がこの艦に同乗していた事情もわかるのではないか。

そう考えた。だが今は、他に優先すべきことがある。早乙女大尉は現在どこにいるのか。そしてどんな手を使って、二人を殺したのか。それが不明なままでは、危険すぎて移乗できない。せめて生死だけでも、確認しておきたかった。

最初に手がけたのは、現場の状況把握だった。二つの死体は、観測用のシートに固定されていた。〇・三Gの低重力環境ではシートを使わないことが多かったが、主エンジンの出力が不安定で動揺が大きかったものと思われる。

ときには何かにつかまらないと、シートから放りだされそうになったのではないか。二つの死体は、シートベルトでしっかり固定されていた。発光信号を送信している作業用ライトは、フェレイラ一曹の間近に据えられている。

イカロス４２の原型は外宇宙探査船だから、観測用のセンサや機器は多かった。大部分は特務艦として再就役する際に撤去されたが、機器の架台や観測用のシートは残されていた。観測は長時間つづくから、観測員に負担がかからないよう工夫されていた。

残された架台に固定されたライトは、今も明滅をくり返していた。間宮が反応しないものだから、受信待機の要求を送信せざるをえないのだ。その様子を窓ごしにみれば、二人が信号灯を明滅させているると錯覚するのではないか。

——つまりライトの明滅は、二人の生存を偽装するのが目的か。

そう考えたが、断定するのは早かった。ゆるやかにＦＢを旋回させて、ライトの形状を確認した。ケーブルは接続されておらず、ワイアレス接続の形跡もない。だが、まだ安心はできなかった。ハディド中尉を呼んで、管理者権限を設定すると伝えた。

中尉を護衛部隊の先任将校として、早乙女艦長よりも上位の権限をあたえるつもりだった。捜査の効率をあげるためだが、ハディド中尉が技術科士官であることを理由に拒否される可能性があった。そのときは、他の方法を考えるしかない。

矢矧大尉は手みじかに説明した。もし発光信号を返送した場合、イカロス４２の制御中枢がどう反応するか確認するように。中尉は理解したようだ。光学センサが引き金になって作動するシステムが、新たに付加されていないか探りはじめている。

それを確かめて、矢矧大尉も核心に踏みこんだ。二人はどのようにして殺されたのか。このモジュールには、三人がいたと思われる。第三の人物は、早乙女大尉以外に考えられない。本来は観測用の区画だから、作戦中は特異な用途に使われていたのだろう。

殺された二人と早乙女大尉は、向かいあって腰をおろしていた。そして大尉はガトー中佐を射殺し、モジュールの外へ逃れた。艦長公室に籠城して、艦外との通信回線を封鎖したと思われる。ここで疑問がでてくる。この時点で早乙女大尉は、武装解除されていたはずだ。

ガトー中佐の裁定で艦長の身分を剝奪され、予備役あつかいになっていたのではないか。大尉にとっては不名誉な結末だが、不服を申したてることもできない。それどころか、記憶すら失いかけていた可能性がある。

そのような状況下で、どうすれば二人を殺せるのか。艦長ではなくなっていたのであれば、治安用の拳銃も没収されているはずだ。艦長が艦内に保管している拳銃は、仕様がほぼ決まっている。傷口を大きく広げるだけで、あまり貫通力はない。

標的の体を射ぬいてしまうと、気密が破れる可能性があるからだ。したがって破壊力はあるものの、標的の人体以外は破損しない。射入した弾丸は、体内を迷走して組織を引き裂く。貫通はしない。速度エネルギーを失うまで、体内にとどまって破壊をつづける。

それではガトー中佐の命を奪ったのは、いったい何なのか。少しの間、大尉は考えたが見当がつかなかった。先にフェレイラ一曹の死体を検分するつもりで、FBを移動させようとした。その矢先に、割りこみ信号がはいった。

ハディド中尉だった。視線があったところで、中尉は小さくうなずいてみせた。矢矧大尉は軽く手をあげて、了解の意をあらわした。一瞬で画面が切りかわった。FBからの映像ではなく、無人のモジュールに設置された監視カメラの映像だった。

　画面すみの時刻表示も、いくらか過去にさかのぼっている。それほど前ではない。すぐにFBが、視野を通過するはずだ。そう思った直後に、もう機影があらわれた。矢矧大尉にとっては、はじめて眼にするFBの機影だった。

　FBは監視カメラの死角を探ったあと、すばやく反対側の通路に消えた。時間にして十数秒ほどの、短い映像だった。それでも大尉には、充分だった。監視カメラは武装したFBを、明瞭にとらえていた。

「あれは何だ。胴体下に固定されていた銃みたいなのは」

　矢矧大尉がたずねた。だがハディド中尉にもわからないらしく、黙ったまま首を左右にふった。それでもすぐに、画面が切りかえられた。それらしい製品を、カタログでみつけたようだ。特殊工具として市販されているが、実際には殺傷力のある小型拳銃に近かった。

「これで……ガトー中佐を撃ったのか」

　嘆息まじりに、矢矧大尉がいった。その事実が妙に生々しく、寒気を感じた。FBに装備されていたのは、鋲打ち銃《リベットハンマー》と称される工具だった。殺傷力は充分あるのに、工具として登録されていた。ただし実際の鋲《リベット》とは無関係で、供試体の穿孔や衝撃波の伝播試験などに用いられる。

　未知の天体から土壌のサンプルを持ちかえる——所謂《いわゆる》サンプル・リターンにも、この機材は有効だった。高速で打ちだされる弾頭部を、地表に衝突させてサンプルを採取するのだ。高速で射出されるから、人の頭蓋程度なら容易に撃ち抜く。

あまり知りたくもない事実だが、無視はできなかった。ハディド中尉はつづけた。

「その瞬間の映像が保存されていましたが、ご覧になりますか」

可能なら、みないですませたかった。だがそれは、許されない。それに現実から眼をそらしても、問題は解決しなかった。単に問題の存在を遠ざけるだけだ。矢矧大尉は、即座に応じた。

「みよう」

今度は画面の変化が、わずかに遅れた。もしかするとハディド中尉にも、躊躇があったのかもしれない。ただ画面が切りかわってからは、一気に事態が進行した。当然のことだが、画面からはわずかな逡巡も伝わってこない。

格納ケースから浮上したFBが、センサを作動させて障害物の有無をたしかめている。FBが搭載するカメラの視野に、進行方向のモジュールに配置された監視カメラの映像が重ねあわされた。進路上に障害物はなかった。

仮にセンサが捕捉できない浮遊物が存在しても、回避は可能だった。それだけを確認して、床面を這うような低高度から襲撃高度へ一気に跳躍した。あとは最速を確保できる進路から、逸脱することなく攻撃目標に肉薄するだけだ。

複雑に連結されたモジュールを、次々に飛びこえていく。攻撃目標までの通路は、すべて開放されていた。安全のために普段は閉鎖されているハッチも、今は全開状態になっていた。設置された機材が通路をふさいでいても、人がすり抜けられる程度の隙間はあった。

進路にそって全速で飛びつづけるうちに、最後の区画に到達した。速度を落とすことなく、連結部の屈曲を急角度で旋回した。視野が急に開けたところが、観測モジュールだった。そこには三人がいた。同定に時間はかからなかった。

最初に識別したのは、早乙女大尉だった。シートから体を浮かせて、モジュールの外に逃れようとしている。三人の中ではただ一人、驚いた様子をみせていなかった。冷静に他の二人と間合いを測って、シートベルトを解除した。

あらかじめ入念に計画していたのかもしれない。大尉の動きには、まったく無駄がなかった。FBに支援される格好で、通路の方に逃れた。だがガトー中佐は、よほど驚いたのか身動きもできずにいる。そして譫言《うわごと》のようにつぶやいた。

「そんな馬鹿な……。犯罪者の早乙女大尉は、すでに人格を否定されて――」

最後までいわせず、FBは発砲した。至近距離から撃ちこまれた鋲《リベット》は、中佐の額に命中した。はずしようのない距離だった。リベットは貫通して、後頭部から抜けだしたはずだ。おそらく速度を維持したまま、モジュールの壁を突き破ったのだろう。

このときフェレイラ一曹には、すでに酸欠の症状が出ていた。巡航中は酸素分圧を極力おさえて、最低限の生存環境を維持していた。わずかな気圧の低下であっても、深刻な事態につながりかねない。予想外の事故にそなえて、自動修復装置が設定されていた。

もしも気密が破れると、そのモジュールの出入口は封鎖されてハッチもロックされる。透過性の高い窓は構造的に脆弱だから、鋲《リベット》が貫通した穴はただちに修復される。小型のリベットなら、実質的に二〇口径の拳銃弾と大差なかった。

モジュールの壁を貫通しても、大事故にはならないはずだ。ただし観測モジュールに閉じこめられたフェレイラ一曹は、状況がかなり違っていた。体が思うように動かないらしく、シートベルトを解除しようとして藻掻《もが》いている。

その光景が、唐突にさえぎられた。銃口をむけたまま後退するFBの視野が、ハッチの緊急閉鎖によって遮断されたのだ。二発めを撃って、とどめを刺すという発想はないらしい。その必要もなかったし、危険でもあった。

一発だけなら自動修復装置で気密漏れは停止できるが、同時に二発が貫通するとそれも困難になるからだ。そして観測モジュールにいたる通路は、完全に閉鎖された。ただし閉鎖されていたのは、長い時間ではなかったはずだ。

時間がすぎれば気圧調整のために、ふたたびハッチは開放されるようにプログラムされていたらしい。

「……艦外からの発光信号に対応するシステムは、見当たりませんでした。単なる偽装か、時間かせぎ以上の意味はなさそうです。かりに間宮が応答しても、無視されていた可能性が高いと思われます……。

ただし未調査の項目が、まだひとつ残っています。死ぬ間際のフェレイラ一曹が、最後の力をふりしぼって自動発信させたと考えれば——」

ハディド中尉がいった。矢矧大尉は気のない様子で「もう充分だ」といった。あとのことは警務隊にまかせて、この件は終わりにするつもりだった。どのみち終わったことだし、早乙女大尉も生きてはいないはずだ。そう矢矧大尉は思った。

根拠などなかった。単にそんな気がしただけだ。そして、この件は忘れることにした。

9

早乙女大尉は、艦長公室で発見された。

仮死状態だった。室内で籠城態勢をとったものの、反撃する機会もないまま意識を失ったらしい。大尉が死んだとする矢矧大尉の予想は、半分だけ的中したことになる。ガトー中佐らを倒し、イカロス42の指揮権を奪取したものの計画は頓挫した。

気密漏れを自動修復したあと、気圧を復旧する過程で予想外の事態が発生したのだ。早乙女大尉が立てこもっていた艦長公室が、陰圧になってハッチドアが開かなかったようだ。内側からマニュアルで閉鎖されていたものだから、救出にはかなり苦労した。

したがって矢矧大尉が、この件を忘れることはできなかった。残り少ない推進剤の残量を気にしながらイカロス42の主エンジンに生じた故障の原因を取りのぞき、内惑星宙域に誘導するという大仕事が残っていたのだ。

矢矧大尉は古傷のような記憶を心の奥底に抱えこんだのだが、その一方で意志に反して記憶の変質を強要された者もいた。

からくも生きのびた早乙女大尉は、思想矯正治療のあと現役に復帰した。航宙艦乗員の絶対数が足りず、部隊指揮を経験した士官の数はさらに少なかったからだ。早乙女大尉程度の「前科持《まえ》ち」指揮官なら、むしろ大人しい方だと評価された。

ところが着任の直前になって、異動が取り消された。上層部からの横槍としか思えないが、たしかめる方法はなかった。それでも見当はついた。小部隊の指揮官ならともかく、航宙艦長や艦隊司令部参謀として配属するのは問題がある、というところだろう。

第九九機動戦闘団というのが、軍曹に降格された早乙女元大尉の新たな配属先だった。何をする部隊なのかは、知らされていない。説明されたところで、理解できる範囲をこえていた。矯正治療の過程で大尉の戦略的な判断能力や、戦争指導に必要な洞察力はすべて削り取られたからだ。乱暴な削除術だった。そのせいで、一部が消えずに残っていた可能性がある。

かわりに移植されたのは、一般的な下士官としての誇りであり忠誠心だった。経験や応用力は短期間の速成教育では身につかないが、普遍的かつ抽象的な自負心なら容易に量産できる。前線部隊からの要請にも、迅速に応じることができた。

矯正治療が終了した日に、はやくも早乙女軍曹は次の任地にむけて移動を開始した。軍曹の階級章に多少の違和感があったものの、気にするほどではなかった。どのみち記憶は曖昧だから、過去の自分を取りもどしても大尉をこえる昇進は期待できそうにない。

それよりは過去を捨てて、軍曹として精勤するべきだった。状況によっては、下士官であっても佐官への道が開けるのだ。一度や二度の失敗は、問題にもならないだろう。むしろ降格処分を受けた現在の方が、余計なことを考えずにすむ可能性があった。
早乙女軍曹は現状をそんな風にとらえていた。

初出一覧

「スティクニー備蓄基地」　ＳＦマガジン二〇一六年四月号
「イカロス軌道」　ＳＦマガジン二〇一六年八月号
「航空宇宙軍戦略爆撃隊」　ＳＦマガジン二〇一六年十二月号、二〇一七年四月号
「亡霊艦隊《ファントム・フリート》」　ＳＦマガジン二〇一七年八月号
「ペルソナの影」　ＳＦマガジン二〇一七年十二月号
「工作艦間宮の戦争」　書き下ろし

工作艦《こうさくかん》間《ま》宮《みや》の戦争《せんそう》　新・航空宇宙軍史

二〇一八年五月二十日　印刷
二〇一八年五月二十五日　発行

著者　谷《たに》　甲州《こうしゅう》

発行者　早川　浩

発行所　株式会社　早川書房
郵便番号　一〇一 - 〇〇四六
東京都千代田区神田多町二ノ二
電話　〇三 - 三二五二 - 三一一一（大代表）
振替　〇〇一六〇 - 三 - 四七七九九
http://www.hayakawa-online.co.jp

定価はカバーに表示してあります

印刷・精文堂印刷株式会社　製本・大口製本印刷株式会社
ISBN978-4-15-209770-5 C0093